FR

Françoise Bourdin a le goût des personnages hauts en couleur et de la musique des mots. Très jeune, elle écrit des nouvelles ; ainsi, son premier roman est publié chez Julliard avant même sa majorité. L'écriture se retrouve alors au cœur de sa vie. Son univers romanesque prend racine dans les histoires de famille, les secrets et les passions qui les traversent. Elle a publié une quarantaine de romans chez Belfond depuis 1994 – dont quatre ont été portés à l'écran –, rassemblant à chaque parution davantage de lecteurs. Françoise Bourdin vit aujourd'hui entre Paris et la Normandie.

Retrouvez toute l'actualité de l'auteur sur :
www.francoise-bourdin.com

SI LOIN, SI PROCHES

DU MÊME AUTEUR
CHEZ POCKET

L'HOMME DE LEUR VIE
LA MAISON DES ARAVIS
UN MARIAGE D'AMOUR
UN ÉTÉ DE CANICULE
RENDEZ-VOUS À KERLOC'H
OBJET DE TOUTES LES CONVOITISES
L'INCONNUE DE PEYROLLES
UN CADEAU INESPÉRÉ
LES BOIS DE BATTANDIÈRE
UNE NOUVELLE VIE
NOM DE JEUNE FILLE
SANS REGRETS
MANO A MANO
D'ESPOIR ET DE PROMESSE
LES SIRÈNES DE SAINT-MALO
SERMENT D'AUTOMNE
DANS LE SILENCE DE L'AUBE
COMME UN FRÈRE
BM BLUES
UN SOUPÇON D'INTERDIT
LA PROMESSE DE L'OCÉAN
L'HÉRITIER DES BEAULIEU
LA CAMARGUAISE
AU NOM DU PÈRE
FACE À LA MER
LE CHOIX DES AUTRES
HORS SAISON

Les diptyques

LE SECRET DE CLARA *
L'HÉRITAGE DE CLARA **

LES ANNÉES PASSION *
LE CHOIX D'UNE FEMME LIBRE **

UNE PASSION FAUVE *
BERILL OU
LA PASSION EN HÉRITAGE **

LES VENDANGES DE JUILLET *
& JUILLET EN HIVER **
(en un seul volume)

LE TESTAMENT D'ARIANE *
DANS LES PAS D'ARIANE **

D'EAU ET DE FEU *
À FEU ET À SANG **

GRAN PARADISO *
SI LOIN, SI PROCHES **

Françoise Bourdin
présente
GALOP D'ESSAI

FRANÇOISE BOURDIN

SI LOIN, SI PROCHES

belfond

Pocket, une marque d'Univers Poche,
est un éditeur qui s'engage pour la préservation
de l'environnement et qui utilise du papier fabriqué
à partir de bois provenant de forêts gérées
de manière responsable.

ISBN : 978-2-266-30717-8
Dépôt légal : mai 2020

Pour Augustin, mon petit-fils courageux et sensible, dont les yeux azur reflètent le ciel, avec qui je partage l'amour des animaux, des arbres, de la nature qui nous entoure à P. M.

Je lui souhaite un avenir radieux dans un monde qu'il saura rendre meilleur.

« Je me sentais appelé par les bêtes vers un bonheur qui précédait le temps de l'homme. »

Joseph Kessel

1

Repéré par l'un des soigneurs du parc, le vieil homme avait été signalé à Lorenzo, comme tout individu au comportement anormal. S'appuyant sur sa canne, le monsieur s'arrêtait un peu partout, regardait autour de lui et hochait la tête. Il marmonnait dans sa barbe blanche, hélait les animaux d'une voix de stentor, et parfois riait tout seul à gorge déployée. Les familles qui le croisaient dans les allées écartaient leurs enfants de son chemin.

Lorenzo se trouvait alors près du secteur des primates, en compagnie de Julia, l'autre vétérinaire du parc. Ils effectuaient ensemble leur tournée de fin de journée et échangeaient leurs avis sur tel ou tel cas difficile. Très attaché au bien-être de toutes les espèces qu'abritait son parc, Lorenzo ne négligeait jamais aucun détail.

— Un original… ou un déséquilibré, expliqua le soigneur. Il est là depuis ce matin, à en croire son ticket d'entrée, que j'ai contrôlé, mais quand je lui ai parlé, il m'a fait signe de le laisser tranquille.

— Il n'est pas agressif ? s'enquit Julia.

— Non ! Ni agressif ni perdu, mais vraiment bizarre. Et nous ne savons jamais de quoi les gens sont capables.

De temps à autre, un incident improbable se produisait. Si la grande majorité du public respectait les consignes de sécurité affichées en évidence, certains visiteurs se prenaient pour des dompteurs et pénétraient dans les enclos interdits. Deux ans auparavant, un hurluberlu avait même prétendu se baigner avec les hippopotames.

— Je vais lui parler, décida Lorenzo.

Suivi de Julia, il regagna la voiture de service avec laquelle il se déplaçait d'un endroit à l'autre, le territoire du parc Delmonte étant très étendu. Ils trouvèrent l'individu suspect devant l'enclos des loups, absorbé dans leur contemplation. Alors que Lorenzo hésitait à l'aborder, ne jugeant pas son attitude inquiétante, le vieil homme fit deux pas en arrière, brandit sa canne vers le ciel et éclata d'un rire tonitruant. Lorenzo descendit de voiture et s'approcha. Aussitôt conscient d'une présence derrière lui, le bonhomme fit volte-face et toisa Lorenzo des pieds à la tête.

— *Sei cresciuto bene !* lança-t-il d'un ton joyeux.

Déconcerté de s'entendre apostropher en italien, Lorenzo fronça les sourcils et répondit dans la même langue :

— *Ci conosciamo ?*

— *Da molto tempo !*

Ainsi, ils se connaissaient depuis longtemps et Lorenzo avait « bien grandi » ? Il eut la soudaine vision du quai de la gare de Turin, lorsqu'il était enfant et que son grand-père envoyait un de ses amis le chercher.

— Fosco ? Vous êtes Fosco ?

— Eh oui ! Tu te souviens de moi, c'est bien, constata le vieil homme en français avec un accent prononcé. Je suis venu voir ce que tu as fait de ces terres. Ton grand-père se maudissait de les avoir achetées. Pourtant elles t'ont permis cette belle réussite… Qui l'aurait imaginée ? Ah, si seulement Ettore était là, il serait tellement fier de toi ! Ettore Delmonte… Quel homme ! Mais il te regarde, de là-haut, j'en suis certain. Pas toi ?

Lorenzo eut un sourire ému. Évoquer son grand-père le ramenait loin en arrière, à ces voyages effectués une fois par an vers Balme, dans le Piémont, où Ettore l'accueillait. Grâce à lui, Lorenzo n'avait pas oublié ses origines. Il était le fils d'un Italien, Claudio, qui s'était tué en voiture alors que Lorenzo n'avait que trois ans et dont il n'avait quasiment aucun souvenir. Sa mère, trop jeune veuve, s'était remariée assez vite, épousant un pharmacien du nom de Xavier Cavelier, avec qui elle était rentrée en France. Lorenzo ne s'était jamais entendu avec son beau-père, et son grand-père était devenu son repère masculin. Ettore lui parlait de Claudio, lui montrait des photos, s'émerveillait de la ressemblance de son petit-fils avec ce fils qu'il continuait de pleurer. Lors des séjours de Lorenzo à Balme, il décidait parfois de l'emmener dans le parc naturel de Gran Paradiso pour observer le vol d'un aigle, le passage majestueux d'un cerf ou celui plus furtif d'un renard. Lorenzo y avait pris le goût des animaux sauvages et s'était secrètement promis d'être un jour vétérinaire. Brillant élève, il y était parvenu, et sitôt son diplôme en poche il avait voyagé en Afrique et en Europe, de réserves naturelles en parcs animaliers. Au décès d'Ettore, il avait eu la surprise d'apprendre qu'il héritait de quelques dizaines d'hectares en friche. Ces terres, qu'Ettore avait acquises en croyant faire un bon placement, s'étaient révélées un investissement catastrophique. Pas de station de sports d'hiver à proximité, aucune ville en plein essor : rien de ce qui était prévu n'était arrivé. Le grand territoire vallonné, d'un seul tenant, était resté à l'abandon, n'intéressant personne. Sauf Lorenzo, qui avait su immédiatement ce qu'il allait en faire. Pour monter son parc, il s'était battu comme un de ces lions qu'il admirait tant. Volontaire, tenace, déterminé, il avait réussi à trouver des capitaux, à séduire des sponsors, à faire venir le public. Dans son combat de chaque jour, mené tambour battant, il s'était oublié. La femme qu'il aimait, Julia, rencontrée durant leurs études à Maisons-Alfort, l'avait quitté par lassitude de ses voyages trop fréquents et trop longs. Mais quelques années plus tard, elle avait fait de nouveau irruption dans sa vie en répondant à une annonce qu'il avait passée dans une revue professionnelle pour recruter un second vétérinaire. Et il n'avait pas tenté de la reconquérir, tétanisé de se retrouver face à elle. Conséquence directe, Julia, déçue, avait jeté son dévolu sur Marc, le chef animalier du parc. Un désastre sentimental pour Lorenzo, obligé d'assister, impuissant, à leur idylle, et d'entendre parler de leurs projets de mariage et d'enfant. Julia, enceinte, avait malheureusement fait une fausse couche, et le couple n'avait pas tenu. Marc avait démissionné, il était parti, mais Julia était restée. Désormais, pour Lorenzo, la voie était libre. Oserait-il l'emprunter ? Ils avaient dîné ensemble plusieurs fois, sans parvenir à dissiper une sorte de gêne qui les muselait l'un et l'autre. Recommencer une histoire ne semblait pas si simple.

— Ah, reprit Fosco, ces terres, nous étions venus les parcourir, Ettore et moi. La station de sports d'hiver devait s'ouvrir plus haut, là-bas… Il y croyait dur comme fer, il se voyait déjà riche !

— Il ne m'en avait jamais parlé.

— Ettore n'était pas un bavard. Et il n'aimait pas se vanter. Il préférait imaginer que tu aurais une belle surprise.

— Je l'ai eue.

— Tu as mené le projet qu'il fallait. Rien d'autre n'aurait pu se faire ici.

Avec sa canne, il décrivit un grand arc de cercle, ratant de peu la tête de Lorenzo.

— Sincèrement, c'est magnifique ! Bien aménagé, bien entretenu. Où as-tu trouvé l'argent ?

— C'est une longue histoire. J'ai eu du mal.

— Je veux bien te croire ! En tout cas, bravo, gamin…

Se faire traiter de gamin arracha un nouveau sourire à Lorenzo.

— Vous dînerez avec moi, Fosco ?

— Non. Ma fille doit venir me chercher. C'est elle, mon chauffeur, à présent. D'ailleurs, je suis en retard. Mais je voulais voir tout ça avant de mourir. On parle du parc Delmonte de l'autre côté de la frontière, et il y a longtemps que je me promettais de faire le voyage. Ah, Ettore ! Parti trop tôt, comme on dit…

Il lança un dernier regard vers les deux loups blancs, qui se tenaient à bonne distance.

— Ceux-là sont toujours sur le qui-vive, pas comme les lions, qui se prélassent au soleil !

— *Amate gli animali selvaggi ?* demanda doucement Lorenzo.

Le vieil Italien hocha la tête en silence. À l'évidence, les animaux sauvages le fascinaient.

— Montez dans la petite voiture, Fosco, je vous raccompagne jusqu'à la sortie.

Julia avait suivi la scène de loin, sans intervenir. Elle ne s'était pas trompée sur l'expression affectueuse de Lorenzo, avait tout de suite compris qu'il connaissait l'étrange visiteur. Elle s'éloigna discrètement après lui avoir adressé un petit signe. Regagner à pied la clinique vétérinaire, à l'autre bout du parc, lui ferait faire un peu d'exercice. L'heure de la fermeture approchant, les visiteurs étaient moins nombreux et refluaient dans la direction opposée. En les croisant, Julia percevait des bribes de commentaires enthousiastes. Le parc séduisait tout le monde, avec ses vastes enclos où les animaux avaient vraiment la place de s'ébattre, les explications claires et concises qui présentaient chaque espèce, l'environnement vallonné et bien paysagé, l'aspect impeccable des allées et des clôtures, ainsi que la gentillesse de tous les employés, qu'ils soient soigneurs, jardiniers, techniciens ou vétérinaires. Lorenzo peaufinait les détails, ne transigeait sur rien. Il refusait par exemple d'organiser des spectacles dont les otaries ou les oiseaux seraient les acteurs, et il rejetait l'idée d'installer des aires de jeux pour les enfants. Pourquoi les distraire avec des amusements qu'ils pouvaient trouver ailleurs, alors que tout l'intérêt du parc résidait dans l'observation et la proximité avec les animaux ?

Voir un lion ou un tigre de très près, à l'abri d'un tunnel de verre blindé ou sur une passerelle sécurisée, rouler en voiture au milieu des ours bruns, caresser un chevreau, regarder les éléphants s'asperger, donner à manger aux singes, tout cela valait bien mieux qu'une balançoire ou un trampoline. Certains esprits chagrins lui prédisaient qu'il allait perdre des clients, mais il n'en démordait pas : il refusait de mélanger les genres. La visite du parc procurait assez de sensations et d'émotions, nul besoin d'avoir recours à des jeux. D'autant moins qu'il espérait des enfants comme de leurs parents une prise de conscience devant la menace de disparition pesant sur certaines espèces. Quand on lui rétorquait que les dinosaures avaient disparu et que personne ne les regrettait, il se mettait en colère – une de ces colères froides qui douchait immanquablement ses interlocuteurs. La vocation de Lorenzo était la préservation, la sauvegarde. Pour assurer des naissances en évitant la consanguinité, il avait adhéré au programme d'échange des parcs européens, dont il respectait à la lettre le protocole rigoureux. Ses seules concessions pour rendre la visite plus ludique avaient été la création d'une petite ferme où l'on pouvait toucher les animaux, et la formation d'un soigneur à la fauconnerie afin de faire voler en liberté les deux aigles des Philippines.

Julia marchait vite, tout en profitant de la douceur de l'air. La fin du mois d'avril annonçait un beau printemps, avec des températures très agréables qui provoqueraient sans doute une hausse de fréquentation. Les finances du parc Delmonte étaient fragiles, et Lorenzo avait besoin d'argent pour effectuer les travaux qu'il prévoyait. Entre autres, la réfection du bassin des ours polaires, qu'on verrait bientôt nager derrière une vitre.

— Encore une journée bien remplie ! lui lança Francis en la rejoignant.

C'était le nouveau chef animalier, nommé provisoirement après la démission de Marc. Un homme d'une quarantaine d'années qui connaissait bien le métier mais qui passait beaucoup de temps sur les réseaux sociaux, rivé à l'écran de son téléphone.

— Rien de spécial ? demanda machinalement Julia.

Mais elle savait que Francis l'aurait bipée en cas de problème.

— Non, tout va bien. Les équipes finissent de nettoyer le bâtiment des girafes. Sacré boulot ! Heureusement, tout le monde a mis la main à la pâte.

Les soigneurs avaient l'habitude de s'entraider, même ceux qui venaient d'autres secteurs. Comme tous les professionnels du parc, ils communiquaient par talkies-walkies et se dépannaient mutuellement. Ces échanges leur permettaient de s'intéresser à d'autres animaux que ceux dont ils étaient chargés et les rendaient polyvalents.

— C'est Luc qui conduit la tractopelle, et il est très doué pour enlever les tas de fumier avec le godet.

Bien que s'adressant à Julia, Francis continuait de fixer son téléphone, une habitude exaspérante.

— Qu'est-ce qui t'intéresse autant ? voulut-elle savoir.

— Je regarde les dernières photos postées par les copains.

Elle ne fit pas de commentaire, tout en songeant que cette addiction aux réseaux sociaux finirait par entraîner une distraction ou un oubli. Toutefois elle ne voulait pas le vexer, ni faire de comparaison avec Marc, qui avait été un chef animalier exceptionnel... mais qui avait quitté le parc à cause d'elle.

— Regarde ça ! s'exclama-t-il tout en lui emboîtant le pas.

Il désignait son écran, obnubilé.

— Regarde plutôt ça, suggéra-t-elle d'un ton sec.

Des visiteurs s'attardaient sur la passerelle surplombant l'enclos des tigres, et un enfant, juché sur les épaules de son père, se penchait dangereusement.

— Monsieur ! l'interpella Francis.

Il grimpa les marches quatre à quatre pour rejoindre le petit groupe, à qui il entreprit de rappeler les règles de sécurité avec tact et fermeté. Confus, le papa reposa son fils à terre. D'en bas, Julia avait observé la scène. Francis possédait des qualités indiscutables, pourtant elle aurait préféré que Lorenzo nomme un autre chef animalier. Souad, par exemple, une Marocaine qui travaillait ici depuis quelques mois et avait expérimenté tous les secteurs. Grande et forte, avec ses épaules de nageuse, elle ne reculait devant aucune tâche, même ingrate. Elle possédait aussi une autorité naturelle et un franc-parler qui pouvaient faire merveille sur les équipes, enfin elle adorait tous les animaux du parc sans exception. Mais Lorenzo avait choisi Francis. Pensait-il qu'un homme était plus indiqué à ce poste ? Il n'était pas misogyne, il l'avait souvent prouvé. Néanmoins, la succession de Marc lui avait posé un problème. Tout le monde connaissait la raison du départ de Marc. Les histoires sentimentales n'auraient jamais dû interférer avec la bonne marche du parc. Julia se sentait coupable, d'autant que Lorenzo restait très réservé, se cantonnant à son rôle d'ami.

Les derniers visiteurs se hâtaient à présent vers la sortie et le soleil n'allait plus tarder à disparaître derrière l'horizon, laissant la fraîcheur s'installer. Hormis en hiver, où il devenait rude, le climat du Jura était agréable, et durant les six mois à venir tous les animaux pourraient profiter pleinement de leurs vastes enclos. Les soigneurs rivalisaient d'imagination pour qu'ils ne s'y ennuient jamais, cachant la nourriture afin de les obliger à chercher ou inventant des objets improbables destinés à les faire jouer. Lorenzo insistait sur le goût de la plupart des espèces pour le jeu, et à voir les ours polaires s'amuser inlassablement avec leur pneu, on lui donnait raison.

Constatant qu'il était de nouveau rivé à son portable, Julia laissa Francis s'éloigner. À travers le haut grillage, elle observa le couple de tigres durant quelques minutes, puis elle se dirigea vers le territoire des lions blancs, situé à bonne distance. Ils nécessitaient une surveillance particulière depuis quelques semaines, l'un des jeunes mâles commençant à manifester de l'agressivité envers le chef du clan familial, Nahour, ce qui provoquait parfois des débuts de bagarre, pour l'instant sans gravité – mais jusqu'à quand ? L'heure était venue de les séparer, de trouver une place au jeune mâle dans un autre parc zoologique. Le moment de la rentrée dans les loges, où les fauves savaient que quelques gourmandises les attendaient, était le plus délicat : tous les lions se précipitaient ensemble vers la trappe ouverte, et là encore la hiérarchie était bousculée.

Les allées retrouvaient leur calme, et Julia savourait la petite parenthèse qu'elle continuait de s'accorder. Du matin au soir, il y avait toujours quelque chose à faire au parc, une décision à prendre, un animal à soigner. Malgré l'usage des voitures de service, il fallait beaucoup marcher, et surtout rester vigilant en permanence. Lorenzo répétait que, au milieu d'animaux sauvages, tout pouvait arriver, et qu'en conséquence il n'était pas question de céder à la routine, aux habitudes.

Lorenzo ci, Lorenzo ça… Décidément, il demeurait au centre de ses préoccupations ! Quand elle n'était pas en train de travailler avec lui, elle pensait à lui. À la flamboyante liaison de leur jeunesse, aux absences qu'il lui avait ensuite infligées, à leur douloureuse rupture, au concours de circonstances qui les avait remis face à face quelques années plus tard, à la déception qu'elle avait éprouvée en constatant sa probable indifférence. Alors Marc était entré dans la vie de Julia, tandis qu'une jeune femme du nom de Cécile entrait dans celle de Lorenzo. Tout ce temps qu'ils avaient perdu ! Désormais, ils étaient de nouveau libres, mais de nouveau Lorenzo se tenait en retrait. Amical, chaleureux, complice, il n'essayait pas de la séduire, n'était jamais ambigu. Pourquoi ? Qu'est-ce qui le retenait ? Le départ de Marc était sans doute trop récent, peut-être ne voulait-il pas avoir l'air de se précipiter. En attendant, elle bouillait d'impatience : elle avait tellement envie qu'il la regarde autrement, qu'il lui dise des mots plus tendres, plus audacieux, qu'il soit plus conquérant et plus proche, plus intime. Avec la maturité, il était encore plus séduisant, et il la séduisait ! Elle aimait ses qualités évidentes et ses défauts plus secrets, car il n'était pas parfait, loin de là. Il se braquait facilement, ne savait pas déléguer, faisait passer le travail avant tout. Le parc lui prenait tout son temps, toute son énergie, il sortait peu de ce monde clos. Lui ferait-il un jour une place dans sa vie si pleine ?

La journée était finie, les portes venaient de fermer et les employés s'étaient mis à ratisser les allées, à vider les grandes poubelles en bois disposées un peu partout. De leur côté, les soigneurs commençaient à rentrer les animaux pour la nuit. Du moins, ceux qui voulaient bien rentrer, car personne ne pouvait les y forcer. Mais en général ils regagnaient volontiers leurs loges, où de la nourriture les attendait. Postée devant le haut grillage du territoire des lions, elle entendit l'appel d'un soigneur et le bruit d'une trappe qui s'ouvrait. Les fauves s'élancèrent ensemble. Soudain, sans raison apparente, deux d'entre eux se retournèrent l'un contre l'autre, et une violente bagarre éclata. Julia reconnut aussitôt Nahour et le jeune lion qui voulait sa place. Leur corps à corps, accompagné de rugissements de fureur, de coups de griffes et de morsures, était effrayant. Comme l'affrontement ne cessait pas et s'envenimait encore, Julia saisit son talkie-walkie. Un soigneur surgit au même moment à ses côtés. Il escalada les marches d'une tour de surveillance et, une fois en haut, s'empara d'un tuyau d'où jaillit un puissant jet d'eau qu'il dirigea sur les deux lions toujours en lutte. Un second soigneur rejoignit le premier en courant. La pression du jet parut augmenter, et finalement les fauves se séparèrent, le jeune mâle rompant le combat. Julia distingua alors une large blessure sur son flanc, qui saignait abondamment. Elle appela aussitôt Lorenzo.

*

Il avait fallu patienter deux heures avant que le lion blessé accepte de rentrer. Durant tout ce temps, il était resté sur un rocher plat où il aimait se tenir, occupé à lécher sa plaie par intermittence. Une demi-douzaine de soigneurs étaient venus prêter main-forte à leurs collègues du secteur des fauves, et à force de ruses ils avaient réussi à le faire entrer dans le bâtiment, où il avait été isolé du groupe. Lorenzo l'avait immédiatement fléché pour l'endormir, inquiet de tout le sang qu'il perdait. Julia et lui s'étaient ensuite relayés pour recoudre la blessure à points serrés après l'avoir largement désinfectée. Profitant de l'anesthésie, ils avaient effectué un examen complet de l'animal, qui semblait en bonne santé, mais par précaution Lorenzo avait décidé de la mise en place d'un traitement antibiotique.

— Je pense qu'il est trop âgé pour cohabiter avec son père. Il veut le détrôner pour occuper la position de dominant, déclara-t-il à Julia en quittant le bâtiment des fauves. Or, je tiens à l'harmonie de notre famille de lions. Si nous voulons éviter de nouveaux incidents, mieux vaudrait le transférer dans un autre parc sans attendre. J'ai un accord de principe avec un zoo autrichien où il rejoindrait une jeune femelle. Il va falloir organiser très vite son départ, et d'ici là le laisser à l'isolement ou bien le sortir seul.

Ils attendirent le réveil du jeune lion puis repartirent ensemble. En passant devant le restaurant du parc,

Lorenzo salua de loin le gérant, Adrien, qui surveillait le rangement de la grande salle sous verrière où l'on servait des plats chauds à toute heure. Le ravitaillement s'effectuait majoritairement auprès de producteurs locaux, et tout était fait pour respecter de strictes normes écologiques. Les visiteurs pouvaient s'installer où ils voulaient, apporter leur propre pique-nique ou bien prendre un plateau et choisir parmi les formules simples proposées. Chacun y trouvait son compte, selon son budget, ainsi que Lorenzo l'avait souhaité.

Devant les locaux de l'administration, il invita Julia à l'accompagner.

— Je jette un coup d'œil à mes messages, et ensuite je t'offre un verre !

Bien qu'il louât une petite maison à quelques kilomètres du parc, Lorenzo s'était aménagé une chambre et une salle de douche sous les combles, au-dessus des bureaux, afin de pouvoir passer la nuit au parc quand il le souhaitait. Ce qui arrivait souvent. Mais cet endroit était son repaire, il n'y emmenait jamais aucune femme. Au rez-de-chaussée, à côté du local réservé au comptable et de celui des archives, il avait fait aménager un espace d'accueil confortable où il pouvait recevoir ses visiteurs de marque, sponsors ou encore confrères venus d'autres parcs européens.

— Détends-toi, je n'en ai pas pour longtemps…

Il prit place derrière son ordinateur tandis que Julia s'affalait sur l'un des canapés moelleux.

— Alors, ce vieux monsieur ? s'enquit-elle.

— Il s'appelle Fosco, c'était un ami de mon grand-père. Je l'ai connu quand j'étais un petit garçon. Il m'a paru content de découvrir le parc et de constater que j'avais fait fructifier mon héritage.

— Les terres dont personne ne voulait, c'est ça ?

— Oui. Tu te rends compte ?

Il parlait tout en consultant ses messages, mais il s'interrompit net.

— Inouï... finit-il par lâcher au bout de quelques instants.

Comme il semblait désemparé, Julia quitta son canapé et le rejoignit, mais pour ne pas être indiscrète elle resta de l'autre côté du bureau.

— Un problème ?

— Non ! Au contraire, une invitation.

— À quoi ?

— Eh bien...

Levant les yeux vers elle, il la scruta avant de poursuivre :

— Tu te souviens sûrement de Benoît, qui a fait ses études avec nous à Maisons-Alfort.

— Un rouquin ?

— C'est ça. Roux et super sympa.

— Avec qui tu passais des heures à parler de faune sauvage.

— Exactement !

— Et qui faisait des blagues stupides à toutes les filles.

— Je vois que tu te souviens bien de lui. Figure-toi qu'il travaille depuis trois ans dans la réserve de Samburu, au Kenya, et qu'il me propose d'aller passer un mois là-bas.

— Un mois, répéta-t-elle, incrédule.

Elle savait que Lorenzo ne quittait jamais le parc, et que ni les vacances ni les voyages ne le tentaient. Mais là, il s'agissait de l'Afrique et d'animaux sauvages évoluant librement dans leur cadre de vie naturel. Une perspective qui ne pouvait que le séduire, son vieux copain Benoît devait bien s'en douter.

— Viens lire son message, proposa-t-il.

Contournant le bureau, elle alla se poster derrière lui.

« *J'ai entendu parler de ton parc, dont la réputation est arrivée jusqu'à moi ! Félicitations, mon vieux, tu as réalisé ton rêve. Mais je suis certain qu'il te manque quelque chose. Viens observer les lions et les éléphants ici, ils sont différents de ceux qui n'ont connu que la captivité. Je t'offre l'hospitalité pour quelques semaines et nous comparerons nos expériences, ce sera enrichissant. Es-tu toujours avec la belle Julia ? Réponds-moi vite, dès que tu auras pris ton billet d'avion. Amitiés, Benoît.* »

— Il se souvient de mon prénom, c'est flatteur ! dit-elle d'un ton qu'elle espérait désinvolte.

En réalité, l'allusion la rendait nostalgique de leur passé, ce qu'elle ne voulait pas montrer.

— Tu vas y aller ? s'enquit-elle.

— Non, je ne peux pas m'absenter comme ça…

Dans sa voix perçait un tel regret qu'elle en fut émue. Il mourait d'envie d'accepter l'invitation mais se l'interdisait.

— Pourquoi ? insista-t-elle. C'est une offre généreuse, et je suis certaine que tu apprendrais des tas de choses là-bas.

Il lui adressa un sourire mitigé avant de répondre :

— À une époque, tu n'aimais pas que je voyage.

— Parce que nous étions ensemble, toi et moi, en couple ! Ce n'est plus le cas.

Ils échangèrent un regard, chacun essayant de deviner ce que pensait vraiment l'autre. Il n'était sûrement pas honnête en refusant, et elle non plus en le poussant à partir. En réalité, elle aimait travailler quotidiennement avec lui, ou plus simplement elle aimait *être* avec lui.

— Ce ne serait pas raisonnable, trancha-t-il. Je n'ai même pas un bon chef animalier. Francis fait ce qu'il peut, mais ça ne suffit pas. Depuis le départ de Marc, je n'ai pas trouvé son équivalent.

— Pourquoi as-tu choisi Francis pour ce poste ? Souad aurait été bien meilleure que lui !

— Souad ? s'étonna-t-il.

— Eh bien, oui ! Une femme que tout le monde adore et respecte, qui a toute l'expérience voulue, qui sait s'y prendre aussi bien avec les gens qu'avec les animaux, et qui vit pour le parc, comme toi. La plupart des soigneurs s'attendaient à ce que tu la préfères à n'importe qui d'autre.

— Tu aurais dû m'en parler.

— Tu as pris ta décision très vite, et sans consulter personne. Comme à ton habitude…

Un reproche à peine déguisé, qu'il encaissa sans protester.

— Nommer Souad est une bonne idée, je le reconnais, finit-il par admettre, mais Francis sera vexé.

— Ou peut-être soulagé d'être débarrassé de toutes ces responsabilités qui limitent le temps qu'il pourrait passer sur les réseaux sociaux… Je ne dis pas ça pour lui nuire, parce que ça ne l'empêche pas de faire son travail. En revanche, je crois qu'il a accepté pour ne pas te décevoir, alors qu'il n'avait pas vraiment envie de devenir chef.

— Bon, d'accord, concéda-t-il, agacé. Je vais lui en parler, ainsi qu'à Souad. On verra ce qu'ils en pensent tous les deux. Mais je ne vais pas leur confier le parc, ni à l'un ni à l'autre, pendant des semaines ! En conséquence, je ne *peux pas* aller au Kenya.

Julia laissa passer un silence avant de murmurer :

— Lorenzo… Souviens-toi que nul n'est indispensable. Les équipes sont formidables, efficaces, bien rodées. Le comptable supervise toutes les commandes et toutes les factures, le gérant du restaurant est irréprochable, le…

— Il manquerait un vétérinaire, non ? ricana-t-il.

— Moi je reste, puisque je ne suis pas invitée là-bas, et je peux prendre un intérimaire. Un confrère qui sera heureux de faire un remplacement dans un parc comme celui-ci, qui est un modèle. Mais tu n'as peut-être pas confiance en moi non plus ?

— Bien sûr que si. Tu es un excellent vétérinaire, et tu le sais. De là à pouvoir superviser tout le parc avec ses innombrables problèmes quotidiens…

— Tu y arrives bien, toi !

— C'est moi qui l'ai créé, rappela-t-il.

— Au risque de te vexer, Lorenzo, je suis persuadée que tu peux t'en aller un mois sans que la Terre s'arrête de tourner. D'ailleurs, si Marc était encore ici, tu aurais sans doute accepté ! Donc, en quelque sorte, ce sera ma faute si tu ne vas pas au Kenya.

Pourquoi s'obstinait-elle ? Pour lui prouver que la Julia d'aujourd'hui, contrairement à la Julia d'autrefois, ne souffrirait pas de son absence ? C'était absolument faux : la perspective de son départ la rendait déjà triste.

— De toute façon, reprit-elle, tu vas y penser nuit et jour. Cette invitation est une chance, tu regretterais amèrement de l'avoir laissée passer.

Là, elle était enfin sincère. Elle le connaissait bien, savait qu'il désirait ardemment voir certaines espèces sauvages en totale liberté afin de pouvoir comparer leurs comportements avec ceux des captifs, car quelle que soit la grandeur des enclos du parc les fauves, les éléphants et les girafes y demeuraient prisonniers. Certes, c'était le prix à payer pour sauvegarder certaines espèces menacées, et Lorenzo se consacrait corps et âme à cette cause, mais il avait certainement envie de revoir l'Afrique, qu'il avait tellement aimée. Julia ne pouvait pas – ne devait pas – lutter contre son désir, pas plus que dix ans auparavant. Lorenzo était trop indépendant pour qu'on cherche à le retenir.

— Tu m'embrouilles, soupira-t-il. Tu crois vraiment que…

— J'en suis certaine !

Elle se détourna, annonça qu'elle allait se coucher. Depuis sa séparation d'avec Marc, elle habitait dans le pavillon des stagiaires, un bâtiment très confortable où Lorenzo avait mis une chambre à sa disposition en attendant qu'elle trouve un logement. Mais elle n'en avait pas cherché.

Il la suivit des yeux, déçu qu'elle s'en aille. Il se sentait très excité par la proposition de Benoît, qu'il hésitait encore à accepter malgré les encouragements de Julia. Il avait perçu un malaise, se demandait si elle n'était pas de mauvaise foi – mais pourquoi ? Peut-être avait-elle deviné qu'il ne tarderait plus à surmonter ses réticences et à tenter de la reconquérir. Était-ce ce qu'elle voulait éviter en le poussant à partir ? Délibérément, il avait laissé s'écouler du temps après le départ de Marc, et ensuite… Ensuite, il n'avait pas osé, s'était noyé comme toujours dans le travail. À présent, et très précisément *ce soir*, il aurait dû la retenir pour lui parler à cœur ouvert. Au moins lui proposer d'aller chercher au restaurant du parc de quoi improviser un dîner. Il avait la clé des cuisines et pouvait se servir pour peu qu'il laisse un mot au gérant.

Le Kenya… Benoît devait avoir accumulé une expérience extraordinaire. La partager serait très profitable à Lorenzo, et donc au parc. Pouvait-il négliger pareille opportunité ? Un voyage comme celui-là lui rappellerait sa jeunesse, le reconnecterait à l'envie de découvrir et d'apprendre qui avait été son moteur lorsqu'il parcourait le monde, de réserves en zoos, à la fois avide et émerveillé.

Sans même s'en apercevoir, il avait machinalement pris le chemin du restaurant. Il pénétra dans les cuisines obscures, n'alluma qu'un néon. Sous la grande verrière, l'atmosphère était fantomatique, mais il n'y prêta aucune attention. Il fit décongeler un petit pain, le garnit d'emmental et de feuilles de salade, badigeonna le tout de moutarde. Dans sa tête, des images du Kenya se succédaient. Des pistes poussiéreuses, de vieilles Jeep cabossées, des rangers sur le qui-vive, et soudain, au loin, une famille d'éléphants en file indienne, avançant d'un pas paisible. Une chaleur écrasante, des points d'eau à moitié asséchés où se presse toute une faune sauvage qui s'abreuve en respectant la hiérarchie des espèces. Des couchers de soleil sur des paysages à couper le souffle. Des lionnes chassant en meute une antilope sans qu'aucune clôture les arrête…

Il ouvrit l'un des frigos, choisit une bière qu'il but à longs traits, comme si songer à la savane lui avait donné soif. La réserve de Samburu était l'une des plus belles d'Afrique subsaharienne. Située au centre nord du Kenya et traversée par la rivière Ewaso Ng'iro, elle s'étendait sur près de cent soixante-dix kilomètres carrés, et on y côtoyait des animaux rares. Lorenzo en avait entendu parler, sans jamais imaginer qu'il pourrait y séjourner. Benoît lui offrait un cadeau royal en lui proposant de le recevoir pendant un mois – un temps suffisamment long pour qu'il acquière de réelles connaissances.

L'envie d'une seconde bière le surprit, lui qui buvait peu, mais il en prit une autre. Songer à ce voyage l'emplissait d'une sourde excitation qui lui fit comprendre qu'il n'allait pas pouvoir refuser. Julia avait raison, il suffisait de tout organiser en détail pour que le parc ne souffre pas de son absence. D'ailleurs, au moindre souci, il rentrerait par le premier avion !

Après avoir placé les bouteilles vides dans la poubelle à verre, il éteignit les lumières et quitta le restaurant. Une fois de plus, il décida de dormir dans sa chambre sous les toits plutôt que de regagner la petite maison qu'il louait non loin du parc. En passant devant le bâtiment des stagiaires, il risqua un coup d'œil vers la fenêtre de Julia, qui occupait la chambre numéro quatre. La lumière était allumée mais les rideaux tirés. À quoi Julia consacrait-elle sa fin de soirée ? Surfait-elle sur Internet ? Lisait-elle un de ces romans policiers qu'elle appréciait ? Il aurait aimé être avec elle. En fait, elle était la seule personne avec laquelle il avait envie de discuter de ce périple et, paradoxalement, la seule avec laquelle il ne devait pas le faire. Inutile de raviver de vieux souvenirs, de reparler de ces anciens voyages qui avaient sonné le glas de leur si belle histoire. Il ne parvenait pas à être naturel avec elle, le passé pesait trop lourd entre eux. Alors, peut-être qu'un peu d'éloignement leur ferait du bien à tous les deux ? Leur donnerait l'occasion de surmonter la rupture d'autrefois, d'oublier Marc et de se regarder enfin d'un œil neuf ? Il y croyait, en espérant que ce ne soit pas uniquement pour se rassurer.

Il pénétra dans les locaux de l'administration, où les lampes étaient restées allumées. Un oubli qui prouvait sa distraction. Regardant autour de lui, il prit conscience que cet endroit, et tout le parc alentour, était sa raison de vivre. Néanmoins, il allait s'accorder une parenthèse, sa décision était prise, et sans doute l'avait-elle été à l'instant où il avait lu le message de Benoît.

2

Après plus de huit heures de vol, l'avion de Lorenzo avait atterri à Nairobi. Puis il avait dû changer d'aéroport pour prendre un autre vol, qui l'avait conduit à Samburu, où Benoît l'attendait. Celui-ci, après avoir longuement congratulé son ancien compagnon d'études, annonça que quinze kilomètres les séparaient de la réserve et qu'il était venu avec son vieux Toyota Land Cruiser. La température, d'environ vingt-cinq degrés, était agréable ; la saison des pluies n'était pas terminée.

— Tu dois être crevé par le voyage, non ? s'amusa Benoît. Paris est vraiment loin d'ici !

— En plus, j'arrive du Jura…

— Ton parc ? J'ai hâte que tu m'en parles, mais nous aurons le temps de le faire le soir, à la veillée ! Tu vas voir, je ne suis pas trop mal installé : il y a presque quatre ans que je travaille pour la réserve, je compte bien y rester et les vétérinaires sont devenus indispensables. L'endroit est magique ! Bien sûr nous avons des braconniers, comme partout, mais aujourd'hui la population lutte avec nous. Les mentalités ont évolué, car les gens ont compris l'utilité des éléphants pour le renouvellement de la végétation, et donc l'alimentation de leurs troupeaux, alors ils les protègent. Nous avons aussi l'aide de Google, qui a mis au point des cartes en trois dimensions qui nous permettent de suivre en temps réel les déplacements des troupeaux, grâce aux colliers dont on a pu équiper certains animaux. Il y a même, tiens-toi bien, un orphelinat pour les éléphanteaux…

Il s'interrompit, éclata de rire.

— J'ai tellement de choses à te raconter que je ne sais pas par où commencer ! Mais je suis vraiment content que tu sois là. Nous allons comparer nos expériences, ce sera bénéfique pour nous deux. Sincèrement, Lorenzo, qui aurait cru, quand nous bûchions nos examens sur le campus de Maisons-Alfort en rêvant des lions d'Afrique, qu'on en arriverait là ?

— On parlait beaucoup d'avenir, on envisageait tous les plans possibles.

— Et tu sortais avec Julia, cette fille fantastique ! Qu'est-elle devenue ?

— Elle travaille avec moi.

— Travaille ? Rien d'autre ?

— Nos chemins s'étaient séparés, et puis ils se sont recroisés, mais…

Benoît quitta un instant la route des yeux pour observer Lorenzo.

— Tu dis ça d'un ton sinistre. Tu la regrettes ?

— Infiniment. C'est, en effet, une femme fantastique. Je l'ai perdue une première fois par ma faute, et quand je l'ai revue quelques années plus tard je n'ai rien tenté, comme un abruti. Du coup, elle a failli faire sa vie avec un autre, mais ça n'a pas marché entre eux. Maintenant qu'elle est libre, je n'ose pas. Je suis pétrifié.

— Toi ? s'esclaffa Benoît. Je t'ai connu plus entreprenant !

— Peut-être, mais je ne veux pas la décevoir. Elle me prend pour son meilleur ami.

— L'amitié homme-femme n'existe pas.

— Si !

— Non.

Ils se mirent à rire, heureux d'être ensemble.

— J'ai cru que tu n'accepterais jamais de venir.

— La tentation était trop forte.

— Pas celle de me voir, j'imagine ?

— Toi bien sûr, et puis des girafes réticulées, des léopards, des zèbres de Grévy, des lycaons, des gazelles de Waller...

— Ici, on les appelle « gérénuks ». Tu pourras les contempler dès demain, parce qu'ils vont tous boire à la rivière.

— L'Ewaso Ng'iro ?

— Bravo, tu t'es documenté ! Ce nom signifie simplement « rivière brune », et elle est pleine de crocodiles.

Ils venaient de pénétrer dans la réserve, accueillis par un paysage de broussailles, d'acacias et de palmiers doums. Benoît les conduisit jusqu'au camp, semé de baraquements en bois et de grandes tentes.

— Tu vas trouver le confort rudimentaire, mais ce n'est pas si mal.

— Je m'en contenterai, affirma Lorenzo avec un sourire.

Le soleil déclinait, embrasant l'horizon dans un bandeau de nuages orangés. Se retrouver au Kenya était tellement extraordinaire que, malgré la fatigue du voyage, Lorenzo avait envie de tout découvrir sur-le-champ.

— L'année dernière, j'ai enfin eu droit à cette maison, annonça Benoît.

Il désignait un bâtiment à l'écart, entouré d'un vaste enclos grillagé.

— La plus grande partie est consacrée à ce que j'appelle ma « clinique ». On y trouve à peu près tout ce qu'il faut pour soigner les animaux… ou les hommes !

— Tu plaisantes ?

— Avant-hier, j'ai extrait une balle de l'épaule d'un de nos rangers. La vie n'est pas de tout repos ici. Viens, je vais te présenter aux autres. Un confrère qui arrive de France, ça les intrigue. Tu as pu m'apporter les médicaments que je t'avais demandés ?

— Oui, en totalité. Les douaniers m'ont laissé passer sans problème, j'ai même eu l'impression que les « produits vétérinaires » étaient bienvenus.

— Alors, tu es tombé sur des types intègres, tu as eu de la chance. Nairobi est souvent synonyme de corruption et de brutalité policière. Mais tu es français, véto, on se doute bien que tu viens pour aider.

— Je viens surtout pour apprendre ! s'esclaffa Lorenzo.

— Et tu devais avoir envie de bouger un peu, non ? Tu n'as pas l'âme sédentaire, tu adorais les voyages.

— C'était avant de bâtir mon parc. Aujourd'hui ma vie est là-bas, et je ne m'ennuie pas une seule seconde.

— De combien d'hectares disposes-tu ?

— Quatre-vingt-dix.

— Eh bien, dans cette réserve de Samburu, nous en avons seize mille cinq cents !

— Rien de comparable, en effet.

— Si, puisque nous luttons pour la même chose, toi et moi : sauver les espèces avant qu'elles ne disparaissent définitivement. À l'état sauvage, je pense qu'elles sont condamnées à moyen terme, sauf si l'humain change de mentalité et accepte de leur laisser un peu de place. Mais j'en doute. Il n'y a pas que les pachydermes qui ont besoin de vastes territoires, les grands félins aussi.

— Je suis très excité par la perspective de les observer dans leur milieu naturel. Mes soigneurs me demanderont un compte rendu détaillé à mon retour, pour tenter d'améliorer le quotidien de nos captifs. L'ennui est un gros problème, surtout pour les fauves, privés de chasse.

— Ils risquent de perdre leur instinct, non ?

— Pour ça, je n'ai aucune solution. Je ne vais pas leur livrer des gazelles vivantes ! Le public partirait en courant, et mon parc fermerait.

Ils venaient d'entrer dans la maison de Benoît, sommairement meublée mais chaleureuse, avec ses murs et ses planchers en bois brut.

— Tu vis seul ? voulut savoir Lorenzo.

— Oui. Toi aussi ?

— Eh oui… À croire que notre travail accapare tout !

Benoît ouvrit la porte d'une chambre qui ne comportait qu'un lit, surmonté d'une moustiquaire, un vieux fauteuil de cuir et une malle sur laquelle trônait une lampe à pétrole.

— Je n'ai rien de mieux à t'offrir.

— Ça ira très bien, affirma Lorenzo. La moustiquaire, c'est pour…

— Les moustiques, papillons de nuit, sauterelles, grillons et araignées. En principe, pas de scorpions, ne t'inquiète pas. As-tu pris un antipaludéen ?

— Bien sûr.

— Alors, je te laisse te changer. Au besoin, il y a une sorte de douche, juste à côté. Et quand tu seras prêt, rejoins-moi à l'autre bout de la maison, je te montrerai mon installation.

Benoît s'éclipsa tandis que Lorenzo posait son sac sur le lit. Il avait suffisamment voyagé pour savoir ne pas s'encombrer d'affaires inutiles. Il s'était contenté de grosses chaussures de marche, de deux shorts et de deux pantalons de toile, de tee-shirts et de sous-vêtements, d'un pull chaud. Benoît pourrait lui prêter le reste si ça ne suffisait pas. Tout en se déshabillant, malgré l'excitation du voyage ses pensées se tournèrent vers le parc et vers Julia. Suivant la suggestion de cette dernière, il avait nommé Souad avant de partir. Comme prévu, Francis avait accepté de céder sa place de chef animalier avec un certain soulagement, ce qui avait laissé Lorenzo perplexe. Aveuglé par le malaise entourant le départ de Marc, il s'était trompé en offrant le poste à Francis, qui n'avait pas osé refuser. Il savait pourtant que Souad était l'un de ses meilleurs éléments, et qu'elle possédait les compétences nécessaires. Pourquoi l'avait-il écartée de son choix ? Il avait commis une erreur, alors que Julia avait vu juste.

Une fois lavé et rhabillé, il s'aventura dans la maison jusqu'à la partie dédiée à ce que Benoît appelait sa

« clinique ». Comparée au local dont Lorenzo disposait dans son parc, celle-ci était plutôt rudimentaire, mais Benoît en était manifestement très fier.

— Tu vois ces grosses boîtes métalliques ? Elles contiennent le matériel qu'on charge à bord des véhicules. Le plus souvent, nous soignons sur place les animaux blessés. Quand on parvient à les flécher pour les endormir ! Et il faut monter la garde jusqu'à leur réveil, sinon ils deviendraient des proies faciles. Ici, on m'amène des petits qui ont perdu leur mère et sont incapables de se nourrir. Nos rangers font un boulot remarquable, ils sauvent des éléphants et des rhinos à longueur d'année ! Mais quand on tombe sur le cadavre de l'un d'eux, tué pour ses défenses ou sa corne, qui valent de l'or, on se sent tellement impuissants… Je me souviens d'une éléphante, l'an dernier, elle devait bien faire quatre tonnes et elle avait été massacrée, criblée de flèches empoisonnées, celles que les braconniers utilisent pour éviter le bruit. Seulement la mort est plus lente… Les rangers devaient patrouiller dans le coin, alors les braconniers n'ont pas eu le temps de scier les deux défenses : il n'en manquait qu'une seule. Un spectacle pathétique…

Il se tut un instant, les yeux dans le vague, sans doute rattrapé par ce souvenir poignant.

— Mais mon rôle ne se limite pas aux animaux sauvages, reprit-il. Je soigne aussi le bétail qui fait vivre les tribus.

Se tournant vers l'une des armoires à pharmacie, il l'ouvrit et en sortit une flasque qu'il tendit à Lorenzo.

— Bienvenue dans la réserve ! Vas-y, prends une rasade, c'est un whisky que je garde pour les grandes occasions.

Amusé, Lorenzo but une longue gorgée. Le décalage horaire avec la France n'était que de deux heures, cependant il commençait à se sentir fatigué, et l'alcool n'arrangerait rien. Néanmoins, il ne pouvait pas refuser le toast de Benoît.

— Sinon, rassure-toi, on boit plutôt de la bière blonde légère.

— Et la nourriture ?

— Pas très variée. De la viande grillée, mouton, chèvre ou poulet, avec beaucoup de haricots et de maïs. D'ailleurs, on ne va pas tarder à dîner. Demain matin, réveil à l'aube, je veux que tu voies le lever du soleil, c'est magique.

— Être ici avec toi, c'est déjà magique, et…

Il fut interrompu par une brusque averse, qui se mit à tambouriner et à ruisseler sur le toit.

— La saison des pluies n'est pas finie, signala Benoît en haussant le ton pour se faire entendre.

Le bruit caractéristique rappela à Lorenzo l'un des voyages qu'il avait effectués en Afrique dix ans plus tôt. À son retour, Julia avait rompu. Pour elle, c'était l'absence de trop, celle qu'elle ne pourrait pardonner.

— Combien de temps penses-tu rester ? demanda Benoît. Un mois, comme convenu ?

— Mon billet de retour est ouvert. Je déciderai en fonction des nouvelles que j'aurai de chez moi.

Lorenzo restait prudent en ne promettant rien. S'il était très excité à l'idée de tout ce que Benoît allait lui faire découvrir, il savait que son parc lui manquerait vite et de manière cuisante. Il n'avait plus la liberté ni l'insouciance de sa jeunesse, il s'était chargé de lourdes responsabilités, et les avoir momentanément déléguées à Julia et à Souad ne le rassurait pas. Comme la pluie se déversait toujours dans un bruit de cataracte, il reprit une gorgée de whisky, décidé à ne plus penser au parc pour l'instant.

*

Julia poussa un long soupir d'exaspération. Entre l'incident technique survenu dans le bassin de décantation des eaux usées, le défaut d'approvisionnement provoqué par une grève des chauffeurs routiers et la défection d'un stagiaire, les problèmes se multipliaient. Pire encore, Julia s'était absentée l'espace d'une matinée pour effectuer des examens médicaux qu'elle ne cessait de reporter, et pendant ce laps de temps le jaguar noir, Tomahawk, était tombé malade. Le vétérinaire engagé à mi-temps pour seconder Julia n'avait pas voulu prendre de décision sans elle, et à son retour on lui avait appris que Tomahawk, réfugié sur une branche d'arbre d'où il ne bougeait plus, restait hors d'atteinte des fusils hypodermiques.

Lorenzo n'était parti que depuis six jours, et déjà elle se sentait dépassée, harassée. Heureusement, Souad se montrait efficace et la secondait avec efficacité pour tout ce qui touchait aux animaux, mais les soucis administratifs ne la concernaient pas, et sur ces questions Julia devait se débrouiller seule.

En entrant dans le restaurant du parc, elle constata que les vitrines contenant des plats chauds étaient bien remplies, tout comme celles, réfrigérées, qui proposaient des fromages et des fruits. Elle rejoignit Adrien derrière l'un des comptoirs, et en profita pour se laisser tomber sur un tabouret.

— Tu n'as pas l'air touché par les grèves, fit-elle remarquer.

— Je m'approvisionne depuis toujours chez des producteurs locaux, rappela-t-il. Ils sont proches d'ici et ils me livrent avec leur voiture. Je te prépare quelque chose ? Tu as mauvaise mine…

— Je suis crevée. Et j'attends toujours que Tomahawk veuille bien descendre de sa branche !

— C'est l'inconvénient des grands enclos, railla Adrien, les animaux peuvent se planquer.

— Ils peuvent aussi se défouler, riposta-t-elle d'un ton acide.

— Je plaisantais, Julia.

— Bien sûr. Désolée, je suis à cran.

— Ne t'en fais pas. Tiens, je te concocte un plateau de déjeuner qui va te requinquer ! Un peu de protéines, des fibres, des vitamines et des sucres lents, d'accord ?

— Merci, tu es gentil. Je ne sais pas comment Lorenzo parvient à tout gérer et à être sur tous les fronts à la fois.

— Il s'y use la santé. D'autant plus qu'il se nourrit n'importe comment. Il mange essentiellement des sandwichs pleins de moutarde, tu parles d'une alimentation ! Dommage qu'il n'y ait pas une femme pour veiller sur lui…

Julia se demanda si l'allusion la visait ou si Adrien regrettait Cécile, cette jeune femme qui avait été la maîtresse de Lorenzo durant quelques semaines et qu'il avait finalement quittée. Prenant le plateau qu'Adrien avait composé, elle alla s'installer à l'une des tables, sous l'immense verrière. À cet instant précis, que faisait donc Lorenzo ? Observait-il des lions ou des éléphants au milieu de la savane sans penser à rien d'autre qu'au plaisir de respirer l'air de l'Afrique ? Il reviendrait sans doute bronzé et exalté, débordant d'idées nouvelles pour améliorer encore son parc. Serait-elle censée l'écouter, comme par le passé, mi-admirative, mi-frustrée ? Elle aussi aurait adoré séjourner au Kenya ! Y avait-il seulement pensé ? Lui, pourtant si généreux, ne savait-il donc se comporter qu'en égoïste avec les femmes ?

Bon, évidemment, ils n'auraient pas pu partir ensemble, sinon à qui confier le parc ? Au moins, il avait fait la preuve qu'il avait confiance en elle... Sauf qu'elle n'avait pas du tout envie d'être seulement une collaboratrice de confiance ! Et, d'ailleurs, qu'allait-elle décider au sujet du jaguar noir ? Lorenzo aurait-il attendu pour le soigner ou aurait-il déjà trouvé une solution ? Elle se dépêcha de terminer son repas et bipa Souad, à qui elle demanda de la retrouver devant l'enclos de Tomahawk. Elles étaient responsables de tous les animaux, et il n'était pas concevable d'annoncer à Lorenzo, lorsqu'il appellerait pour avoir des nouvelles, qu'elles n'avaient pas su quoi faire.

Elle alla rendre le plateau à Adrien et régla son repas. Pratiquant des prix serrés, le restaurant réalisait peu de bénéfices, aussi les employés du parc ne profitaient-ils que d'un petit tarif préférentiel ; mais au moins ils avaient accès à des menus variés et équilibrés.

Alors qu'elle montait dans l'une des voitures de service, elle fut hélée par Brigitte, la responsable de la boutique de souvenirs.

— Attends une seconde, il faut que je te parle !

Essoufflée, la jeune femme la rejoignit.

— J'ai été dévalisée, je n'ai presque plus de peluches ni de tee-shirts, annonça-t-elle d'un air scandalisé. C'est bien beau de s'adresser à de petites entreprises locales, mais elles ne suivent pas, elles sont incapables de fournir. Les visiteurs ne sont pas contents parce que leurs enfants sont déçus. Je ne peux vraiment pas contacter d'autres fournisseurs ?

— Pour avoir des produits fabriqués en Chine ? Tu sais bien que Lorenzo s'y oppose.

— Ce n'est pas réaliste de sa part.

Si Julia trouvait parfois Lorenzo trop intransigeant, elle ne pouvait pas tolérer qu'on le critique en son absence.

— La décision ne m'appartient pas. Je lui transmettrai ta demande, mais tu connais la réponse.

— Écoute…

— Non ! Je n'ai pas le temps, j'ai un animal malade.

Elle faillit ajouter qu'elle était avant tout vétérinaire et que ce genre de problème ne la concernait pas. Mais c'était faux : elle avait accepté la responsabilité du parc, et elle devait l'assumer.

— Contacte tes partenaires habituels et dis-leur de forcer un peu la cadence, tout le monde y gagnera.

Sans attendre la réaction de Brigitte, elle démarra et s'éloigna. À peine avait-elle parcouru une centaine de mètres qu'elle fut bipée par le responsable du secteur des fauves. Le camion chargé de convoyer le jeune lion vers son parc autrichien venait d'arriver, et il fallait un vétérinaire sur place pour contrôler l'embarquement. Elle se rendit aussitôt au bâtiment des lions, où le mâle avait été isolé dans une loge spéciale dont la trappe s'ouvrait non pas sur l'enclos mais sur l'extérieur. Devant celle-ci, la caisse de transport était déjà installée.

Le soigneur désigné pour accompagner le chauffeur durant tout le voyage et veiller à la bonne installation du fauve semblait tendu. Julia en déduisit qu'il cherchait à cacher son émotion. Chaque départ du parc provoquait, en particulier pour ceux qui s'étaient occupés de l'animal depuis sa naissance, des moments de tristesse, heureusement compensés par des arrivées régulières.

Souad, qui les avait rejoints au pas de course, commença par taper sur l'épaule du soigneur en lui glissant à l'oreille quelques mots de réconfort, puis elle alla voir Julia pour lui faire signer les papiers du transfert. Ensemble, elles vérifièrent le bon positionnement de la caisse de transport avant d'autoriser l'ouverture de la trappe. Comme une anesthésie ne pouvait pas couvrir le temps du voyage, on avait administré au lion un simple calmant afin de limiter son stress.

Croyant qu'il allait enfin sortir pour rejoindre son enclos, le jeune mâle pénétra assez facilement dans la caisse, dont le volet de fermeture fut aussitôt baissé et verrouillé. Julia se détourna une seconde, émue à son tour.

— Consolons-nous, il va trouver là-bas une jolie petite femelle ! affirma Souad avec une gaieté très artificielle.

Le chariot élévateur vint positionner ses griffes sous la caisse pour la soulever avec précaution et la porter jusqu'au camion. Une fois installée à l'intérieur, elle y fut solidement arrimée. Avant de donner son accord pour le départ, Julia alla vérifier elle-même que le lion était à peu près calme et que la climatisation de la remorque était réglée sur la température idéale. Puis elle souhaita un bon voyage au soigneur, qui rentrerait par train le surlendemain, et elle serra la main du chauffeur.

Les yeux rivés sur la porte du camion qui se refermait, Julia, Souad et le responsable du secteur des fauves restèrent côte à côte plusieurs minutes sans parler.

— La cage est de bonne taille, finit par dire Souad.

— Et il a son soigneur attitré pour veiller sur lui, ajouta le responsable. Il m'a promis d'enregistrer une petite vidéo une fois sur place, comme ça on aura des nouvelles…

— Tout se passera bien, renchérit Julia.

Elle l'espérait de tout cœur, plus troublée qu'elle ne l'aurait voulu par ce départ. Avoir l'entière responsabilité du parc et de tout ce qui s'y passait était décidément une charge bien lourde.

*

Maude contempla une nouvelle fois les photos que Lorenzo lui avait envoyées sur son téléphone. Tout semblait si extraordinaire ! Agrandissant l'image, elle détailla le bush aride semé de buissons où quelques acacias se détachaient sur un sol rocailleux, la couleur mordorée du ciel, les collines bleutées, la profondeur du paysage étiré jusqu'à l'horizon.

Elle avait montré ces photos à son mari, qui était resté indifférent, comme toujours lorsqu'il s'agissait de Lorenzo. Que celui-ci soit au Kenya ou n'importe où ailleurs dans le monde n'intéressait pas Xavier. Jamais il n'avait réussi à aimer son beau-fils – peut-être même n'avait-il pas essayé, préférant, de loin, les trois enfants que Maude lui avait donnés : Laetitia, Anouk et Valère, trois beaux adultes à présent, qui suivaient leur route sans démériter. Laetitia, pharmacienne comme son père, faisait la fierté de Xavier. D'autant plus qu'elle était de nouveau enceinte. L'année précédente, elle avait perdu très tôt le bébé qu'elle attendait – une déception qui l'avait affectée, tout autant que Yann, son mari. Bien installée en Bretagne, puisqu'elle avait refusé de reprendre un jour la pharmacie paternelle, elle avait eu la chance de retomber rapidement enceinte. Mais, inquiète que cette seconde grossesse ne tourne court, elle se montrait prudente pour parvenir à la mener à terme.

De son côté, Anouk réussissait comme chef cuisinier dans un restaurant de Thonon-les-Bains et s'était éloignée de Paris elle aussi. Seul Valère, le cadet, s'épanouissait dans la capitale. Bien payé dans une boîte de conseil en stratégie, il courait les femmes et se passionnait pour les voitures. À sa naissance, Xavier s'était senti comblé par l'arrivée d'un garçon, après deux filles, imaginant que celui-ci éclipserait son beau-fils. Non seulement il n'en avait rien été, Lorenzo bouclant ses études de vétérinaire avec brio, mais de surcroît Valère s'était attaché à son demi-frère jusqu'à en faire son dieu durant son enfance et son adolescence.

Maude éteignit son téléphone à regret. Elle ne s'était pas accordé la sieste recommandée par son médecin depuis son infarctus, quelques mois plus tôt. Ayant retrouvé toute son énergie, elle estimait que prendre scrupuleusement ses médicaments était suffisant, et elle refusait de se considérer comme une femme malade ou diminuée. Aller se coucher après le déjeuner était déprimant. En revanche, elle avait pleinement profité de sa convalescence, passée dans la petite maison de Lorenzo. Le voir presque chaque jour l'avait aidée à aller mieux, malgré la mauvaise humeur de Xavier, qui avait été contraint de rester à ses côtés. De retour à Paris, elle s'était sentie déprimée. N'ayant plus à s'occuper de ses enfants depuis qu'ils étaient grands, et se retrouvant seule toute la journée tandis que Xavier se consacrait à sa pharmacie, elle avait découvert l'ennui. Seules les visites de Valère la distrayaient, mais il n'était pas souvent disponible. Avec Anouk à Thonon-les-Bains, Laetitia au fin fond de la Bretagne, elle ne voyait pas beaucoup ses filles non plus. Cependant, elle projetait de rejoindre Laetitia lorsque celle-ci accoucherait, afin de l'aider durant les premiers jours. Devenir grand-mère la réjouissait tout en l'inquiétant : elle serait bientôt considérée comme une vieille dame.

— Tu es toujours là-dessus ? demanda Xavier, qui venait d'entrer.

Il désignait d'un air goguenard le téléphone que Maude avait gardé dans sa main.

— Je voulais voir si tu te reposais pour de bon. Mais si tu continues à regarder ces photos au lieu de dormir…

— Ça n'empêche pas le repos, que je sache ! répliqua-t-elle.

Puis, consciente d'avoir parlé trop sèchement, elle ajouta aussitôt :

— Tu es gentil d'être monté. Tout va bien à la pharmacie ?

Une question de pure forme : elle ignorait le fonctionnement de l'officine.

— Oui, nous avons du monde. Les allergies de printemps ! Et à ce propos, tu ne comptes pas retourner une fois de plus voir Laurent ? À cette époque de l'année, avec tous les végétaux dont il décore son parc…

Laissant sa phrase en suspens, il esquissa une grimace censée souligner le danger d'un tel déplacement. Pourquoi était-il donc si prévisible et si injuste ?

— Peut-être pas maintenant, mais un peu plus tard, sûrement, affirma-t-elle.

Au fond, il n'avait besoin d'elle que pour l'intendance domestique : faire la cuisine, s'occuper des courses et superviser la femme de ménage, apporter ses costumes au pressing, veiller à ce qu'il ait des chemises bien repassées dans sa penderie et des chaussettes non trouées, prendre des nouvelles des enfants, penser aux anniversaires, faire repeindre telle ou telle pièce, recoudre un bouton, organiser des dîners avec leurs amis, bref, les mille petites choses qui meublaient son quotidien mais ne lui valaient pas grande considération. Leur couple épousait le modèle traditionnel : il avait beaucoup travaillé dans sa pharmacie tandis qu'elle élevait leurs enfants et veillait au bien-être de toute la famille. Leur fils Valère disait parfois en riant : « Papa chasse l'aurochs pendant que maman balaie la caverne ! » Elle avait trouvé son humour amusant, puis grinçant. Le rôle bien défini de la « ménagère » était devenu ingrat depuis le départ des enfants. Mais à son âge il était impossible de rebattre les cartes, elle en avait douloureusement conscience. Ils allaient continuer ainsi, comme un bateau qui court sur son erre. Néanmoins, jamais il ne l'empêcherait de voir Lorenzo, sur ce point elle ne transigerait pas. Sachant qu'elle avait assez mal défendu son fils aîné lorsque, adolescent, il s'accrochait avec Xavier, elle désirait rattraper les occasions manquées.

— Bon, j'y retourne, dit-il d'un ton hésitant.

Aussitôt, elle s'en voulut. Son mari l'aimait, il avait été fou d'inquiétude lorsqu'elle avait eu son accident de voiture, provoqué par l'infarctus. Depuis une trentaine d'années, ils formaient un couple solide. Un de ces vieux couples qui tiennent par la force de l'habitude, le besoin de s'entraider et la peur de rester seul.

Avant de partir, Xavier prit tout de même la peine de demander :

— Quand rentre-t-il ?

Il posait la question pour lui faire plaisir, pour avoir l'air de s'intéresser, et elle lui en fut reconnaissante.

— Dans trois semaines, s'il tient jusque-là ! Avoir laissé son parc doit beaucoup l'angoisser.

Autant ne pas entrer dans les détails pour ne pas abuser de sa bonne volonté.

— À ce soir, ma chérie…

À peine eut-il franchi la porte qu'elle se leva, agacée d'avoir dû rester allongée. Pour aller voir Lorenzo dès son retour, car elle était déjà impatiente de l'entendre raconter son voyage, elle serait contrainte de ruser. Xavier ne voulait plus qu'elle conduise, et il refuserait tout net de l'accompagner là-bas. Mais Valère venait de changer – une fois de plus ! – de voiture, peut-être serait-il ravi de descendre dans le Jura. À moins que sa dernière conquête, une certaine Élodie, ne le retienne à Paris… Pour en avoir le cœur net, elle reprit son téléphone.

*

Benoît avait arrêté le Land Cruiser à un endroit précis qu'il paraissait connaître, mais pour Lorenzo toutes les broussailles et tous les boqueteaux d'acacias se ressemblaient. Debout à côté du véhicule, ils scrutaient les environs.

— Tiens, dit Benoît en lui tendant des jumelles, regarde vers le palmier, là-bas, il y a une sorte de piste formée par le passage des éléphants. Ils l'empruntent pour aller se baigner dans une mare de boue, et avec les pluies récentes elle doit être remplie. Si nous avons de la chance, on les verra, c'est leur heure.

Le moteur étant éteint, les bruits de la savane reprenaient peu à peu autour d'eux : grillons, cris des oiseaux, bruissements impossibles à identifier. Puis, soudain, les aboiements aigus d'une troupe de babouins se firent entendre au loin.

— Ils nous signalent quelque chose, murmura Benoît.

Aux aguets, il désigna une masse sombre qui se déplaçait lentement.

— Ne bouge pas, ne parle pas…

Immobile, Lorenzo patienta et finit par distinguer les silhouettes des éléphants qui venaient dans leur direction, en file indienne, de leur pas calme et déterminé. Comprenant que la troupe allait passer près d'eux, il retint son souffle. Malgré toute sa confiance en Benoît, il éprouva une bouffée d'angoisse. Dans son parc, jamais personne n'approchait des éléphants sans la protection de solides barreaux, ou bien celle d'un fossé infranchissable, puisque les pachydermes ne savaient pas sauter. Mais le spectacle était si beau, si paisible, qu'il finit par oublier ses craintes, trop fasciné pour avoir peur. Les jumelles pendaient à son cou, inutiles, les animaux n'étant plus qu'à une quinzaine de mètres, suivant leur piste en bon ordre et soulevant un nuage de poussière ocre. Il remarqua deux éléphanteaux à moitié cachés par leurs mères, ainsi qu'une des éléphantes, de belle taille, dépourvue de défenses.

Comme prévu, la troupe ignora le Land Cruiser flanqué des deux hommes et s'éloigna sans hâte. Muet d'admiration, Lorenzo les suivit longtemps du regard.

— Alors ? finit par demander Benoît.

— Alors ? Quel moment inouï ! Et je n'ai même pas pensé à les photographier…

— Tant mieux. Les touristes regardent tout à travers un objectif ou un téléphone, c'est bien dommage.

— Il n'y avait que des femelles, n'est-ce pas ?

— Oui, les mâles vivent en solitaires. Ils quittent le troupeau dès qu'ils sont adultes et reviennent uniquement pour la reproduction. À cause de leur poids, l'accouplement ne dure qu'une poignée de secondes et je n'ai jamais eu la chance d'en observer un, même de loin.

— J'ai remarqué que l'une des éléphantes n'avait pas de défenses.

— Bien vu. Figure-toi qu'un certain nombre d'entre elles naissent sans défenses depuis des années. Très probablement à cause du braconnage. L'espèce s'adapte pour ne pas disparaître.

— J'avais lu une étude là-dessus, mais le constater de près est beaucoup plus impressionnant.

Au loin, les babouins avaient cessé d'aboyer mais poussaient à présent des cris plus graves. Benoît les écouta quelques instants puis annonça :

— Il y a un ou plusieurs fauves dans les parages. En voiture, mon vieux !

Ils se hâtèrent de remonter dans le Land Cruiser, dont ils fermèrent les portières sans bruit.

— Tu as vraiment de la chance, ce matin, chuchota Benoît. On peut passer une journée entière sans croiser d'animaux, mais là...

Après de longues minutes d'attente, ils perçurent un mouvement dans les broussailles qui longeaient la piste des éléphants.

— Un léopard, souffla Lorenzo.

— Sacré coup d'œil, mon vieux... approuva Benoît sur le même ton.

Les vitres étant fermées, il commençait à faire chaud dans l'habitacle, mais ils restaient immobiles, captivés par l'observation et curieux de ce qui allait suivre. Le fauve, en chasse, semblait avoir choisi une proie et s'apprêtait à bondir. Lorsqu'il s'élança, les cris des babouins devinrent assourdissants.

— Il a dû repérer un petit à l'écart, mais la tribu a compris et va le défendre !

En quelques bonds, le léopard avait disparu.

— Il renonce ? s'enquit Lorenzo.

— Je crois. Les singes se calment.

Benoît scruta les environs et finit par baisser sa vitre, aussitôt imité par Lorenzo, puis il démarra.

— Belle balade, je suis content pour toi ! Mais on doit rentrer au camp, j'ai du travail. Tu m'aideras ?

— Avec plaisir. D'ailleurs, ici, tout n'est que plaisir pour moi.

— Ah, évidemment, dans ton parc les panthères n'attaquent personne et les éléphants ne se promènent pas où bon leur semble !

— En revanche, nul n'est en danger.

— Mais tes pensionnaires perdent leur instinct. La chasse, la fuite, manger ou être mangé, avoir faim, parcourir des kilomètres pour étancher sa soif : ça doit leur manquer.

— Peut-être. Ce qui ne leur manque pas, en tout cas, ce sont les coups de fusil ou les flèches empoisonnées, les lentes agonies, la peur et la souffrance. Chacun de nous deux préserve les animaux à sa manière.

Benoît lui jeta un coup d'œil, surpris par la sécheresse du ton.

— Je ne t'attaquais pas, Lorenzo. Ce que tu fais en France est remarquable.

— Je ne cherche pas les compliments.

— Pourtant, tu les mérites.

— J'ai seulement essayé de donner à chaque espèce un maximum de place, quitte à en présenter moins. J'ai refusé les spectacles avec les otaries. Je demande aux soigneurs de se limiter à quelques gestes simples destinés à me permettre de ne pas endormir systématiquement. Je ne veux pas que mon parc devienne un parc d'attractions. Mais ceux qui m'octroient des subventions, ainsi que mes sponsors, me reprochent de n'être pas assez commercial. Or, ce n'est pas mon but ! Néanmoins, je dois gagner de l'argent, car le coût de fonctionnement est très élevé. Un vrai cercle vicieux…

— Et tu arrives à t'en sortir ?

— Tout juste.

Benoît freina brutalement et désigna de hautes silhouettes au loin.

— Regarde ! Les girafes réticulées que tu voulais voir !

Lorenzo reprit aussitôt les jumelles, tandis que Benoît se mettait à rire.

— Tu es verni, mon vieux. Toute la savane vient à toi…

Méfiantes, les girafes s'étaient arrêtées, et Lorenzo put détailler à loisir les lignes fines et nettes de leur pelage, ce qui les différenciait de celles qu'il abritait dans son parc.

— Il est maintenant prouvé qu'il existe quatre groupes distincts génétiquement, qui ne se reproduisent pas entre eux, déclara Benoît. À Samburu, nous n'avons que celui-ci.

— Gardez-le précieusement, étant donné qu'au cours des trois dernières décennies le nombre de girafes dans le monde a baissé d'un tiers…

— Je sais, et elles ne sont pas les seules à se raréfier, hélas !

Quand Lorenzo fut rassasié de leur contemplation, Benoît reprit la direction du camp. À leur arrivée, une jeune femme suivie d'un petit garçon vint les accueillir. Benoît la présenta comme son assistante, Amy, et précisa qu'elle était une collaboratrice efficace. Le gamin, accroché à sa jupe, observait Lorenzo avec curiosité. Amy se pencha tendrement et lui murmura quelques mots à l'oreille. Hochant la tête, il lâcha sa mère puis s'éloigna à pas lents.

— Il va aller jouer, déclara Amy. Il sait qu'il n'a pas le droit de nous suivre dans la clinique des animaux.

Elle avait une voix grave, mélodieuse, et s'exprimait en anglais, avec un léger accent. Métisse, elle était très belle, avec ses grands yeux sombres et sa silhouette aux courbes parfaites.

— Au travail ! lança Benoît en les précédant. On va commencer avec un impala retrouvé blessé près des berges de la rivière, sans doute par un crocodile. C'est rare de réchapper à une attaque, celui-là a eu de la chance. Les rangers me l'ont ramené le jour où ils l'ont découvert et je l'ai gardé en observation, mais il décline et je voudrais comprendre pourquoi.

— Tu as une radio ?

— Oui, une portative un peu fatiguée mais qui n'a décelé aucune fracture.

À l'arrière de la maison, dans un enclos grillagé, un petit baraquement abritait trois boxes ; l'impala se trouvait dans l'un d'eux. Amy ne les ayant pas accompagnés, Lorenzo en profita pour interroger Benoît à son sujet.

— Que fait le père du petit garçon ?

— C'était un ranger, très impliqué dans la réserve, mais le malheureux a été tué par des braconniers, il y a quatre ans. Le gamin vénère son papa, dont il n'a pas beaucoup de souvenirs, et sa mère l'élève seule. Elle a obtenu un diplôme d'aide-soignante vétérinaire dont elle est très fière. Elle dit que c'est en quelque sorte pour reprendre le flambeau de son mari.

— Et elle ne s'est pas remariée ?

— Non.

— Elle est pourtant très séduisante. Tu es amoureux d'elle ?

Benoît lui jeta un coup d'œil surpris puis éclata de rire.

— Grands dieux, non ! Ça ne faciliterait pas le travail. Et puis, comment te dire… Je ne suis pas très attiré par les femmes, si jolies soient-elles. Voilà. Je te choque ?

Apparemment, il guettait la réaction de Lorenzo avec un peu d'appréhension.

— Pas du tout. Mais à Maisons-Alfort, tu sortais avec des filles, alors…

— Je donnais le change. Je ne voulais pas que ça se sache, à l'époque, parce que mes parents l'auraient très mal pris. Ce qu'ils ont fait, d'ailleurs, dès que je les ai mis au courant. Je me suis fâché avec eux et j'ai décidé de partir très loin.

— Vous ne vous êtes jamais réconciliés ?

— Si, si. Par téléphone, puisque je n'ai pas remis les pieds en France.

— Ils ne sont pas venus te voir ?

— Je n'en ai pas très envie. J'ai trouvé ma place ici, au moins en tant que vétérinaire. Pour le reste aussi, puisque depuis plus de dix ans le mariage homosexuel et l'adoption d'enfants par les couples gays sont autorisés au Kenya.

Lorenzo se tourna vers lui pour demander :

— Et tu as un garçon dans ta vie ?

— Rien de sérieux.

Ils échangèrent un regard amical, puis Benoît ouvrit la porte du box où l'impala avait été installé.

*

Julia s'était réveillée tôt, après une nuit d'insomnie. Elle avait beaucoup pensé à Lorenzo, étonnée de ressentir une aigreur qui lui rappelait de mauvais souvenirs. Comme lorsqu'ils étaient plus jeunes, il était en Afrique et elle en France. Tandis qu'il devait s'émerveiller devant les paysages et la faune du Kenya, elle affrontait seule des responsabilités un peu lourdes pour elle.

Entre deux cauchemars, elle avait revécu les moments passés au chevet de sa mère, dans un service de soins palliatifs, à endurer toutes les misères de cette lente agonie. Lorenzo lui envoyait des cartes postales de pays lointains où il vivait de belles aventures tandis qu'elle se consumait de chagrin. Elle l'avait alors détesté, voué au diable, et elle avait rompu dès son retour. Elle revoyait encore l'expression stupéfaite de son visage quand elle lui avait annoncé sa décision de ne plus jamais le voir. Pour elle, la souffrance n'était arrivée qu'après la colère, dans une sorte de double peine ; pourtant, elle ne regrettait rien. Pourquoi aurait-elle dû rester avec un homme qui prenait si peu soin d'elle ? Leur métier était le même, mais lui l'exerçait dans l'allégresse tandis qu'elle se retrouvait démotivée et à bout de forces, ayant perdu de vue le sens de sa vie.

La blessure de cette sinistre période ne guérissait pas. Au fond, ses sentiments pour Lorenzo n'avaient jamais changé, mais la rancune et la méfiance les avaient occultés. C'était sans doute la mauvaise raison de son élan vers Marc, un homme rassurant près duquel elle avait cru pouvoir faire sa vie. Une erreur qu'elle continuait de se reprocher.

Aujourd'hui, alors qu'elle avait peu à peu repris confiance en Lorenzo et en elle-même, ce voyage au Kenya, qu'elle avait bêtement encouragé, la replongeait dans le malaise. Pourquoi l'avait-elle poussé à partir ?

— Julia ! Julia !

On tambourinait à la porte de sa chambre et elle se redressa d'un bloc, criant d'entrer. Souad ouvrit et se contenta de rester sur le seuil, sourire aux lèvres.

— Tu fais la grasse matinée ?

— Désolée ! Je m'étais enfin rendormie parce que j'ai passé une nuit affreuse, peuplée de cauchemars et d'idées noires…

Tout en lui répondant, Julia s'était tournée vers son réveil et levée aussitôt.

— Huit heures et quart ? Incroyable !

Malgré les rideaux tirés, un rayon de soleil s'étirait sur le parquet.

— Je me douche en vitesse et j'arrive. Il y a un problème ?

— Non, pas encore.

— Pourquoi ne m'as-tu pas bipée ?

— Justement parce que tout va bien pour l'instant.

— Je te rejoins dans dix minutes et on fera notre tour habituel.

— Saute plutôt dans un pantalon, tu te doucheras plus tard.

L'injonction agaça Julia, mais le parc accueillait les visiteurs à neuf heures, et elles devaient s'assurer que tout était en ordre avant l'ouverture des portes. Les soigneurs et les stagiaires étaient à l'œuvre depuis sept heures et demie, et Julia portait la responsabilité de les superviser. Elle enfila en vitesse un jean, des bottes et un gros pull irlandais.

— La représentante du conseil régional arrive à onze heures, lui rappela Souad tandis qu'elles sortaient dans l'air frais du matin.

Julia s'en souvenait d'autant mieux qu'elle redoutait ce rendez-vous. La jeune femme devant laquelle il lui faudrait défendre les ambitieux projets du parc avait été la maîtresse de Lorenzo durant quelques semaines, l'année précédente. Entre Cécile et Julia, l'antipathie avait été immédiate. Très amoureuse de Lorenzo, Cécile s'était crue en pays conquis et avait dû déchanter lorsque l'aventure avait tourné court. Blessée, humiliée, elle n'avait plus donné de nouvelles mais n'avait pas cherché à nuire à Lorenzo. Qu'en serait-il aujourd'hui ? Le parc avait un besoin vital des subventions accordées par le conseil régional, et Cécile, même si la décision ne dépendait pas d'elle, pouvait appuyer le dossier… ou l'enfoncer.

Souad adressa à Julia un sourire encourageant et elles quittèrent ensemble le bâtiment. Dans la petite voiture de service qui les emmenait au fond du parc, d'où elles allaient démarrer leur tournée d'inspection, Julia passa ses mains dans ses cheveux courts pour tenter de les discipliner. Sans la douche, elle devait avoir des épis sur la tête et ressembler à un poussin tombé du nid. Elle espéra avoir le temps de mieux se préparer pour ce fichu rendez-vous de onze heures, mais elle ne se faisait guère d'illusions : le travail allait l'accaparer et elle serait *horrible* pour affronter une Cécile très élégante, selon son habitude.

Chassant ces pensées futiles, Julia se concentra sur son travail. Et avant tout sur Tomahawk, le jaguar noir, qui allait de plus en plus mal malgré son traitement. Après avoir écarté un certain nombre de causes graves, dont la tuberculose, Julia suspectait maintenant une maladie parasitaire qui pouvait entraîner, à terme, la mort du félin. Or, elle ne s'imaginait pas apprendre à Lorenzo, par téléphone, que son jaguar avait succombé sans qu'elle sache pourquoi !

— On va devoir endormir Tomahawk une nouvelle fois, annonça-t-elle à Souad. Je vais faire d'autres prélèvements, je veux comprendre, et par-dessus tout je veux arriver à le soigner. On ne doit pas le laisser enfermé trop longtemps, mais on a eu tellement de mal à le faire rentrer qu'on ne peut pas le libérer avant de savoir ce qu'il a !

Programme-nous l'intervention pour le début d'après-midi. Quand je me serai débarrassée de cette Cécile…

Souad lui jeta un regard intrigué mais ne répliqua rien, se bornant à hocher la tête. Elle n'était pas du genre à alimenter les ragots, les pseudo-révélations sur la vie privée de chacun, et en particulier sur celle de Lorenzo. Le tact de Souad faisait partie de ses qualités et confortait son autorité de chef animalier. Pour Julia, seule aux commandes du parc Delmonte, Souad était une aide précieuse dont elle ne pouvait pas se passer. Elle se félicita d'avoir poussé Lorenzo à la nommer : avec Francis, elle aurait couru à la catastrophe.

*

Le petit Nelson n'avait pas mis longtemps à faire la conquête de Lorenzo. Malin, observateur, affectueux, il était passionné par la faune et rêvait, lorsqu'il serait grand, de devenir vétérinaire lui aussi. Dès que Benoît lui en donnait l'autorisation, il filait vers les cages où les animaux achevaient leur convalescence avant d'être relâchés. Il s'asseyait devant les barreaux et leur racontait toutes sortes d'histoires pour les distraire.

À ses yeux d'enfant, Lorenzo était auréolé de prestige et de mystère. Inlassablement, il se faisait expliquer comment on pouvait retenir prisonnier un tigre ou un éléphant sans le rendre malheureux. Lorenzo les avait-il capturés lui-même ? Les avait-il transportés en avion jusqu'en France ? En apprenant que dans ce lointain parc il y avait aussi des loups et des ours, voire des ours *polaires*, il était resté bouche bée. Depuis, il suivait Lorenzo pas à pas. Benoît s'amusait de constater qu'il avait été détrôné par son ami dans le cœur du petit garçon.

— Mais c'est aussi parce que tu plais à sa mère, affirma-t-il sans rire.

— Tu plaisantes ?

— Pas du tout. Amy te couve du regard, exactement comme Nelson !

Ils prenaient leur petit déjeuner sur la terrasse en bois, observant le lever du soleil qui illuminait peu à peu la savane devant eux.

— À Maisons-Alfort, reprit Benoît, souviens-toi, c'était pareil, les filles soupiraient après toi et rêvaient toutes de prendre la place de Julia.

— Tu exagères.

— Non. Mais ça fait partie de ton charme, tu n'as pas conscience de ton pouvoir de séduction. Amy m'a demandé si tu avais une petite amie en France et je lui ai conseillé de te poser la question. Évidemment, elle n'osera pas.

Une toux discrète les fit se retourner. Amy venait d'arriver et elle hésitait à les rejoindre sur la terrasse, ayant sans doute compris le caractère intime de leur discussion.

— Je refais du café ? proposa-t-elle d'un ton embarrassé.

— Avec plaisir, accepta Lorenzo en lui adressant un petit sourire amical.

Ils échangèrent un regard et Lorenzo comprit, en voyant la jeune femme se troubler, que Benoît avait dit vrai. Nelson surgit alors, offrant une diversion bienvenue.

— L'impala est debout ! claironna-t-il. Est-ce qu'il est guéri ?

— Oui, sa blessure est en voie de cicatrisation, on pourra bientôt le relâcher.

— Ah, vous êtes trop forts, tous les deux !

Son admiration, inconditionnelle, était émouvante.

— Je te charge d'une mission de confiance, lui annonça Benoît.

Aussitôt, les yeux du petit garçon s'agrandirent, et il se mit au garde-à-vous.

— Apporte-moi mon ordinateur, j'ai quelque chose à contrôler.

Nelson fila d'un trait tandis que Benoît expliquait à Lorenzo :

— Je t'ai parlé de ces colliers GPS dont nous avons équipé certains éléphants. Sur la carte en trois dimensions établie par Google, on peut ainsi suivre leurs déplacements, quasiment en temps réel. C'est un progrès extraordinaire ! En Tanzanie et au Gabon, la géolocalisation permet d'éviter que les éléphants ne s'approchent trop des villages, des cultures ou des chantiers. Or, l'un de nos colliers ne bouge plus depuis hier soir. S'il est toujours immobile, on va aller voir ce qui se passe. Un animal mourant de sa belle mort ou, plus probablement…

— Tu penses à des braconniers ?

— Avant tout, oui. Entre eux et nous, la lutte est sans merci.

Nelson revenait en courant et il posa le portable devant les deux vétérinaires, qui se penchèrent aussitôt sur l'écran. Quelques instants plus tard, Benoît décida qu'il fallait partir. Malgré les supplications de Nelson, il refusa que le gamin les accompagne, dans l'ignorance de ce qu'ils allaient trouver.

— Nous prenons des armes, décida-t-il. Tu n'as pas l'habitude de ce genre de situation violente, mais ici les braconniers n'hésitent pas à nous tirer dessus.

— En France aussi, nous en avons quelques-uns, si fou que ça te paraisse. Ma cicatrice vient d'une bagarre avec eux, une nuit, dans mon parc.

Lorenzo désignait la balafre qui marquait sa tempe et sa pommette, souvenir de l'intrusion de deux voyous avec lesquels il s'était battu et que les gendarmes n'avaient jamais retrouvés.

— Toi aussi ? Je savais pour Thoiry et le rhinocéros abattu sauvagement, mais chez toi…

— Les parcs zoologiques sont peu ou mal défendus. Jusqu'ici les braconniers sévissaient en Afrique, pas en Europe, mais le marché est tellement juteux que maintenant ils vont partout où ils pensent trouver des éléphants et des rhinos !

Benoît récupéra deux revolvers dans le coffre de la clinique, où ils étaient enfermés avec les médicaments dangereux, et il en tendit un à Lorenzo.

— Tu sais tirer, je suppose ?

— Je m'entraîne tous les mois pour les fusils hypodermiques. Ça ira.

— Parfait. Prends cette caisse-là, je prends l'autre, on aura peut-être besoin de matériel.

Ils s'installèrent à bord du Land Cruiser, et, tout en démarrant, Benoît saisit son téléphone pour demander que deux rangers les rejoignent au plus vite.

3

Benoît restait figé devant l'énorme masse de l'éléphant, qui s'était couché, agonisant. Derrière lui, les rangers gardaient le silence, visages fermés.

— Je vais l'euthanasier pour abréger ses souffrances, finit-il par articuler. De toute façon, il est en train de mourir, il est fichu.

Il désignait la plaie béante sur le flanc du pachyderme, provoquée par des balles de gros calibre, et autour de laquelle les insectes pullulaient. Les larmes aux yeux, il parut hésiter puis se tourna vers Lorenzo.

— S'il te plaît, fais-le à ma place, demanda-t-il à voix basse. Il y a ce qu'il faut dans la caisse bleue.

Tournant le dos à la scène sinistre, il s'éloigna de quelques pas. Lorenzo alla chercher le matériel nécessaire et revint vers Benoît pour se faire indiquer les dosages du mélange létal. Jamais Lorenzo ne s'était trouvé dans une situation pareille. S'il lui était arrivé d'endormir un éléphant, le tuer était une tout autre affaire, qui le mettait très mal à l'aise, même s'il en comprenait la nécessité. Néanmoins, il devinait que Benoît ne pouvait pas s'y résoudre et comptait sur lui. Serrant les dents, il s'approcha du pachyderme, se pencha pour choisir une veine apparente de son oreille et commença l'injection. Pour euthanasier un animal de cette taille, le volume de liquide requis était important.

— Il n'a aucune réaction, constata-t-il. Je crois qu'il était déjà sur le chemin.

Benoît, toujours de dos, ne répondit rien. Au bout de plusieurs minutes, il se retourna enfin, regarda Lorenzo et lâcha :

— En Afrique, un éléphant meurt tous les quarts d'heure… D'ici à quelques décennies, il n'y en aura plus que dans des parcs comme le tien, Lorenzo. Des survivants ! Ce qui fait que chaque éléphant compte. Celui-ci s'appelait Captain, je le connaissais bien, c'est moi qui l'avais fléché pour la pose de son collier. Numéro 23 B, un vieux mâle placide et solitaire, avec de superbes défenses que ces salauds ont sciées comme des porcs ! Ils n'ont même pas attendu qu'il soit mort, parce qu'ils savaient que le collier allait nous donner l'alerte. D'ailleurs, on doit le récupérer, ces trucs valent très cher.

Il fit signe aux rangers, qui partirent chercher des outils dans leur voiture afin de déboulonner le collier.

— Ça pèse quatorze kilos, mais pour un éléphant c'est un poids insignifiant.

Il donnait ses explications d'une voix détimbrée, mais brusquement il devint rageur.

— La violence appelle la violence, je pourrais les tuer si je leur tombais dessus !

Lorenzo le rejoignit, lui posa une main sur l'épaule.

— Arrête…

Les rangers s'affairaient, avec des gestes pleins de respect, et quand ils eurent débarrassé l'animal de son collier ils restèrent à caresser sa trompe en signe d'adieu.

— Il avait une trentaine d'années et il aurait pu vivre encore quinze ou vingt ans, précisa Benoît, qui peinait à retrouver son calme. Les éléphants ont une longévité bien supérieure en liberté qu'en captivité.

— Je sais. Le manque d'espace abrège leur existence. Ils ne peuvent pas marcher suffisamment, alors ils ont des problèmes de pied, d'arthrose, et ils s'ennuient. Peut-être ne devrait-on pas mettre des animaux de cette taille dans nos parcs. Malgré tous mes efforts, les trois miens ne disposent que d'un hectare, ça ne leur suffit pas. Je ne peux pas affirmer qu'ils sont heureux, mais au moins ils sont en paix.

Tout en parlant, Lorenzo entraînait Benoît vers le Land Cruiser. D'autorité, il s'installa au volant.

— Je suppose qu'on ne peut rien faire de plus ? demanda-t-il avant de démarrer.

— Non. Impossible de l'enterrer, et il y a suffisamment de charognards dans les parages pour nettoyer sa carcasse.

Après une pause, Benoît ajouta :

— Je suis désolé de t'avoir demandé d'agir à ma place.

— Non, tu étais bouleversé. Et c'est une expérience pour moi.

— Ce Captain, on le rencontrait souvent en bord de piste. Il n'était pas agressif, mais bien sûr on ne le provoquait pas. Il faut toujours être prudent avec les éléphants. Ils ont beau être habitués aux voitures, s'ils sentent une menace ils peuvent charger. Et crois-moi, même s'ils ne galopent pas, ils vont à toute allure !

Quand tu en aperçois un, ça fait longtemps qu'il a détecté ta présence. S'il te regarde en agitant les oreilles et qu'il commence à baisser la tête, tu dois absolument t'en aller. Tu sais quoi ? J'adore les éléphants ! Leur intelligence, leur sens de la famille, leur solidarité…

Ils roulèrent un long moment en silence. Le ciel devenait très noir, annonçant une des dernières pluies de la saison.

— Accélère un peu, finit par suggérer Benoît en émergeant de ses sombres pensées. On va se faire doucher !

À peine avait-il achevé sa phrase que l'averse s'abattit sur eux, martelant le toit du Land Cruiser. En quelques minutes, la poussière de la piste se transforma en boue et devint glissante. Lorenzo se mit à rire, sentant la voiture qui dérapait.

— D'accord, d'accord, protesta Benoît, ralentis !

Quand ils parvinrent au camp, ils durent courir jusqu'à la maison sous un rideau de pluie. Amy les accueillit sur la terrasse couverte avec des serviettes, et elle les avertit qu'un visiteur les attendait.

— Il est là depuis deux heures, mais il n'a pas voulu dire son nom. Il paraît que c'est une surprise. Que s'est-il passé avec le 23 B ? C'est Captain, hein ?

— Les braconniers l'ont tué, annonça Benoît.

— Seigneur Dieu, quelle horreur ! Ne dis rien à Nelson, il en serait malade.

— Bien sûr…

Benoît précéda Lorenzo à l'intérieur, faisant se lever le mystérieux visiteur.

— Valère ! s'écria Lorenzo.

Stupéfait de voir son demi-frère, il se précipita vers lui et le prit dans ses bras.

— Que fais-tu ici ?

— Du tourisme. Safari-photo et soirées romantiques avec ma copine, Élodie, que j'ai laissée à l'hôtel.

— Lequel ?

— Le Samburu Sopa Lodge. Très typique, très dépaysant. En réalité, je mourais d'envie de te voir. Les photos que tu envoies à maman m'ont fait rêver, alors je me suis dit que c'était l'occasion ou jamais d'aller en Afrique.

— Benoît, voici donc Valère, mon frère.

Les deux hommes se serrèrent la main, et Benoît demanda :

— Vous avez choisi un voyage organisé ?

— Surtout pas ! J'aime bien découvrir les choses par moi-même, et avec Lorenzo sur place…

— On vous montrera des trucs intéressants, hors des sentiers battus, affirma chaleureusement Benoît.

Nelson s'était faufilé dans la pièce et tirait sur le short de Lorenzo pour attirer son attention. Amy vint gronder son fils en lui chuchotant :

— N'embête pas tout le monde…

Aussi soudainement qu'elle avait débuté, l'averse s'arrêta. Amy proposa alors des rafraîchissements, mais Valère avait apporté une bouteille d'un excellent whisky que Benoît trouva bienvenu après leur éprouvante matinée.

— Pourquoi le collier ne bougeait plus ? demanda Nelson d'une toute petite voix.

Il passait tellement de temps à vadrouiller dans le camp ou à sauter dans un pick-up dès qu'on l'y autorisait qu'il savait beaucoup de choses. Benoît et Lorenzo échangèrent un regard. Le père du gamin ayant été tué par des braconniers, on évitait de parler d'eux devant lui.

— Un éléphant est mort, trancha Benoît. Sans doute de vieillesse.

Nelson ne semblait pas convaincu par cette explication un peu courte, mais, d'un signe impératif, sa mère lui imposa le silence. Valère en profita pour donner des nouvelles de la famille à Lorenzo, affirmant que tout le monde allait bien, puis il demanda quelques conseils pour tirer le meilleur parti de son voyage.

— Vous pouvez vous offrir un survol de la réserve à bord d'un petit avion, ça vaut la peine. Visitez les villages des Samburu, ce sont des gens très accueillants, très gais. Éleveurs pour la plupart, ils adorent aussi la danse et les parures ! Des bijoux très colorés fabriqués par les femmes. Nous travaillons avec eux pour la protection des animaux sauvages, dont ils ont compris l'intérêt. Et quand vous en aurez assez de la poussière ou de la pluie, plongez donc dans la piscine du Sopa Lodge, elle est sensationnelle. Mais vous ne verrez pas forcément beaucoup d'animaux du côté de l'hôtel. Pour ça, les rangers vous emmèneront aux bons endroits.

Lorenzo n'en revenait pas de la présence de son frère, qui s'était bien gardé d'annoncer sa visite pour ménager la surprise. Au-delà de leurs différences de caractère et de personnalité, tous deux étaient liés par une grande affection, toujours intacte malgré les tentatives de Xavier pour les dresser l'un contre l'autre.

— Venez dîner avec nous demain soir, proposa Valère en se levant. Élodie sera heureuse de vous rencontrer, et le restaurant de l'hôtel paraît correct.

Se tournant vers Amy, il ajouta :

— Soyez des nôtres aussi !

Valère ne ratait jamais l'occasion d'être charmeur avec les jolies femmes. Lorenzo l'avait souvent constaté et s'en amusait, mais le clin d'œil que son frère lui adressa était explicite : l'invitation n'avait rien de personnel. Sans doute Valère, très observateur, avait-il remarqué de quelle manière Amy regardait Lorenzo. Celle-ci accepta, d'un simple sourire, avant de s'éclipser.

— Je te laisse raccompagner ton frère à sa voiture, déclara Benoît. Rejoins-moi après à la clinique.

Le soleil brillait de nouveau, asséchant les flaques d'eau, et la température grimpait vite. Valère désigna le 4 × 4 qu'il avait loué à l'aéroport.

— J'adore conduire ce gros machin, ça me donne l'impression d'être un aventurier ! Mais en réalité, ici tout est organisé avec soin pour les touristes, non ?

— À peu près. Et encore, Samburu est moins fréquentée que beaucoup d'autres réserves. En tout cas, ne t'y aventure pas sans un ranger, le danger est réel.

— Promis. Bon, je file, Élodie doit s'impatienter. Mais rassure-moi d'abord, ai-je bien fait d'inviter cette jolie jeune femme ? Elle est complètement sous ton charme, ça crève les yeux ! En arrivant, j'ai cru que c'était l'épouse ou la maîtresse de ton ami Benoît, mais en discutant avec elle pendant qu'on vous attendait j'ai compris qu'il n'en était rien. Voilà une femme libre prête à te tomber dans les bras !

Lorenzo eut une petite grimace dubitative qui agaça Valère.

— Quoi ? Tu n'es pas un moine, que je sache !

— Non, mais je m'en irai dans quelques jours, alors pourquoi me lancer dans une aventure ?

— Pour le plaisir ! s'esclaffa Valère.

Il s'installa au volant et démarra sur les chapeaux de roue, selon son habitude, soulevant un nuage de poussière. Lorenzo suivit des yeux le gros 4 × 4 jusqu'à ce qu'il disparaisse au bout de la piste. La présence de Valère lui procurait une grande joie mais ramenait ses pensées vers la France, vers son parc… et vers Julia. Bien sûr qu'Amy lui plaisait, quel homme n'aurait pas été sensible à ses grands yeux sombres, à sa peau ambrée, à sa silhouette idéale ? Mais Lorenzo était désespérément amoureux de Julia, et aucune autre femme ne pouvait rivaliser avec elle. Alors pourquoi ne faisait-il aucune tentative pour la reconquérir ? Il avait rêvé d'elle, la nuit précédente, et s'était réveillé avant l'aube malheureux et frustré. En raison du décalage horaire de deux heures avec la France, il avait dû attendre avant de l'appeler, et, comme chaque fois qu'il lui parlait, il s'était limité à des questions au sujet du parc, sans rien lui dire d'intime. Elle ne l'y avait d'ailleurs pas encouragé, s'en tenant à un ton strictement professionnel. Quelques incidents mineurs à signaler, qui n'entravaient pas la bonne marche du parc ; il faudrait bien qu'elle réussisse à gérer la situation puisqu'il n'était pas là. Dans ces derniers mots avait percé un peu d'ironie ou de rancœur, et Lorenzo n'avait pas insisté.

Revenant vers la maison, il vit que Nelson l'attendait sur la terrasse.

— C'est vrai qu'il est mort de vieillesse, Captain ? lui lança le gamin. Le 23 B, c'est lui, Captain, je le sais parce que j'ai appris par cœur les numéros des colliers. Et il n'était pas si vieux que ça pour un éléphant, non ?

— Je ne connais pas les noms des animaux, répondit prudemment Lorenzo.

— Oh, j'en ai marre qu'on me prenne pour un bébé ! explosa Nelson.

Puis, sans transition, il éclata en sanglots. Ému par sa détresse, Lorenzo s'agenouilla devant lui.

— Bien sûr que tu n'es pas un bébé. Tu es un petit garçon très intelligent, et tu sais que nous sommes tous mortels, les bêtes comme nous. Nul ne peut deviner où nous allons, après la vie, mais sûrement dans un monde meilleur. Le 23 B, c'était Captain, tu as raison. Un superbe éléphant qui avait fait son temps sur la Terre. Il y a des décès, mais il y a aussi des naissances, avec des éléphanteaux magnifiques.

Le petit garçon appuya sa tête contre l'épaule de Lorenzo et ils restèrent un moment silencieux. Quand Lorenzo releva les yeux, il vit qu'Amy les observait.

— L'école reprendra bientôt, déclara-t-elle. Au Kenya, les enfants ont trois mois de vacances, avril, août et décembre.

Nelson soupira bruyamment à l'idée d'être de nouveau enfermé, lui qui jouissait d'une si grande liberté dans la réserve.

— Tu as de la chance d'y aller, tous les enfants ne le peuvent pas, le réprimanda-t-elle. Et si tu veux être vétérinaire un jour, tu as intérêt à bien travailler. N'est-ce pas, Lorenzo ?

Il acquiesça en souriant tandis que Nelson dévalait les marches de la terrasse et filait vers les enclos.

— Ici, expliqua Amy, l'école est souvent très loin. Parfois, elle est aussi très chère. Je travaille surtout pour Nelson, pour qu'il ait un bel avenir et qu'il ne choisisse pas le métier de son père.

Sur le point de se détourner, elle ajouta :

— Il vous aime beaucoup... Il me pose des tas de questions sur la France, mais je n'ai pas les réponses.

Elle parlait d'une voix mélodieuse, s'exprimant en anglais comme tout le monde dans la réserve, avec un accent chantant indéfinissable.

— Benoît doit m'attendre, marmonna Lorenzo.

L'attitude charmeuse d'Amy l'embarrassait d'autant plus qu'il commençait à éprouver une certaine attirance pour elle. Mais ainsi qu'il l'avait confié à Valère, il ne voulait rien entreprendre avec elle. Il s'éclipsa aussitôt, pressé de retrouver Benoît.

*

Julia finissait par prendre de l'assurance. Discuter avec les commerciaux, les jardiniers, les techniciens ou le comptable lui semblait plus facile désormais. Jusqu'à ce que Lorenzo s'absente, elle n'avait pas vraiment mesuré le poids de la gestion d'un parc d'autant plus complexe à administrer qu'il était vaste. Vétérinaire, ici, était déjà un travail à plein temps, mais la direction de tous les corps de métiers et l'entière responsabilité du public et des animaux en étaient un autre.

De son propre chef, Julia avait donc décidé que le vétérinaire engagé pour un mois à mi-temps la seconderait totalement, quitte à lui payer des vacations supplémentaires. Pour sa part, Souad avait demandé aux soigneurs et aux stagiaires un effort particulier.

L'affluence du public, grâce à un printemps très ensoleillé, était un élément galvanisant mais générait des angoisses et demandait un renforcement des normes de sécurité.

Parmi ses divers soucis ou contrariétés, Julia avait eu la satisfaction de trouver enfin le bon traitement pour l'infection parasitaire de Tomahawk ; il était en voie de guérison et avait regagné son vaste enclos, où il profitait du soleil. Au téléphone, Lorenzo avait paru heureux de cette bonne nouvelle, mais, comme toujours, il était resté sur un terrain très professionnel. Julia avait l'impression désagréable qu'il ne la considérait que comme son assistante, sa remplaçante.

Dans les nouvelles positives, plusieurs naissances avaient eu lieu, dont celles de deux adorables petits ocelots ainsi que d'un ourson grizzly qui faisait craquer toute l'équipe mais n'était pas encore présenté au public. En revanche, le point négatif avait été son entretien avec Cécile, la représentante du conseil régional. La jeune femme s'était montrée hautaine et cassante, s'étonnant que Lorenzo ait « abandonné » son parc pour aller se promener au Kenya.

Julia ne s'y trompait pas, l'agressivité de Cécile résultait davantage d'une rivalité entre femmes que d'un jugement sur le fonctionnement du parc, du reste irréprochable. Elle avait dû expliquer patiemment que Lorenzo était plutôt en voyage d'étude, ce qui lui permettrait d'apporter, dès son retour, des améliorations visant au bien-être des animaux sauvages. L'observation sur place ainsi qu'un échange de données avec le vétérinaire de la réserve de Samburu ne pouvaient être que bénéfiques. Dubitative, Cécile avait fait la moue. Elle n'appréciait pas Julia ; elle aurait voulu discuter avec Lorenzo lui-même, et elle avait programmé un nouveau rendez-vous pour le mois de mai, arguant qu'elle préférait « avoir affaire au bon Dieu plutôt qu'à ses saints ». Dépitée, Julia n'avait pas fait d'efforts d'amabilité, ce qu'elle s'était reproché par la suite. Les subventions allouées par le conseil régional étaient indispensables : sans elles, l'équilibre financier du parc serait compromis.

Comme chaque soir depuis le départ de Lorenzo, Julia gagna le restaurant où Adrien faisait ses comptes après la fermeture. Parfois, Souad l'y retrouvait pour un bilan informel de la journée. Adrien les installait dans un coin, leur réchauffait un plat qu'il leur apportait avec des bières, et il les laissait discuter tranquilles.

— La vidéo que Lorenzo nous a envoyée a fait le tour des équipes ! annonça Souad. Il a tellement de chance…

Régulièrement, Lorenzo adressait à Julia ou à Souad des images tournées dans la savane. Sous la lumière rasante du coucher de soleil, le paysage où évoluaient librement les animaux était sublime. Lorenzo avait ainsi filmé un groupe de lions et une famille de rhinocéros. En regardant ces vidéos, les soigneurs poussaient des exclamations enthousiastes.

— D'autant plus de chance que son frère l'a rejoint là-bas.

— Valère ? Celui qui nous a trouvé des sponsors l'année dernière ?

— Oui, c'est un homme plein de ressources et de bonnes idées.

— On aura besoin de lui si tu ne fais pas un petit effort de diplomatie avec la représentante du conseil régional ! se moqua Souad. Elle avait l'air courroucé en partant d'ici.

— L'absence de Lorenzo l'a contrariée.

— Contrariée ou vexée ? Tout le monde sait qu'elle a été sa petite amie et qu'il l'a larguée.

— Visiblement elle le digère mal ! approuva Julia un peu trop vivement.

Souad la dévisagea et reprit :

— Il n'aurait pas dû. Ni commencer ni finir.

— Il le sait, mais elle l'a poursuivi !

— Julia… Lorenzo est un homme séduisant. Moins que mon mari, je trouve, mais qui plaît beaucoup.

De nouveau, elle se mit à rire devant l'air déconfit de Julia.

— Tu craques pour lui, hein ?

— Oh, nous avons eu une liaison quand nous étions étudiants, et maintenant nous sommes juste des amis !

— Vraiment ?

— Nous aimons travailler ensemble, il n'y a rien d'autre.

Un mensonge qu'elle espérait convaincant. Adrien vint à son secours en s'approchant pour débarrasser.

— Vous avez bien mangé, les filles ?

— Chez toi, toujours, affirma Souad.

— Un petit dessert ?

Elles déclinèrent son offre, payèrent leur dîner et quittèrent le restaurant, dont les lumières s'éteignirent une à une derrière elles.

— Tu ne te décides toujours pas à trouver un logement ailleurs ? demanda Souad en désignant le bâtiment des stagiaires.

— Je devrais, mais je n'ai pas le temps de chercher. Quand Lorenzo sera rentré, je m'y mettrai sérieusement.

Il lui avait déjà proposé d'habiter chez lui, dans cette petite maison qu'il louait sans vraiment l'occuper, mais elle avait refusé pour ne pas provoquer de commérages. De plus, elle appréciait l'atmosphère joyeuse qui régnait chez les stagiaires, avec des petits déjeuners bruyants durant lesquels on la bombardait de questions au sujet des animaux. Les jeunes candidats aux postes de soigneurs étaient, pour la plupart, enthousiastes et motivés. La maison destinée à les accueillir durant leur stage, Lorenzo l'avait voulue conviviale, confortable, afin que les stagiaires puissent se détendre et se reposer après des journées éreintantes. Car une bonne partie de leur travail consistait à nettoyer les enclos et les bassins, à transporter des quantités de nourriture, à se déplacer sans cesse à travers tout le parc. Les titulaires, pour leur part, n'habitaient pas sur place. Certains restaient parfois la nuit, lorsqu'une mise bas délicate était attendue ou qu'un animal malade devait être surveillé ; dans ces cas-là, ils dormaient dans une salle de repos située à l'arrière de la clinique.

Julia prit congé de Souad et gagna sa chambre. Il était déjà vingt et une heures, donc vingt-trois heures au Kenya, et Lorenzo devait dormir. Elle alla s'asseoir au petit bureau qui occupait un coin de la pièce, alluma son ordinateur, mais elle resta devant l'écran, les yeux dans le vague. Elle en avait assez d'être seule, de passer ses soirées seule, de n'avoir personne à aimer et qui l'aime. Souad rejoignait son mari, artisan du bâtiment, les soigneurs titulaires rentraient chez eux retrouver leur famille, Adrien était attendu par son épouse, et même le vétérinaire intérimaire avait une petite amie qui se languissait de lui à Paris. Mais Julia, à trente-cinq ans, restait seule dans une chambre ! Et elle pensait encore et toujours à Lorenzo, son amour de jeunesse, un amour perdu. Il était loin, occupé à autre chose, et même lorsqu'il rentrerait ce ne serait pas pour s'intéresser à elle : il se consacrerait de nouveau pleinement à son parc. Elle n'avait rien à attendre de lui, quand l'admettrait-elle enfin ? Quand chercherait-elle un homme avec qui bâtir son avenir ? Combien d'années allait-elle rester à se morfondre ? Au-delà de son métier, qu'elle adorait, elle avait besoin d'une vie sentimentale pleine et heureuse.

La sonnerie de son portable la fit sursauter tant elle était plongée dans ses pensées. Elle vit s'afficher le numéro d'Adrien et prit la communication, vaguement inquiète de cet appel tardif.

— Julia ? Bon sang, je suis barricadé dans l'arrière-cuisine du restaurant parce qu'il y a une panthère dehors ! Je me suis quasiment trouvé nez à nez avec elle en ouvrant la porte…

Il reprit son souffle tandis que Julia essayait d'intégrer la nouvelle.

— Une panthère ? répéta-t-elle.

— Un truc de ce genre ! Je ne lui ai pas demandé ses papiers !

Adrien criait, sous le coup de la peur qu'il venait d'avoir, et Julia se ressaisit aussitôt. Impossible de courir jusqu'à la clinique pour récupérer le matériel nécessaire à un fléchage. Et d'ailleurs, en pleine nuit, comment localiser l'animal s'il se baladait partout ? Pire encore : s'il quittait le parc pour aller errer sur les routes ?

— Reste enfermé, dit-elle très vite. J'appelle Souad et on voit comment s'y prendre.

Tout en sélectionnant le numéro de Souad, elle se précipita sur le palier. De la lumière filtrait sous quelques portes, tous les stagiaires ne dormaient donc pas. Elle alla tambouriner à la première chambre et demanda au jeune homme qui lui ouvrit, éberlué, de prévenir tout le monde qu'il était interdit de sortir du bâtiment.

— Souad ? On a un gros problème ici. Un animal s'est échappé, sans doute une panthère, et…

Ne pouvant pas dire qu'elle ne savait pas quoi faire, elle ajouta :

— Viens tout de suite. Tu as le bip pour les barrières, roule au pas et ne descends pas de ta voiture. Arrête-toi juste devant la porte, le plus près possible, et je te rejoindrai.

Plusieurs stagiaires avaient quitté leur chambre, alarmés par ce qu'ils venaient d'entendre.

— Nous avons donc un fauve en liberté, déclara-t-elle d'une voix ferme. Avec Souad, nous allons sillonner les allées, une fois que nous aurons allumé tous les projecteurs. Je ne pense pas avoir besoin de vous pour l'instant. Plus tard, peut-être, pour nous aider à le transporter si je parviens à l'endormir. Ceux d'entre vous qui travaillent sur le secteur fauve peuvent s'habiller, au cas où. En attendant, personne ne quitte ce bâtiment, sous aucun prétexte.

— Vous n'appelez pas la gendarmerie ? s'inquiéta une jeune fille.

— Pas maintenant. Nous allons essayer de gérer la situation nous-mêmes, tant que l'animal est dans le parc.

En réalité, Julia ignorait comment pouvaient réagir les gendarmes, et elle ne voulait pas prendre le risque de voir le fauve abattu. Une seconde, elle pensa à appeler Lorenzo pour lui demander conseil, mais elle y renonça : à distance, il ne pouvait pas évaluer la situation, et il était capable de prendre le premier avion pour rentrer, ce qui ne servirait à rien. Plus grave, il la tiendrait pour incapable de gérer le parc en cas de problème.

Elle descendit se poster derrière la porte d'entrée et attendit d'entendre la voiture de Souad approcher.

*

Il était presque minuit, Lorenzo dormait. Ce fut un léger bruit sur le plancher de sa chambre qui le sortit du sommeil. Comme il n'aimait pas tirer le morceau de toile qui servait de rideau, le clair de lune lui permit d'identifier la silhouette qui se tenait près de la porte.

— Amy ? s'étonna-t-il en se redressant.

La jeune femme s'approcha, un doigt sur les lèvres. Sa présence était d'autant plus stupéfiante qu'elle n'habitait pas sur place.

— Que fais-tu ici ? Il y a un problème ?

Parfaitement réveillé à présent, il devina ce qui allait suivre. Amy avança encore de deux pas et s'assit au bord du lit, toujours silencieuse. Elle tendit une main qu'elle posa légèrement sur le bras de Lorenzo, ce qui le fit tressaillir. De son autre main, elle commença à déboutonner son chemisier. Il discernait ses mouvements dans la pénombre et savait qu'il était temps de l'arrêter, même s'il n'en avait guère envie.

Le dîner pris trois heures plus tôt au Sopa Lodge avait été très gai, Valère menant joyeusement la conversation comme s'il voulait tout savoir du Kenya en une seule soirée. Son amie Élodie était charmante, un peu timide, et elle l'écoutait parler sans jamais intervenir, en admiration. Benoît répondait aux questions avec humour et faisait participer Amy aux discussions, puisqu'elle connaissait mieux que lui le pays où elle était née. Mais chaque fois qu'elle disait quelque chose, c'était en regardant Lorenzo et lui seul. Ils avaient bu du vin, de l'alcool de canne à sucre et même une liqueur au café. Seule Amy ne buvait pas et restait donc parfaitement lucide. Elle les avait raccompagnés, conduisant le Land Cruiser de Benoît, et elle aurait dû rentrer chez elle ensuite. Pourtant elle était là, apparemment déterminée à passer la nuit avec Lorenzo.

Il se recula, secoua la tête en essayant de sourire.

— Amy, pourquoi fais-tu ça ?

— Parce que tu me plais. Tu l'as bien vu, n'est-ce pas ?

Elle ne portait pas de soutien-gorge. Peut-être l'avait-elle enlevé avant de venir dans sa chambre. Comme il l'avait déjà remarqué à plusieurs reprises malgré ses vêtements, elle était sculpturale, avec son long cou gracieux, de belles épaules rondes, des seins hauts et fermes. Il dut faire appel à toute sa volonté pour s'écarter d'elle et se lever.

— C'est une mauvaise idée, Amy...

Maintenant il avait envie d'elle, un réflexe naturel face à une si belle femme qui s'offrait à lui.

— Écoute, commença-t-il, je pars dans quelques jours.

— Mais tu reviendras ?

— Pas forcément. Et peut-être dans très longtemps.

Elle le rejoignit et se plaqua contre lui.

— Alors, donne-moi cette nuit. Après...

Puisqu'il était torse nu, elle caressait délicatement son dos tout en chuchotant :

— Tu sais, j'aimerais bien aller en France si tu m'invitais chez toi. Tu as constaté que je suis une bonne assistante pour un vétérinaire, non ? Je ne passerai pas toute ma vie ici, j'y ai de mauvais souvenirs.

Et je voudrais que Nelson connaisse autre chose. J'y pense depuis longtemps.

Il la prit enfin par les épaules pour l'éloigner de lui. Le contact de sa peau était doux, velouté, et il se dégageait d'elle un parfum suave qui pouvait facilement rendre fou. Réalisant qu'il était en train de craquer, il la lâcha.

— Lorenzo ! À la minute où tu es arrivé, j'ai eu envie que tu me tiennes dans tes bras et que tu me fasses l'amour.

Elle parlait librement, sans fausse pudeur. Jusque-là, il l'avait crue réservée, mais il s'était trompé. Il recula de deux pas, buta contre le mur. L'espace d'un instant, il se demanda si elle essayait de se servir de lui : le séduire pour parvenir à changer de pays et de vie.

— Je suis amoureux d'une femme qui s'appelle Julia…

Il l'avait dit pour la décourager, et pour se préserver lui-même.

— Elle est belle ?

— Elle est dans mon cœur.

— Et tu ne veux pas la tromper ? Tu vis avec elle ?

— Non.

— Alors, il n'y aura pas de tromperie.

De nouveau, elle se colla contre lui, provoquant aussitôt une réaction de désir qu'il ne contrôlait pas.

— Tu en as envie, constata-t-elle tout bas.

Il sentait le souffle d'Amy dans son cou, ses cheveux qui frôlaient sa joue. Il pensa à Julia, à Benoît, au petit Nelson, à toutes les raisons qu'il avait de ne pas faire l'amour avec cette femme. Il n'était pas naïf, il savait que s'il passait la nuit avec elle, ça n'irait pas plus loin. C'était elle qui était venue le provoquer, à l'aube il ne lui devrait rien, il n'éprouvait aucun sentiment pour elle, au revoir et merci. Mais il n'aimait pas ces aventures sans lendemain qui lui laissaient toujours un goût amer. À vingt ans, avant de rencontrer Julia, il avait été un coureur de filles, ce qu'il n'était plus. De surcroît, Amy cherchait l'amour, elle était en quête d'un compagnon et d'une nouvelle vie, tout ce qu'il ne lui donnerait pas.

— Tu vas rentrer chez toi, Amy. Tu as laissé Nelson tout seul ?

— Ma voisine veille sur lui.

— Il peut se réveiller, te chercher…

— Et c'est pour ça que tu ne veux pas de moi ?

D'un geste vif, elle fit tomber sa jupe au sol.

— Tu ne me trouves pas belle ?

— Oh, si ! Vraiment, tu l'es, et tu le sais.

— Je ne m'en sers pas. Depuis la mort de mon mari, j'ai beaucoup pleuré et je suis restée fidèle à sa mémoire. Je ne vais pas avec des hommes, par respect pour Nelson. Mais toi… Ah, toi, tu es tellement…

— S'il te plaît, Amy, rhabille-toi.

Il avait trouvé le courage de se reprendre, l'instant critique était passé. Il se détourna tandis qu'elle remettait rageusement ses vêtements. Elle allait lui en vouloir, mais sans doute moins que s'il avait profité d'elle. Il l'entendit traverser la chambre, franchir la porte, qu'elle ne se donna pas la peine de refermer. Il lâcha un long soupir de soulagement, peut-être aussi de regret, puis soudain il esquissa un sourire en songeant à Valère. S'il lui racontait sa nuit, son frère n'en finirait plus de hurler de rire et de se moquer de lui. Refuser les avances d'une femme aussi appétissante qu'Amy était inconcevable pour un homme comme

Valère. Donc, il ne lui dirait rien. Ou alors plus tard, quand ils seraient de retour en France tous les deux.

En France, il y avait Julia, qui devait dormir paisiblement. À quoi rêvait-elle ? Pas à lui, hélas, mais sans doute à une belle rencontre. Il avait déjà dû assister, impuissant, à son coup de cœur pour Marc, et il en avait souffert, alors il ne voulait pas la voir tomber amoureuse d'un autre. Un vœu absurde, égoïste, ridicule : Julia méritait d'être heureuse, elle ne l'avait pas souvent été jusque-là. Serait-il incapable de se réjouir s'il la voyait enfin épanouie ?

Il retourna s'allonger, persuadé qu'il ne se rendormirait pas. Il essaya d'imaginer Julia, sans doute en short et en tee-shirt, la tête enfouie dans son oreiller. À cet instant précis, il aurait donné n'importe quoi pour être à côté d'elle, pour la regarder dormir et pour n'avoir qu'à tendre la main pour la toucher. La toucher, elle, pas une autre. Mais il n'en aurait probablement plus jamais l'occasion.

Il prit conscience des bruits de la savane au loin, cris d'oiseaux ou d'animaux, tout un monde sauvage qui vivait la nuit. Sa dernière pensée, avant de sombrer dans le sommeil, fut de se demander ce qu'il faisait là tant son envie de rentrer chez lui était devenue forte.

*

Exactement au même moment, Souad et Julia roulaient au pas dans les allées du parc. Adrien n'avait vu qu'une panthère noire ou un « truc » approchant, mais Julia en déduisait qu'il pouvait s'agir de Tomahawk, qui ne consentait à regagner sa loge qu'un soir sur deux et que les soigneurs laissaient donc dehors.

Comme tous les jaguars, Tomahawk était un chasseur nocturne, alors même s'il n'y avait rien à chasser il se plaisait à l'extérieur.

— Si c'est bien lui, il n'est pas très reconnaissant, avec tout le mal que tu t'es donné pour le guérir ! plaisanta Souad.

— C'est logique au contraire, maintenant qu'il va mieux il a envie d'aventure.

Elles faisaient semblant d'être détendues, pour se rassurer mutuellement, mais elles scrutaient les alentours avec angoisse.

— Arrête-toi devant le local technique, au ras de la porte, demanda Julia. J'ai le code pour entrer et je vais allumer toutes les lumières extérieures.

Les phares de la voiture ne suffisaient pas, n'éclairant que devant elle tandis que les côtés restaient dans l'ombre.

— Où crois-tu qu'il ait pu aller, après avoir fouillé les poubelles du restaurant ?

— Aucune idée, avoua Souad. Pas vers l'enclos du panda roux, j'espère ! Il n'aurait aucun mal à y pénétrer et à grimper dans l'arbre où se trouve leur petite cabane. Savoir qu'il se balade en liberté est vraiment effrayant.

— Oui, mais il n'a pas faim, il est bien nourri…

— Ça reste un fauve.

— Tout ce que j'espère est qu'il ne sorte pas des limites du parc. Quand on aura allumé les projecteurs, on ira à la clinique chercher de quoi l'endormir.

Elle prit son talkie-walkie et appela la maison des stagiaires.

— Que deux ou trois d'entre vous s'habillent et se tiennent prêts.

— On est tous volontaires !

— Attendez que je vous rappelle. D'ici là, que personne ne sorte.

— Bien reçu.

La voiture de Souad ne pouvait pas emprunter les allées les plus étroites du parc. Il aurait fallu qu'elles prennent l'une des voiturettes de service qui se glissaient partout, mais celles-ci étaient ouvertes et ne les protégeraient pas si le jaguar décidait d'y grimper.

— Tu as prévenu Lorenzo ? s'enquit Souad.

— Lorenzo ? Pour quoi faire ? Il est à des milliers de kilomètres !

— Pour un conseil, une idée.

— J'ai les idées très claires pour qu'on retrouve ce foutu jaguar.

Devant la détermination véhémente de Julia, Souad hocha la tête.

— Je ne doute pas de toi. Pas une seconde. Mais si ça finit mal, si Tomahawk va sur la route, et si les gendarmes s'en mêlent pour une battue, Lorenzo nous en voudra de ne pas l'avoir averti.

— Non, je ne le réveille pas pour le tenir au courant minute par minute. Il serait fou d'inquiétude, et aussi fou de rage parce que tout ça signifie que l'enclos n'était pas sécurisé comme il aurait dû. Imagine qu'il se soit échappé en plein jour, au milieu des visiteurs ?

Souad ne répondit rien, convaincue par les arguments imparables de Julia. Elles se garèrent devant le local technique, où, comme prévu, Julia put allumer tous les projecteurs du parc. Le système avait été installé après l'intrusion des voyous qui s'étaient battus, une nuit, avec Lorenzo. Une fois dans la voiture, elle marmonna :

— On y voit plus clair, mais il reste des coins sombres à cause de la végétation… J'espère qu'on va y arriver, Souad !

— Si on y arrive, il faudra mettre l'incident sous le tapis et n'en parler à personne. Pourvu que les stagiaires tiennent leur langue ! Sinon, le parc risque d'acquérir la réputation d'un endroit dangereux. On aura des tas de contrôles et plus aucune subvention.

— S'il te plaît, ne rends pas ce moment plus stressant qu'il ne l'est déjà.

Elles étaient presque arrivées à la clinique, où Julia devait récupérer un fusil hypodermique, lorsque Souad freina sèchement.

— Regarde à droite, chuchota-t-elle. Derrière les fougères…

Une masse plus sombre se distinguait à peine, mais il s'agissait bien du jaguar.

— Tu ne vas pas pouvoir quitter la voiture, ajouta Souad tout aussi bas.

— Il le faudra bien, je n'ai rien pour l'endormir. Amène-moi plus près de la porte.

— Si j'avance, il va s'enfuir. Pour l'instant, je pense qu'il nous observe.

— Sans doute, mais on ne va pas passer la nuit à se regarder !

Résignée, Souad redémarra très lentement, et aussitôt le jaguar s'élança d'un bond et disparut.

— Merde et merde ! pesta Julia.

Elle jaillit hors de la voiture, déverrouilla la porte de la clinique et s'y engouffra. Quand elle revint, deux minutes plus tard, munie d'une boîte à fusil et d'une boîte d'ampoules, Souad protesta vertement.

— Tu es cinglée, ma parole ! Il pouvait t'attaquer, tu aurais dû attendre d'être certaine qu'il n'était plus là.

— Il est déjà loin. Allez, roule, il est parti du côté de la volière.

— Si on le retrouve, je t'interdis de descendre pour le flécher. Tu fais ça d'ici, tu n'auras qu'à baisser ta vitre. Seigneur… Si quelqu'un nous voyait en train de pister ce fauve comme deux gourdes !

Elle se mit à rire nerveusement, bientôt imitée par Julia. Elles étaient si tendues toutes les deux qu'elles avaient besoin de briser leur angoisse en ricanant.

— En tout cas, c'est bien Tomahawk, plus de doute là-dessus, soupira Julia. Le chouchou de Lorenzo…

— Et le pire des prédateurs. J'ai lu pas mal de fiches sur son espèce, et, si mes souvenirs sont bons, les jaguars possèdent une mâchoire hors norme, plus puissante que celle d'un lion ou d'un tigre, avec laquelle ils mordent directement le crâne de leurs proies. Un jaguar, bon grimpeur et bon nageur, peut tuer un caïman, récita Souad. Alors, sois raisonnable, ne prends aucun risque, d'accord ?

Elles longèrent la volière sans rien remarquer et continuèrent à rouler au pas, scrutant tous les abords. Certains étaient bien éclairés par les puissants projecteurs, d'autres pas du tout, et elles ralentissaient encore pour les fouiller du regard.

— Quels sont les animaux qui ne sont pas rentrés cette nuit ? demanda Julia.

Souad, en tant que chef animalier, connaissait l'état exact du parc à n'importe quel moment.

— Les ours, mais il n'osera pas s'en prendre à eux, les loups, qui sont trop nombreux pour lui, notre panda roux, bien sûr, mais j'espère qu'il dort à l'abri dans sa cabane, et une femelle chimpanzé, Katia.

— Alors, va par là.

Deux minutes plus tard, elles aperçurent enfin le jaguar, qui semblait à l'affût devant un grillage. Aussitôt Souad s'arrêta, coupa son moteur et éteignit ses phares.

— Tu vois assez ? murmura-t-elle.

Julia était du bon côté de la voiture pour viser. Elle ouvrit la mallette et monta le fusil en quelques gestes, inséra une ampoule dans la fléchette.

— Combien pèse-t-il ?

— Environ quatre-vingt-dix kilos.

— Cette dose devrait suffire… Tu avais raison pour Katia, mais elle ne l'a pas encore senti, sinon elle se serait mise à crier.

Elle baissa lentement sa vitre, sortit le canon du fusil. La distance était un peu longue, mais Julia tirait bien. Elle bloqua sa respiration, visant l'épaule du jaguar. Si celui-ci n'avait pas fui en les entendant arriver, c'est qu'il était habitué au va-et-vient des humains et des voitures, sachant que ce n'était pas une menace pour lui. Julia appuya sur la détente, et Tomahawk fit un bond en l'air. Retombé sur ses pattes, il se mit à tourner en rond, cherchant à arracher la flèche fichée dans son muscle et hors de portée de sa gueule. Il resta un moment à feuler rageusement, les babines retroussées, puis il s'éloigna au petit trot. Souad redémarra aussitôt pour le suivre à distance afin de savoir où il s'écroulerait.

— Combien de temps pour que ça fasse effet ?

— Quelques minutes. Ne le perds pas de vue.

Mais au lieu de rester dans l'allée bien éclairée, le jaguar s'engagea en titubant dans un massif de lauriers où Souad ne pouvait pas le suivre.

— Il va finir par se coucher, prévint Julia, mais il faut attendre encore.

Les yeux rivés sur sa montre, elle patienta en silence. Chaque anesthésie présentait un risque pour l'animal, et Tomahawk avait été endormi plusieurs fois ces temps derniers.

— Pourvu qu'il n'ait pas de problème cardiaque ou respiratoire, finit-elle par lâcher. Pour son poids, tu es sûre ?

Une question de pure forme, car Souad possédait une excellente mémoire.

— On l'a pesé la dernière fois que tu lui as fait un prélèvement. Il n'a pas beaucoup grossi depuis.

— Bien, je crois qu'on peut y aller. Je garde le fusil au cas où il lui faudrait une petite dose supplémentaire, mais je ne pense pas. Prends une lampe torche et essaie de me trouver un bâton pour que je le teste.

Elles descendirent de voiture et pénétrèrent prudemment dans l'épais massif. Le jaguar n'avait pas eu le temps de le traverser, il s'était effondré au beau milieu. Julia s'approcha lentement de lui et, à l'aide de la branche fournie par Souad, elle titilla les oreilles puis les moustaches de Tomahawk. Quand elle eut la certitude qu'il était inconscient, elle s'agenouilla à côté de lui pour vérifier qu'il respirait normalement.

— Ça a l'air d'aller, merci, mon Dieu ! Fais vite venir les stagiaires, au moins trois, et dis-leur d'apporter une bâche qui nous servira de brancard. On va le ramener dans sa loge.

Très soulagée, Julia s'assit carrément à même le sol. Elle écouta l'appel que Souad lançait dans son talkie-walkie tout en s'obligeant à prendre de profondes inspirations. Les deux heures qu'elle venait de vivre l'avaient épuisée.

— Demain matin, à la première heure, convoque deux techniciens. Il faut trouver par où il est sorti et vérifier tout son enclos.

— Un arbre devait être élagué ces jours-ci, avoua Souad. L'une des grosses branches me semblait un peu proche du haut du grillage et j'ai demandé à un jardinier de la couper, mais comme Tomahawk ne voulait pas quitter son enclos, on attendait qu'il se décide à rentrer. De là à croire qu'il ait pu faire un saut pareil…

— C'est un athlète, doublé d'un gros malin, répliqua Julia.

Elle posa sa main sur la tête du jaguar pour une caresse furtive. Comment allait-elle raconter l'aventure à Lorenzo ? Elle estimait avoir bien agi ce soir, pris les bonnes décisions et s'en être tirée au mieux. Néanmoins, un fauve avait pu s'échapper, l'incident était grave et elle ne comptait pas le dissimuler – du moins pas après son retour.

Entendant les stagiaires arriver au pas de course, elle demanda à Souad de prévenir Adrien qu'il pouvait enfin quitter son restaurant.

4

Comme Lorenzo s'y attendait, Amy s'était mise à l'éviter. Toujours efficace pour seconder Benoît, en revanche elle semblait moins gaie et disparaissait dès qu'on n'avait plus besoin d'elle. Nelson, pour sa part, n'avait pas changé d'attitude, suivant Lorenzo pas à pas.

Par honnêteté vis-à-vis de Benoît, qui risquait de se poser des questions, Lorenzo lui avait brièvement raconté la visite nocturne d'Amy et son issue, qui expliquait la froideur de la jeune femme à son égard. Contrairement à Valère, à qui il avait fini par révéler l'épisode, Benoît n'avait pas ri.

— Amy est une personne formidable mais très secrète et un peu naïve. Je ne l'imaginais pas aussi entreprenante, aussi libérée, même si je sais qu'elle aimerait quitter le Kenya. Elle est jeune, elle a des rêves plein la tête. Tu lui avais tapé dans l'œil, tout le monde l'a vu, et elle a dû croire que tu serais son prince charmant, celui qui allait l'emmener sur son beau cheval blanc ! C'est sûrement une grosse déception pour elle…

— Je suis navré.

— Ne le sois pas. Si tu avais couché avec elle pour un petit moment de plaisir, ça aurait été bien plus cruel. Ici, la sexualité des femmes est encore un sujet tabou, alors elle doit se sentir coupable, honteuse, inquiète, et surtout humiliée.

— Que puis-je faire pour la mettre à l'aise ?

— Rien. Tu es comme tu es, Lorenzo. Beau gosse et indifférent.

— Quoi ?

Outré, Lorenzo se redressa.

— Indifférent à quoi, à qui ?

Ils avaient passé une partie de la matinée dans une étable, contraints de pratiquer en urgence une césarienne sur une vache sanga dont le veau se présentait trop mal. Son propriétaire, qui ne possédait qu'un maigre troupeau d'une douzaine de bêtes, les avait remerciés avec effusion, éperdu de reconnaissance. Sur la route du retour, Benoît avait expliqué à quel point le bétail était important pour les petits fermiers samburu, qui en tiraient du lait, de la viande et du cuir. Une fois rentrés au camp, ils s'étaient installés sur les fauteuils de la terrasse pour siroter un jus de papaye et grignoter des quartiers de pastèque.

— Pas indifférent aux animaux, bien sûr, répondit Benoît avec un sourire apaisant. Mais parfois aux gens.

— Moi ? Pourquoi dis-tu ça ?

— Parce que tu es trop entier. Tu te consacres pleinement aux buts que tu poursuis, tu ne vois rien d'autre que ton objectif. En conséquence, tu ne t'attardes pas sur ce qui te paraît superflu ou futile, mais qui fait pourtant le charme de l'existence. Tu n'es jamais léger, jamais insouciant. Tu m'as avoué toi-même avoir perdu Julia parce qu'à cette époque-là tu étais concentré sur ta formation à la faune sauvage à travers le monde. Le grand voyageur avait laissé Pénélope à la maison, sans état d'âme. Aujourd'hui tu la regrettes, tu ne penses qu'à elle et tu ne vois pas les autres. Au fond, tu es fait d'un seul bloc. Ce qui, d'ailleurs, te permet d'avancer, à la manière d'un bulldozer.

Lorenzo resta silencieux quelques instants, méditant les propos de Benoît, qui finit par s'inquiéter.

— Je suis allé trop loin ?

— Non, non…

— Mais tu sais, je t'admire aussi pour ça. Pour ta force de caractère, ta volonté. Moi, je suis plutôt comme ton frère, Valère, inconstant, frivole, jouissant des plaisirs immédiats parce que incapable d'y résister.

— Tu connais mon frère depuis trois jours à peine.

— Il n'est pas difficile à cerner.

— Crois-tu ? C'est en tout cas quelqu'un de très fiable.

— Sans doute. Et il t'adore. Tu as dû être le héros de son enfance.

— Quelle clairvoyance…

— J'aime bien observer les gens.

— Et aussi donner des leçons, non ?

D'abord interloqué, Benoît finit par sourire.

— Tu as raison ! Je ne sais pas pourquoi je pontifie ce matin. La satisfaction de notre belle césarienne m'est montée à la tête alors qu'elle aurait dû me rendre modeste. Tu travailles mieux que moi, tu es vraiment doué.

— Tu dis ça pour te faire pardonner ! lança Lorenzo.

— Non. Tu as le bon diagnostic, l'intuition juste et la main sûre. À Maisons-Alfort, c'était un peu agaçant, aujourd'hui j'apprécie. Je suis content que tu sois venu, on s'apporte des choses mutuellement. Maintenant, rassure-moi, tu ne vas pas écourter ton séjour à cause d'Amy ?

— Amy s'en remettra, mais le petit Nelson s'attache de jour en jour, c'est préoccupant.

— Ah, tu as remarqué aussi… Un gamin adorable, n'est-ce pas ?

— Complètement craquant. Il me touche, il m'émeut. J'espère que sa mère ne lui a pas fait miroiter de belles perspectives concernant la France et me concernant. Et puis, à propos de la France, je crois que j'ai un peu le mal du pays.

Benoît reçut la confidence avec un soupir résigné.

— Reste encore quelques jours, je ne t'ai pas tout montré.

— Tu nous as déjà fait découvrir des choses extraordinaires, dont Valère et Élodie vont longtemps parler !

— Oui, mais maintenant qu'ils sont partis, je te réserve une dernière surprise.

— Avec des rhinos ?

— Des lions. Toute une petite famille dont les bébés n'ont pas deux mois. Je sais où les trouver pour les observer sans les déranger. Je t'y emmène demain.

La proposition était trop tentante pour que Lorenzo y résiste ; il décida de rester jusqu'au surlendemain.

*

De retour d'Afrique, Valère avait dû se rendre à Genève. Dans le cadre de son métier de conseil en stratégie, il était régulièrement appelé au chevet d'entreprises désireuses de doper leurs performances. Thonon-les-Bains n'étant qu'à une trentaine de kilomètres, il était allé dîner au Colvert, le restaurant où sa sœur Anouk venait d'obtenir sa première étoile. S'attardant jusqu'à la fermeture, il avait enfin pu profiter d'elle.

— On mange divinement bien, chez toi ! Tout à l'heure, j'avais envie de crier à tes clients compassés : « C'est ma grande sœur qui tient les fourneaux, elle me régalait déjà quand j'étais gamin ! » Je suis très fier de toi, la famille entière est fière de toi.

Anouk eut un petit rire, puis elle siffla entre ses dents et un golden retriever se glissa sous la porte battante qui menait aux cuisines.

— Tu reconnais Jasper ?

— Il a bien grandi, et il est gras comme une loche. Je suppose qu'il chaparde ?

— Jamais. Il nous regarde faire en bavant depuis son panier, et il ne met pas les pattes dans la salle. Mais tu as raison, il est en surpoids et je vais le montrer à Lorenzo. Quand rentre-t-il ?

— D'après mes informations, vendredi.

— Il est parti plus de trois semaines, je n'aurais pas cru qu'il puisse quitter son parc aussi longtemps.

— Franchement, cette réserve de Samburu est fascinante, je comprends qu'il s'y plaise. Il en avait sans doute assez de voir des animaux derrière des grillages ! Et puis, il y a une jeune femme qui travaille avec son ami Benoît et qui est une vraie beauté…

Or, elle cherche à le séduire par tous les moyens, elle est même allée le draguer une nuit dans sa chambre. Tu imagines ?

— Une Kényanne ?

— Non, métisse à mon avis. Son mari, un ranger, a été tué il y a quelques années, et je pense qu'elle aimerait se recaser. D'autant plus qu'elle a un petit garçon.

— Le gamin qu'on voit sur certaines des photos envoyées par Lorenzo ?

— Oui, celui-là. Et Lorenzo craque pour lui, à défaut d'avoir accepté les avances de sa mère. Enfin, pour l'instant. Parce qu'il n'est pas en bois et qu'une femme comme elle ne se refuse pas.

— Est-ce que ça va le retenir là-bas ? s'inquiéta Anouk.

— Tu plaisantes ? Dans la vie de Lorenzo, il y a avant tout et par-dessus tout son cher parc. Mais il pourrait la faire venir en France avec le petit.

— C'est ce que tu ferais, toi ?

— Moi ? Quelle idée ! En revanche, crois-moi, j'aurais profité de l'aubaine.

— Tu n'es décidément pas un grand sentimental.

— Pas encore, mais ça pourrait venir. En ce moment, vois-tu, je suis très bien avec Élodie.

— Très bien, pas davantage ?

— Si, un peu plus… Notre voyage n'a pas douché mon enthousiasme, alors qu'en général au bout d'un week-end avec une femme j'ai l'impression d'en avoir fait le tour.

Anouk éclata d'un rire communicatif qui gagna Valère.

— Tu es basique, petit frère ! Superficiel et coureur. Infréquentable… Et j'ai hâte de rencontrer ton Élodie, elle semble te bonifier un peu.

Le maître d'hôtel, qui avait troqué son uniforme contre un jean et un blouson, vint s'arrêter devant leur table.

— Les cuisines sont en ordre, les employés sont partis. Avez-vous besoin de quelque chose ?

— Merci, non. Ou alors, j'irai me le chercher. Vous pouvez rentrer chez vous, Paul, je fermerai.

Valère attendit que l'homme ait quitté la salle pour demander :

— Ce n'est pas trop dur pour toi de tenir toute une brigade ?

— Pas du tout. L'équipe est bonne, la difficulté a été de la constituer. Pour ce type de restaurant, il faut que tout soit parfait, et pas uniquement ce qu'il y a dans les assiettes. Mais j'ai beaucoup de chance, les propriétaires sont d'accord pour investir dès que c'est nécessaire. Regarde cette sublime vaisselle, je l'ai commandée le mois dernier, et bien que la note ait été salée ils n'ont pas tiqué. L'obtention de notre étoile les a comblés.

— Tu vas chercher à en avoir une deuxième ?

— Pas tout de suite. La marche est trop haute. Plus tard, peut-être…

Les yeux dans le vague, elle parut rêver quelques instants. Valère la savait ambitieuse et déterminée, capable de concrétiser ses projets, exactement comme Lorenzo. Et contrairement à lui-même.

— Bon, maintenant je te donne des nouvelles de maman, qui s'étiole à Paris.

— Elle ne va pas bien ? s'inquiéta Anouk.

— Sa santé est satisfaisante, mais elle s'ennuie de toi et de Lorenzo. Pour Laetitia, son séjour auprès d'elle est prévu pour la naissance du bébé. D'ici là, le temps lui paraît long. Elle marche, ainsi que le lui a recommandé son cardiologue, mais sans but, et ça ne remplit pas ses journées.

— Papa ne s'occupe pas d'elle ?

— Tu le connais, surinvesti dans sa pharmacie et sans aucune envie de prendre sa retraite. Je vais souvent la voir, mais toujours en coup de vent.

— Organisons quelque chose.

— J'allais te le suggérer.

Malgré les années, et l'éloignement de trois d'entre eux, ils étaient tous restés très attachés à leur mère. Après son infarctus, ils s'étaient promis mutuellement de veiller sur elle.

— Elle pourrait venir deux jours ici, proposa Anouk, je lui donnerais la chambre d'amis que tu vas occuper ce soir dans mon appartement, et le reste de la semaine chez Lorenzo. Elle adore se balader dans son parc, elle passe des heures en contemplation devant les enclos. C'est le printemps, il fait beau, l'air du Jura lui réussira !

— Le mieux serait qu'elle prenne l'avion ou un TGV pour Genève, tu vas la chercher et elle passe le week-end chez toi, et je vous rejoindrai pour la conduire chez Lorenzo. À la fin de la semaine, c'est moi qui viens la récupérer pour la ramener à Paris en voiture.

— Et papa ?

Valère croisa le regard de sa sœur et hocha la tête.

— Papa ne voudra pas venir, tu le connais…
— Bon sang, leur querelle ne prendra jamais fin ?
— Il y a longtemps que Lorenzo ne se dispute plus avec lui ! À l'inverse, papa ne peut pas s'empêcher de le titiller, d'essayer de le faire sortir de ses gonds, comme ça il dit ensuite à maman que « Laurent » a mauvais caractère.
— Ce qui n'est pas tout à fait faux.
— Mais avoue que quand papa prétend ne pas aimer les animaux et détester les Italiens, il le cherche !
— Je sais… D'ailleurs, il bêtifie avec Jasper quand il le voit ! Bon, maintenant fixons la date du petit séjour de maman.
Ils prirent leurs téléphones pour consulter leurs agendas respectifs et se mirent d'accord. Ils se réjouissaient de faire plaisir à leur mère, conscients qu'elle était devenue fragile et que, peut-être, le temps des réunions familiales était désormais menacé.

*

Julia décolla les derniers adhésifs de protection et contempla le travail accompli. Avec Souad et son mari, ainsi qu'Adrien, venu donner un coup de main, ils avaient repeint les murs de la clinique vétérinaire, qui en avaient bien besoin. À présent, la zone de soins, le local de radiologie et le labo semblaient plus clairs et plus nets. La petite salle de chirurgie, carrelée à mi-hauteur, ne nécessitait heureusement aucune réfection, car le temps leur aurait manqué pour tout faire. Ils y avaient consacré leurs heures de liberté afin d'offrir à Lorenzo une bonne surprise. Et les soigneurs, gagnés par l'enthousiasme, avaient rangé tous les produits vétérinaires de la pharmacie.

Après un dernier regard circulaire, elle quitta la clinique très satisfaite. L'heure du coup de téléphone quotidien avec le Kenya approchait, et elle voulait être tranquille pour y répondre. Elle décida d'aller attendre dans les locaux de l'administration, où elle avait quelques dossiers à remplir.

L'air était doux dans les allées désertes du parc, et elle prit plaisir à s'attarder devant certains enclos. À cette saison, les animaux ne rentraient pas volontiers dans leurs loges, et on laissait dehors ceux qui le souhaitaient. Ainsi, les tigres profitaient du dernier rayon de soleil sur un rocher plat, couchés l'un contre l'autre. Le couple s'entendait de mieux en mieux après toute une saison de bagarres qui avaient causé de nombreux soucis à leurs soigneurs et aux vétérinaires. En passant devant le territoire des grizzlys, elle constata que la femelle se tenait toujours dans l'énorme trou qu'elle s'était aménagé, protégeant ainsi son petit, que personne n'avait pu voir jusqu'ici. Le mâle n'avait pas le droit d'approcher et se tenait à distance. La naissance avait eu lieu un matin, en avance sur la date supposée, et depuis aucun des grizzlys n'avait accepté de rentrer, condamnant les soigneurs à jeter la nourriture par-dessus les grillages. L'enclos était sale et mériterait un grand nettoyage quand tout ce petit monde accepterait enfin de le quitter.

Dans les bureaux de l'administration, au-dessus desquels se trouvait la chambre où Lorenzo passait la plupart de ses nuits, Julia choisit de s'installer dans l'espace d'accueil où de confortables canapés organisés autour d'une table basse permettaient de recevoir des visiteurs. C'était là qu'elle avait eu sa discussion avec Cécile, dont il n'était rien sorti.

Son téléphone posé à côté d'elle, Julia pouvait enfin s'accorder une pause. En y réfléchissant, elle considérait que sa gestion du parc avait été assez brillante, alors qu'elle n'y était pas préparée. Elle s'était montrée digne de la confiance de Lorenzo. Bien sûr, elle n'avait pas jugé bon de lui raconter la fugue de Tomahawk : elle comptait lui en parler à son retour. En attendant, l'enclos était désormais sécurisé, toutes les branches susceptibles de servir de tremplin au jaguar avaient été taillées. Les soigneurs respectaient son autorité, les stagiaires progressaient, et certains d'entre eux avaient déjà choisi de persévérer dans cette voie ; les rencontres avec les fournisseurs s'étaient bien passées, le comptable avait validé les dépenses, et le public était au rendez-vous. Concernant les animaux, tous les bobos avaient été soignés et aucun incident majeur n'était à déplorer. Bien sûr, pour obtenir ces résultats positifs, Julia avait dû travailler douze ou quatorze heures par jour, et elle commençait à se sentir vidée de son énergie.

Son téléphone vibra enfin et elle prit aussitôt la communication. La voix chaude de Lorenzo lui procura le plaisir qu'elle en attendait, malgré l'insignifiance des questions qu'il posait, comme chaque soir. Elle aborda quelques détails techniques, puisqu'il voulait systématiquement tout savoir du fonctionnement de son parc, et le rassura quant à la fréquentation.

— Grâce au printemps magnifique dont nous bénéficions ici, les réservations de week-ends dans les petites maisons de bois ont explosé, nous sommes complets jusqu'en septembre.

— On devrait en construire une ou deux de plus, suggéra-t-il gaiement. À condition d'obtenir les capitaux nécessaires.

— Tu verras ça à ton retour. Tu rentres toujours vendredi ?

— Oui, et j'ai hâte. Mais je regretterai Samburu. Benoît fait tout pour me donner envie de rester. Il a été très gentil, j'ai beaucoup appris avec lui. Je rapporte des tas de souvenirs, j'aurai un excédent de bagages !

— Je serai heureuse de te voir.

— Et de me rendre les clés du parc ? plaisanta-t-il. Tu as dû avoir beaucoup de travail.

— Beaucoup, en effet.

— Si tu veux prendre quelques jours de vacances, je suis d'accord.

Elle n'avait aucune envie de s'en aller alors qu'il revenait.

— Ce n'est pas une bonne saison pour s'absenter, j'attendrai l'automne, répondit-elle d'un ton neutre.

— Comme tu veux. Le bébé grizzly va bien ?

— En principe. Mais sa mère ne nous laisse pas le voir.

— Dommage qu'elle ait été dehors au moment de la naissance.

— On ne pouvait pas prévoir ! se défendit-elle.

— Mmmm…

Ce grognement dubitatif la mit sur la défensive.

— Vraiment pas, affirma-t-elle sèchement. Les soigneurs n'y sont pour rien, Souad l'a confirmé, ellemême s'y était trompée.

— Écoute, je ne t'attaquais pas, je suis sûr que tu as fait ton maximum.

— Peut-être que ce n'est pas suffisant ?

— Julia… Tu sais bien que je ne mets jamais en doute tes qualités de vétérinaire. Mais c'était beaucoup te demander de me remplacer.

— Pas du tout, je m'en suis très bien sortie !

— Tu prends tout mal, pourquoi ? Nous sommes amis, non ?

Elle en était venue à détester ce mot, qui la hérissa. Elle ne voulait plus être l'« amie » de Lorenzo, mais la femme dont il avait envie. Comment le lui faire comprendre ? Et n'était-ce pas trop tard, entre eux, pour s'aimer de nouveau ? Découragée, elle marmonna quelques phrases convenues destinées à clore leur conversation. Impersonnelle, comme toutes les précédentes. N'auraient-ils plus que des rapports professionnels dans l'avenir ?

Elle alla prendre une bière dans le réfrigérateur, revint s'asseoir sur le canapé. Au-delà du plaisir de se désaltérer avec une boisson fraîche, la bière représentait une récompense et une consolation. Penser jour et nuit à Lorenzo ne la conduisait nulle part, elle en avait douloureusement conscience. S'il avait eu envie de la reconquérir, il l'aurait fait. Lorsqu'elle s'était crue amoureuse de Marc, qu'il avait été question de mariage et qu'elle avait annoncé sa grossesse, hélas interrompue par une fausse couche, Lorenzo avait paru se réjouir pour elle, preuve indiscutable de son détachement. Il ne l'aimait plus, le passé était bien mort, elle était folle d'espérer le faire revivre. D'ailleurs, elle était folle tout court, puisque c'était elle qui avait quitté Lorenzo à l'époque. Il en avait beaucoup souffert, mais il était guéri. Définitivement. Ne pas l'accepter ne servirait qu'à la rendre ridicule, pitoyable. Peut-être même à empoisonner leurs rapports professionnels. Pour éviter ce désastre, elle devait à tout prix se reprendre, ne plus penser à lui qu'en termes amicaux, ainsi qu'il le souhaitait. Si elle n'y parvenait pas, elle n'aurait plus qu'à quitter le parc.

*

Exactement au même moment, dans un geste de rage, Lorenzo venait de jeter son téléphone sur son lit. Pourquoi était-il si nul quand il s'adressait à Julia ? Il l'avait blessée en ayant l'air de mettre en doute ses capacités, alors qu'il avait toute confiance en elle. Et parce qu'il ne parvenait pas à être naturel avec elle, il adoptait un insupportable ton paternaliste.

En réalité, chaque soir il attendait avec impatience le moment de l'appeler. Bien sûr, il voulait des nouvelles du parc, mais surtout entendre sa voix. Pour mieux l'imaginer, il lui demandait toujours où elle se trouvait. Il voyait alors ses grands yeux sombres, les petites mèches de cheveux châtains sur son front et l'irrésistible fossette qui creusait sa joue dès qu'elle souriait. Mais elle souriait peu durant leurs conversations, lui exposant d'un ton détaché les menues actualités du parc. Ce soir, tout ce qu'il avait trouvé à lui proposer était de prendre des vacances, au lieu de lui dire les mots gentils qui se bousculaient dans sa tête mais ne franchissaient pas ses lèvres. Lorsqu'ils se retrouveraient face à face, il devrait absolument être plus spontané, plus chaleureux.

Au moins, il l'avait été avec Benoît en le remerciant pour son accueil et pour les merveilles découvertes à Samburu. Il allait partir à regret, avec l'espoir de revenir un jour. Avoir vu ces animaux sauvages évoluer librement dans leur habitat naturel l'avait ébloui, mais aussi attristé à l'idée de l'évolution inéluctable de la planète et du sort qui attendait ces espèces à plus ou moins brève échéance. « En Afrique, un éléphant meurt tous les quarts d'heure. » Cette affirmation de Benoît, qu'il ne mettait pas en doute, était désespérante. Paradoxalement, elle le confortait dans sa volonté de se consacrer à la préservation des espèces menacées d'extinction. Mais à quel prix et pour combien de temps ? La prise de conscience du public qui visitait les parcs zoologiques serait-elle suffisante pour changer les choses ? Sensibiliser les nouvelles générations à l'avenir du monde était peut-être déjà un combat d'arrière-garde.

Étonné de remuer d'aussi sombres pensées, lui qui était toujours positif, il songea à son grand-père. Quand Ettore l'emmenait passer la journée à Gran Paradiso pour observer des aigles, des chamois ou des lynx, il leur arrivait de dormir dans un refuge tant ils s'étaient attardés. Ettore respectait les animaux, il en parlait bien, racontait des tas d'histoires d'ours et de loups, et c'est en écoutant son grand-père que Lorenzo avait développé sa vocation. Il lui en était profondément reconnaissant : aucun autre métier n'aurait pu le combler davantage.

Il se pencha pour récupérer son téléphone. L'envie de rappeler Julia le taraudait, mais il se sentait stupide. Que lui dire ? Qu'il pensait à elle ? Pas par téléphone ! S'il devait se jeter à l'eau, ce serait face à face. Mais peut-être la ferait-il seulement sourire, peut-être serait-elle amusée de cette déclaration qu'elle ne souhaitait pas. Leur relation avait été si chaotique depuis des années ! Je t'aime, je ne t'aime plus, je te quitte, je reviens par surprise, j'en aime un autre, et puis je ne l'aime plus non plus… Décidément, ils avaient tout gâché avec leur valse-hésitation ; se retrouver était devenu impossible.

Il était tard à présent, Lorenzo devait dormir. Le lendemain serait sa dernière journée dans la réserve de Samburu, il tenait à en profiter.

*

Le vendredi, Julia n'avait pas eu une minute à elle. Au petit déjeuner, l'un des stagiaires avait annoncé qu'il quittait le parc, trouvant le travail trop dur. Il s'était fait une fausse idée du métier de soigneur, persuadé qu'il chouchouterait des animaux huit heures par jour. Or, l'essentiel des journées se passait à nettoyer les enclos, les loges et les bassins, à charrier des brouettes et à porter des seaux, à balayer les allées, à faire les vitres, bref à s'acquitter de toutes sortes de corvées. Julia avait laissé partir le jeune homme sans regret, puisqu'il n'avait pas la vocation. Ensuite, elle s'était précipitée vers le bâtiment où avaient lieu les livraisons, soit d'énormes quantités de viande et de végétaux destinés aux animaux du parc, afin de signer les bordereaux. Puis elle était allée à la clinique, où se tenait chaque matin une réunion avec les soigneurs pour le suivi des traitements en cours et la distribution des médicaments. Appelée en urgence auprès d'une otarie qui avait été mordue par une autre, elle avait pu la soigner sans l'endormir, puis elle avait été sollicitée ici et là pour divers avis. Le vétérinaire qui la secondait en l'absence de Lorenzo ne travaillait que trois jours par semaine, ce qui s'était révélé insuffisant, et son remplacement avait pris fin la veille.

Débordée, Julia n'avait pu manger qu'un sandwich entre une discussion avec les techniciens de maintenance et une autre avec les jardiniers. En fin de journée, elle avait consacré un long moment au comptable. Mais toutes ces tâches ne lui avaient pas fait oublier le retour de Lorenzo. Son avion avait atterri à Paris, et il lui restait à traverser la moitié de la France jusqu'au Jura. Sans doute n'arriverait-il pas avant minuit, harassé par un si long voyage mais heureux de retrouver son parc. Elle n'avait aucune raison de l'attendre jusqu'à cette heure tardive, même si elle en mourait d'envie.

Elle se trouvait toujours dans les locaux de l'administration, où elle venait de travailler avec le comptable, et elle hésita une seconde au pied de l'escalier en colimaçon qui conduisait à la chambre de Lorenzo. Il se rendrait directement là, elle en était certaine, puisqu'il n'habitait quasiment plus sa maison. Tout était-il en ordre pour l'accueillir ? S'il y avait du linge propre dans les placards, pourquoi ne pas changer ses draps et nettoyer la poussière qui avait dû s'accumuler en trois semaines ? L'idée la fit sourire. Elle qui revendiquait l'égalité entre hommes et femmes n'allait pas jouer la fée du logis, surtout quand on ne le lui demandait pas ! D'ailleurs, de quel droit monterait-elle dans ce repaire où Lorenzo n'amenait jamais personne ?

Haussant les épaules, elle revint s'asseoir au bureau et rangea les dossiers qu'elle venait d'étudier. Puis elle ouvrit la messagerie, comme chaque soir, pour trier les nombreux courriels adressés au parc. Elle en supprima la plupart, en imprima trois et prit quelques notes, puis son attention fut attirée par un long message en provenance de Samburu. L'adresse du correspondant était celle de Benoît. Elle l'ouvrit, supposant que Lorenzo avait dû oublier quelque chose d'important en quittant la réserve. Mais ce qu'elle lut la cloua sur son fauteuil. « *Tu n'es parti que depuis quelques heures, et déjà tu me manques, je pleure sans pouvoir m'arrêter. Te rencontrer a été un éblouissement pour moi. Je ne veux pas que l'histoire finisse là, ce serait trop injuste. J'ai bien senti, en me tenant nue contre toi, toute la force de ton désir qui rejoignait le mien. Fais taire tes scrupules et laisse-moi venir en France me réfugier dans tes bras, je te jure que nous serons heureux ensemble. Benoît est parti avec des rangers, alors j'en profite pour t'envoyer ces mots, parce que c'est plus facile de les écrire que de les dire. Je n'ai pas pu attendre pour t'ouvrir mon cœur sans retenue, avec crainte mais avec bonheur. Je t'embrasse comme je t'aime. Amy.* »

Atterrée, Julia relut plusieurs fois ces lignes rédigées en anglais, peinant à croire ce qu'elles signifiaient. Jamais Lorenzo n'avait évoqué cette « Amy ». Il avait parlé des fabuleux paysages du Kenya, de la gentillesse de Benoît et de son professionnalisme, d'un éléphant mort, de lionnes en chasse, mais pas d'une femme.

— Ah, que je suis conne ! explosa-t-elle.

Le doigt sur la souris, elle faillit supprimer le message, s'en abstint *in extremis*. De quel droit et à quel titre détruirait-elle le courrier de Lorenzo ? Ses messages d'amour ! Elle n'était pas sa femme, pas sa maîtresse, elle n'était pas censée être jalouse. Lorenzo était libre de toute attache sentimentale, pourquoi n'aurait-il pas une aventure ? Pourtant, l'idée que cette Amy puisse venir en France, qu'elle débarque ici et que tout ça finisse par une grande histoire d'amour la rendait furieuse. Dépitée, frustrée, exaspérée. Depuis le temps que Lorenzo se prétendait son *ami*, il aurait bien pu lui raconter sa rencontre ! Pourtant il avait choisi de se taire, de dissimuler. Dans quel but ? Parce que c'était sérieux ?

Elle se leva si brusquement que le fauteuil de bureau alla rouler jusqu'au mur.

— Et dire que j'ai failli aller lui changer ses draps ! Qu'il se débrouille pour son petit ménage, ou qu'il fasse venir du Kenya sa nouvelle conquête, qui semble en mourir d'envie. Je m'en désintéresse…

Ce qui était évidemment faux. Mais elle était décidée à faire bonne figure et à accueillir aimablement son « patron » le lendemain. D'ailleurs, elle n'aurait pas dû lire ce message. Sauf que celui-ci avait été envoyé sur la boîte professionnelle et non à l'adresse personnelle de Lorenzo, qu'elle n'aurait jamais eu la curiosité et l'impolitesse d'ouvrir. Elle ferait donc comme si elle n'avait pas prêté attention à ce texte, qu'elle pourrait dire n'avoir même pas lu, voyant qu'il émanait de Benoît. Elle le marqua comme non lu, mit l'ordinateur en veille, éteignit les lumières et quitta le bâtiment de l'administration. Désormais, elle prendrait ses distances avec Lorenzo, cesserait de s'imaginer n'importe quoi, ce qui lui éviterait de se ridiculiser, et surtout elle s'occuperait enfin de sa vie. Le travail n'était pas tout, que faisait-elle à son âge dans une simple chambre ? Pourquoi n'avait-elle pas loué un appartement ou une maison à l'extérieur ? Même une passionnée comme Souad avait une existence hors du parc, un mari, des amis.

— À partir de demain, tout change… se promit-elle à mi-voix.

La nuit était claire, étoilée, avec la pleine lune qui projetait une lueur blafarde sur les allées. Le cœur serré, Julia soupira et pénétra dans la maison des stagiaires pour aller dormir, si toutefois elle y parvenait.

*

— Bien, admit Xavier, je constate que tu as tout arrangé…

Il aimait trop Valère pour lui faire des reproches ou pour l'affronter, et surtout pas devant Élodie, cette jolie jeune fille que son fils avait amenée pour le dîner.

— Anouk sera heureuse de voir maman, rappela Valère.

— Et réciproquement ! lança Maude d'une voix réjouie.

L'arrangement prévu pour son séjour au Colvert, puis chez Lorenzo, la comblait.

— Maintenant, dit-elle aimablement à Élodie, parlez-nous de votre voyage à Samburu.

Comprenant que le sujet de conversation allait encore concerner Laurent, Xavier s'affaira à servir l'apéritif. Son beau-fils semblait toujours le membre le plus intéressant de la famille ! Pourquoi lui, Xavier, avec un diplôme de pharmacien difficile à obtenir, et une officine rendue prospère à force de travail, n'était-il pas aussi admirable que Laurent avec son parc subventionné, ses grands discours creux sur l'avenir du monde et sur l'extinction d'inutiles pachydermes ? Tout cet argent, public ou privé, consacré à faire bouffer des singes et des kangourous alors qu'une partie de l'humanité crevait de faim ? Il aurait voulu crier son désaccord, faire entendre la voix de la raison, mais personne ne l'écoutait sous son propre toit. D'ailleurs, il ne pouvait pas se permettre de contredire voire de peiner Maude. Depuis son infarctus, il était terrifié à l'idée de la perdre et de se retrouver seul – une situation qu'il n'avait jamais imaginée, les femmes ayant une espérance de vie bien supérieure à celle des hommes. Une existence sans Maude ne vaudrait pas la peine d'être vécue. Personne pour l'accueillir le soir lorsqu'il remonterait de la pharmacie ? L'appartement vide, la cuisine éteinte ? Plus de chamailleries à propos du film qu'ils regarderaient après le dîner ? Non, il ne le concevait pas.

Il vint porter à chacun un verre de champagne, boisson que le cardiologue n'avait pas interdite. Adressant son plus cordial sourire à Élodie, il bavarda un peu avec elle, apprenant ainsi qu'elle travaillait dans la publicité. Son idylle avec Valère durait depuis quelques mois, un record absolu pour son fils. Et si celui-ci se mariait enfin après avoir tellement couru les filles ? Rien ne plairait davantage à Xavier qu'offrir un beau mariage à Valère. De quoi éclipser Laurent, pour une fois !

— J'irai te chercher chez Laurent à la fin de la semaine, dit-il à Maude.

Une décision qui ne pouvait que la ravir, ainsi que l'attesta son expression reconnaissante.

— Qui est Laurent ? demanda Élodie à Valère.

— C'est le surnom que papa donne à Lorenzo.

— On est français, et Laurent, c'est français, maugréa Xavier.

— J'ai vraiment hâte de visiter son parc. Il en a tellement bien parlé, le soir de notre dîner à Samburu !

— Il ne vit que pour ça, déclara Valère d'un ton admiratif. Et tu verras, c'est un endroit magique. Si l'une des petites maisons de bois est libre ce week-end-là, allons-y aussi.

— Oh oui ! s'exclama Élodie, emballée.

— Je crains qu'elles ne soient toutes réservées longtemps à l'avance, intervint Maude. Le parc Delmonte a de plus en plus de succès, et c'est mérité.

Comme chaque fois qu'elle parlait de son fils aîné, elle ne pouvait cacher sa fierté.

— Eh bien, en attendant, je vais surveiller mon rôti ! lança Xavier.

Depuis quelque temps, il essayait de soulager Maude d'une partie de ses tâches. Du moins celles qu'il jugeait viriles, comme s'occuper d'une pièce de viande ou des boissons. Dès qu'il fut sorti, Maude chuchota, à l'attention d'Élodie :

— Quand nous avons passé une nuit dans l'une de ces fameuses maisons tout en bois et en baies vitrées, Xavier a voulu prendre l'air alors qu'il est formellement interdit de sortir, et il s'est retrouvé nez à nez avec un énorme ours ! Je crois qu'il a eu la peur de sa vie, mais heureusement il n'est rien arrivé.

Elle se permit un petit rire devant l'air effaré d'Élodie.

— Comme quoi il faut respecter les règles de sécurité, qui sont très claires.

— On peut vraiment voir des animaux sauvages pendant la nuit ?

— Des ours ou des loups, oui, expliqua Valère. Les extérieurs sont faiblement éclairés, ce qui permet de les observer, et les soigneurs disposent quelques friandises aux abords afin de les attirer. Mais tu les verras tout aussi bien de jour dans leurs enclos, ou dans leurs bassins. Autant Lorenzo ne veut pas de spectacles, c'est-à-dire pas d'animaux savants dressés comme au cirque, autant il comprend que les visiteurs souhaitent approcher au plus près.

— Pour éprouver le grand frisson ?

— Non, pour admirer, pour s'émerveiller, pour donner l'envie de protéger. Tu te rappelles ce que disait Benoît, tous les animaux que nous avons vus à Samburu sont plus ou moins en danger, y compris dans les réserves et malgré la vigilance et le courage des rangers.

Dès que Xavier revint dans le salon en annonçant qu'ils allaient pouvoir passer à table, Valère changea de sujet de conversation, au grand soulagement de Maude. Son mari avait fait un gros effort en proposant de la rejoindre là-bas, dorénavant il fallait ménager sa susceptibilité, et pour commencer ne plus évoquer Lorenzo de la soirée.

*

Après une nuit pleine de mauvais rêves et d'angoisse, Julia était en train de prendre son petit déjeuner avec les stagiaires, dans la grande pièce commune, lorsque Lorenzo fit son apparition. Bruyamment salué par les jeunes gens, très contents de son retour, il paraissait en pleine forme. Julia remarqua son bronzage, qui faisait ressortir la cicatrice blanche de sa pommette, et son sourire radieux lorsqu'il s'arrêta devant elle.

— Quel plaisir d'être enfin chez nous ! J'ai fait un petit tour du parc dès mon réveil, et tout semble parfait, sans compter les murs tout pimpants de la clinique. Merci infiniment à tout le monde.

S'était-il levé à l'aube ? Il n'avait dû dormir que trois ou quatre heures, pressé de retrouver ses équipes et ses animaux. En d'autres circonstances, Julia aurait été heureuse de le revoir, mais depuis la veille et la découverte du message d'Amy elle se sentait toujours en colère.

— Bienvenue, dit-elle froidement, sans le regarder.

Elle prit le temps de se resservir du café avant de lever les yeux vers lui.

— Tu as fait bon voyage ?

Le ton qu'elle employait parut déstabiliser Lorenzo, qui se contenta d'acquiescer.

— La réunion avec les soigneurs va commencer, poursuivit-elle. Tu y assisteras ou tu préfères te reposer ?

— Je viens, bien sûr…

— Parfait. Tu pourras jeter un coup d'œil aux dossiers établis en ton absence et voir si quelque chose m'a échappé pour les prescriptions.

Elle quitta la table et le précéda à l'extérieur, où ils marchèrent côte à côte en silence quelques instants.

— Il faudra que je te parle d'une petite fugue de Tomahawk, mais il va très bien et son enclos a été sécurisé, dit-elle enfin. Et on t'attendait pour savoir si le bébé grizzly est un mâle ou une femelle, mais pour l'instant sa mère le cache et…

Refusant de la suivre sur ce terrain strictement professionnel, Lorenzo l'interrompit :

— Arrêtons-nous une seconde à l'administration, je t'ai rapporté des souvenirs que j'aimerais te donner.

— C'est gentil, mais pas maintenant, on n'a pas le temps.

Cette fois, il la prit par le bras, l'obligeant à s'arrêter.

— Qu'est-ce qui se passe, Julia ?

— Rien, pourquoi ?

— Tu es tellement… distante !

— Pas du tout, je me sens juste un peu fatiguée après ces trois semaines, et je te rends les clés du parc avec un certain soulagement. D'ailleurs, j'ai repensé à ta proposition, je vais prendre quelques jours de vacances bien mérités.

— Ah… Quand ça ?

— Dès demain, si tu es d'accord. En cas de problème, tu peux rappeler Michaël, le vétérinaire qui m'a secondée, il ne demandera pas mieux que de revenir, il s'est beaucoup plu ici et il est consciencieux.

Sourcils froncés, il la dévisagea puis lâcha son bras.

— Et, euh… où penses-tu aller ?

— Je n'en sais rien du tout ! Partir à l'aventure, voilà ce qu'il me faut. J'ai besoin de me changer les idées et de faire de nouvelles rencontres.

Sur le point de répliquer, il fut hélé par Souad, qui les rejoignit en courant.

— Lorenzo ! Quel plaisir de te retrouver ! Tu vas voir le bon boulot que nous avons fait avec Julia. Les soigneurs ont été formidables, tout s'est passé à merveille. Mais ne pars plus aussi longtemps, tu nous as vraiment manqué. Adrien organise un pot, ce soir, pour que tu nous racontes Samburu en détail. On va baver d'envie, c'est sûr !

Son enthousiasme contrastait avec l'attitude indifférente de Julia, qui s'était remise en marche, faisant mine de les ignorer. Lorenzo se retint d'interroger Souad à son sujet, mais il se promit d'obtenir une explication avant la fin de la journée. Il se sentait à la fois peiné et inquiet. Il n'avait pas cessé de penser à elle pendant son voyage de retour, dans l'avion comme sur la route qui le ramenait chez lui. Et ce matin, en arpentant dès l'aube les allées du parc, il s'était fait une joie de la retrouver, d'imaginer son sourire, sa fossette. Il s'était vu en train de rire avec elle, de lui raconter mille choses, de la prendre par les épaules pour la tenir contre lui… Au lieu de quoi elle voulait s'en aller dès le lendemain, *se changer les idées et faire de nouvelles rencontres.* Des rencontres ? Pourquoi ? Sans doute parce qu'elle en avait assez d'être seule, et, manifestement, ce n'était pas avec lui qu'elle comptait rompre sa solitude. Qu'avait-il donc cru ? Que s'était-il raconté, parce qu'il était loin et qu'alors tout lui semblait possible ? Quel idiot !

Décidé à ne plus y penser, il s'immergea dans le travail. Malgré sa confiance dans ses équipes, il était trop perfectionniste pour ne pas vérifier minutieusement ce qui avait été accompli en son absence. Accompagné des soigneurs de chaque secteur, il refit le tour du parc, modifiant un détail ici ou là. Devant l'enclos de Tomahawk, il s'attarda à observer de loin le jaguar noir qui paressait au soleil. Le traitement mis en place par Julia avait été efficace, le fauve paraissait en pleine forme. Il se fit raconter la fugue par Souad, leva les yeux au ciel puis convoqua le chef des jardiniers, à qui il demanda d'examiner tous les enclos et de lui livrer un compte rendu détaillé des dangers potentiels liés à la végétation.

En fin de journée, une fois le parc fermé, il gagna le restaurant d'Adrien, où il répondit de bonne grâce à la salve de questions des soigneurs quant à son séjour dans la réserve de Samburu. Pour finir, il offrit une tournée de liqueur de café kényanne. Sans en avoir l'air, il ne perdait pas Julia de vue, craignant qu'elle ne parte la première, et il réussit à l'intercepter au moment où la réunion se terminait.

— Tu restes un peu ?

— Tu as besoin de moi ?

— Adrien veut bien qu'on mange un morceau ici pendant qu'il range tout. On pourra bavarder tranquillement…

Lorenzo s'était efforcé de mettre beaucoup de chaleur dans sa voix, mais Julia ne lui accorda pas un sourire. Elle le considéra quelques instants avant d'accepter d'un simple hochement de tête.

— Je reviens dans cinq minutes, attends-moi, demanda-t-il.

Il fila jusqu'à sa chambre, où il avait laissé les cadeaux destinés à Julia, et la rejoignit aussitôt, bien décidé à apprendre pourquoi elle se montrait à peine aimable. Il la trouva attablée dans un coin de la grande salle où Adrien l'avait installée.

— Tiens, dit-il en lui tendant un petit sac de toile, j'espère que ça te plaira.

— Poulet rôti et purée maison ? leur lança Adrien depuis son comptoir. Il m'en reste deux belles portions, vous avez de la chance !

Julia avait ouvert le sac, dont elle sortit une statuette en ébène qui représentait un éléphant.

— Ces figurines sont fabriquées à Mombasa par des artisans locaux, expliqua-t-il.

— Elle est très jolie. Tu en as rapporté pour toi ?

— Non, Anouk m'offre depuis des années des bronzes animaliers, elle n'apprécierait pas que je commence une autre collection !

Au fond du sac, elle trouva un autre objet enveloppé de papier kraft.

— C'est un collier en petites perles de rocaille comme en portent les guerriers samburu. Je pense que tu ne le mettras pas, il est trop voyant, mais tu peux l'accrocher quelque part en décoration. Et enfin ceci…

Il prit dans sa poche une minuscule boîte qu'il lui tendit. Elle y découvrit une pierre précieuse d'une sublime couleur bleu-violet, taillée en baguette.

— Tanzanite, expliqua-t-il, la rivale du saphir. Tu peux la faire monter en bague ou en pendentif, mais elle est très fragile. On raconte que ce sont les bergers massaï qui ont trouvé les premières tanzanites, au pied des volcans du Kilimandjaro. Pour eux, cette pierre procure une vie saine, bien remplie, et couronnée de succès. J'espère qu'elle tiendra ses promesses avec toi.

Julia semblait fascinée, elle regarda longuement la pierre avant de relever les yeux.

— Pourquoi me l'offres-tu, Lorenzo ? Elle est sûrement hors de prix, tu ferais mieux de la garder.

— Mais non ! Je l'ai achetée pour toi, Julia.

— En souvenir du bon vieux temps ?

— Pour te faire plaisir et pour te remercier de m'avoir permis de faire ce merveilleux voyage.

Elle referma la boîte, qu'elle poussa vers Lorenzo.

— Merci beaucoup, mais non. Ce genre de présent, trop symbolique, n'est pas destiné aux amis. Tu en feras cadeau un jour à ta bien-aimée, ironisa-t-elle.

Choqué, il resta muet, jusqu'à ce qu'Adrien vienne déposer des assiettes sur leur table.

— Voilà, les vétos, régalez-vous. C'est du local et c'est fait maison !

Lorenzo grignota deux bouchées, puis il reposa brutalement ses couverts.

— Tu m'en veux pour quelque chose, Julia ?

Elle haussa les épaules, et il attendit en vain une réponse.

— Tu pars toujours demain ? finit-il par demander.

— Oui. Demain matin. As-tu pu joindre Michaël ?

— Il est d'accord pour te remplacer, mais combien de temps ? Une semaine, deux ?

— Disons trois. Ce seront mes vacances annuelles, et Dieu sait que j'en ai besoin !

Elle termina son repas en silence, Lorenzo ayant cessé de manger. Quand ils se levèrent, la petite boîte était toujours posée sur la table.

— Reprends-la, murmura Julia. Vraiment.

Elle rangea la statuette et le collier dans le sac, esquissa un sourire contraint.

— Merci pour tes cadeaux. Allons payer Adrien, je suis fatiguée et je voudrais faire ma valise.

— Je t'invite. Ça au moins, tu peux l'accepter ? Allez, sauve-toi.

Il la regarda partir, le cœur serré, ne comprenant pas ce qui venait d'arriver, et il continua de fixer la porte par où elle était sortie jusqu'à ce qu'Adrien le rejoigne et lui tape sur l'épaule.

— Tout va bien ?

Lorenzo n'avait aucune envie de se confier, surtout pas à Adrien, aussi bavard qu'il était gentil. Il régla l'addition, récupéra la petite boîte et regagna les locaux de l'administration. Une fois dans son bureau, il se mit à marcher de long en large, se repassant la scène qui venait d'avoir lieu. Son pouvoir de séduction, dont il n'avait pas conscience, l'avait jusqu'ici préservé des refus et des échecs avec les femmes. Mais aucune n'avait compté autant que Julia, la seule qu'il n'avait jamais cessé d'aimer, la seule qui l'avait pourtant quitté, la seule qu'il voulait reconquérir… En vain.

Avant son départ pour le Kenya, il avait eu l'impression que leurs rapports s'amélioraient. Marc n'était plus dans la vie de Julia, Cécile n'avait jamais vraiment été dans la sienne, le moment de se retrouver semblait enfin arrivé, cependant il n'avait pas voulu la brusquer, persuadé qu'il fallait laisser faire le temps.

Il avait bêtement cru qu'ils se rapprochaient chaque jour davantage, il s'était même imaginé que quelques semaines de séparation auraient raison de leurs dernières réserves. Mais c'était tout le contraire qui s'était produit !

Lui offrir une pierre comme cette tanzanite, soigneusement choisie lors de son passage à Nairobi, avait peut-être été maladroit ou prématuré, néanmoins elle l'avait boudé dès le matin, bien avant qu'il lui en fasse cadeau. Un cadeau refusé sans appel. Pourquoi ? Ce n'était pas une bague de fiançailles ! Elle aurait pu la porter en pendentif ou en broche, mais elle n'en avait pas voulu du tout. Et dès le lendemain, elle allait partir, il n'aurait pas l'occasion de savoir pourquoi elle le traitait aussi froidement. À moins que… à moins que ce voyage ne lui en ait rappelé d'autres, tous ceux qu'il avait effectués à la fin de leurs études en la laissant seule à Paris. Pouvait-elle le lui reprocher encore ? Avait-il ravivé une très ancienne rancœur ? Pourtant, elle l'avait encouragé à partir !

Il s'arrêta devant l'ordinateur, jeta un coup d'œil aux notes de Julia et aux quelques messages importants qu'elle avait imprimés à son intention. Il y répondrait le lendemain, il n'avait aucune envie de travailler ce soir. Il était fatigué, déçu, exaspéré.

Finalement, il monta dans sa chambre, alla prendre une longue douche dont il sortit calmé. Il récupéra la petite boîte contenant la tanzanite et la posa sur la commode où il rangeait ses vêtements. Face à lui se trouvait un pastel représentant son grand-père. Chaque fois qu'il le regardait, il éprouvait une bouffée de nostalgie et d'affection. Sa mère avait affirmé que sur ce portrait elle croyait voir Claudio, son premier mari, le père de Lorenzo. Ettore et Claudio devaient beaucoup se ressembler, mais Lorenzo n'avait aucune certitude, il n'avait pas gardé de souvenirs de son père, étant trop petit au moment de l'accident qui avait causé sa mort. Il ne savait de lui que ce que lui en avait dit son grand-père, car de son côté Maude avait occulté toute cette partie de sa vie par égard pour Xavier. Elle en avait ainsi privé son fils aîné, mais que pouvait-elle faire d'autre si elle tenait à préserver la paix de sa famille ? Lorenzo n'en voulait pas à sa mère, il la comprenait et respectait ses choix. Parfois, il se demandait à quoi avait pu ressembler la jeune fille insouciante qui avait épousé Claudio en Italie dans les années quatre-vingt. Il les imaginait tous deux sur une Vespa dans les rues escarpées d'Aoste, et plus tard, quand Lorenzo était né, dans cette Alfa Romeo que Claudio conduisait à tombeau ouvert et qui avait fini encastrée sous un camion. Il n'en savait pas davantage.

Se détournant du portrait d'Ettore, il alla s'écrouler sur son lit. Ses dernières pensées furent évidemment pour Julia, et il n'en eut pas une seule pour Amy, qu'il avait déjà oubliée.

5

Julia avait eu du mal à faire démarrer sa voiture, dont la batterie s'était déchargée pour la bonne raison qu'elle ne s'en servait jamais. Ayant choisi d'habiter la maison des stagiaires, elle ne quittait quasiment pas le parc, où, sans en avoir conscience, elle s'était enfermée.

Une fois partie, elle constata que s'éloigner lui procurait un certain soulagement. Incapable de révéler à Lorenzo pourquoi elle le tenait à distance, elle laissait le malentendu s'installer, au risque d'empoisonner leurs rapports et de compromettre une évolution de leur relation. Or, elle tenait à conserver au moins son enthousiasme pour le travail formidable qu'ils accomplissaient ensemble. D'ici à quelques semaines, les choses s'apaiseraient entre eux, à condition qu'elle ne le voie plus que comme un *ami*, ainsi qu'il le souhaitait, et qu'elle oublie cette Amy inconnue.

Elle s'arrêta d'abord à Saint-Claude et rendit visite à l'une des trois agences immobilières afin de lancer sa recherche d'un logement : petite maison ou appartement, de préférence meublé, et dans un rayon d'une vingtaine de kilomètres autour du parc.

Puis elle prit la direction de Paris, où des amis, contactés la veille, avaient proposé de l'héberger. Elle comptait renouer avec d'anciennes relations, sortir, profiter de la ville après tous ces mois passés en pleine nature.

En fin d'après-midi, elle rejoignit enfin le parking longue durée situé à une porte de Paris, où elle pouvait laisser sa voiture. De là, elle prit le RER, retrouvant ainsi un univers familier, puisque pendant des années elle ne s'était déplacée qu'en transports en commun. Elle se souvenait encore des si nombreux allers-retours effectués entre son domicile et l'hôpital où sa mère vivait ses dernières semaines en soins palliatifs. Mais elle ne voulait plus penser à cette sombre période qui avait suivi la fin de ses études. La joie d'obtenir son diplôme avait été oblitérée par le chagrin du deuil. Rompre avec Lorenzo ne l'avait pas consolée, au contraire, et elle était restée longtemps à vif. Heureusement, la vie avait repris ses droits. Durant quelques années, elle avait travaillé au sein d'un grand hôpital vétérinaire de la région parisienne où elle avait beaucoup appris et où elle s'était fait des amis. Puis elle avait eu l'opportunité d'effectuer un remplacement de six mois au parc zoologique de Paris, celui qu'on appelait encore le « zoo de Vincennes ». Elle y avait découvert cette faune sauvage dont Lorenzo lui avait tant parlé. Des fauves, des primates, des rhinocéros ou des pumas, des animaux qu'elle n'avait jamais approchés jusque-là. À sa grande surprise, ils l'avaient séduite. Aussi, en lisant l'annonce passée par le parc Delmonte dans une revue professionnelle, avait-elle décidé d'y répondre. Revoir Lorenzo était l'occasion de se réconcilier et de tirer un trait sur le lointain passé.

Sans crainte, puisqu'elle se pensait guérie de lui depuis longtemps, elle avait accepté le poste qu'il proposait. Et au début, tout s'était bien déroulé. Elle était même tombée amoureuse de Marc, alors chef animalier. Mais au fil des semaines, des mois, côtoyer Lorenzo du matin au soir, et l'admirer, car il était exceptionnellement doué pour leur métier, avait réveillé en elle des sentiments enfouis. Il lui plaisait toujours. Elle était sensible à sa voix, à ses yeux sombres, à sa personnalité entière et passionnée, à la force qu'il lui avait fallu pour réaliser ses rêves. En intégrant le parc Delmonte, elle s'était en quelque sorte jetée dans la gueule du loup ! Car pour sa part Lorenzo avait oublié la femme et ne voyait plus en elle qu'une amie, une consœur. Une fois de plus, ils s'étaient ratés… Tout ça ne devait plus jamais entraver l'existence de Julia. Elle s'en était fait la promesse en franchissant les grilles du parc ce matin-là, et elle possédait assez de volonté pour s'y tenir.

Elle faillit rater le changement à Châtelet et quitta son wagon *in extremis*. Quelques minutes plus tard, elle serait chez ses amis, bien décidée à profiter des jours à venir en oubliant tout ce qui touchait au parc Delmonte, y compris Lorenzo.

*

Le vent soufflait violemment depuis plus d'une heure, accompagné de rafales de grêle. Une véritable tempête, qui n'avait pas été annoncée, s'abattait soudain sur le Jura, faisant ployer les arbres et secouant les clôtures. Toutes les équipes étaient en alerte, soigneurs, stagiaires, techniciens de maintenance et jardiniers.

Lorenzo avait fait fermer le parc, afin de ne pas mettre en danger les visiteurs.

Protégé par une solide parka, une casquette à visière et des bottes de caoutchouc, il restait dehors sans songer à se mettre à l'abri. Comme toujours à cette heure matinale, la plupart des animaux avaient déjà été lâchés dans les enclos et ne se trouvaient plus dans les loges des bâtiments. Avec Souad, qui l'avait rejoint, il arpentait les allées pour surveiller les réactions des espèces les plus susceptibles de s'affoler. Par talkie-walkie, il encourageait les soigneurs, sur chaque secteur, à essayer d'attirer les bêtes à l'intérieur en rouvrant les trappes.

— Les animaux sauvages ne craignent pas la pluie ! cria Souad pour se faire entendre malgré le sifflement du vent.

— Au beau milieu de la savane, non, mais ici…

Dans certains enclos, des abris étaient prévus pour le soleil et pouvaient servir de refuge, mais pas chez les girafes, ni sur le territoire des éléphants. Deux endroits parfaitement sécurisés ; néanmoins, un élément du groupe pouvait paniquer et se blesser. Des roulements de tonnerre commençaient à se faire entendre et quelques éclairs zébraient le ciel, devenu très noir. Si la foudre tombait sur l'un des grands arbres du parc, ce serait une catastrophe.

Un des soigneurs appela Lorenzo sur son talkie-walkie pour signaler une bagarre chez les grizzlys. Le mâle, très énervé par l'orage, avait voulu déloger la femelle et son ourson de leur tanière, sans doute pour s'en prendre au petit. Chez les ours, la paternité ne signifiait rien.

Très inquiets, Lorenzo et Souad filèrent vers l'enclos en courant. Devant les barrières doublées d'une clôture électrique et protégées par un fossé, plusieurs soigneurs s'étaient regroupés, impuissants. Sous la pluie battante, les deux grizzlys, dressés l'un contre l'autre sur leurs pattes arrière, se battaient férocement. Malgré le bruit de l'averse et du vent, on percevait leurs grognements furieux, des cris profonds et agressifs. La gueule ouverte, les griffes en avant, ils se jetaient l'un contre l'autre dans un impressionnant corps à corps.

— Ils vont se blesser ! cria leur soigneur attitré.

— C'est déjà fait, répliqua Lorenzo.

Les yeux plissés à cause de la pluie qui s'abattait sur eux, il parvenait néanmoins à distinguer le sang maculant leur pelage sombre. Tenter de les séparer au jet n'aurait aucun succès sous une telle averse. L'ourson, probablement toujours terré dans la tanière que sa mère avait creusée au moment de la naissance, n'était nulle part en vue.

— Ils vont s'entre-tuer, prophétisa un stagiaire qui se tenait à côté de Lorenzo.

— Non, Django va lâcher l'affaire, il est dans son tort et il le sait.

Retombant sur leurs quatre pattes, les deux grizzlys se firent face pour reprendre leur souffle et se jauger. La femelle, Gaby, était plus petite et moins lourde que Django, néanmoins elle pesait presque deux cents kilos et, debout, atteignait deux mètres. Pour protéger son ourson, elle défiait le mâle avec rage et détermination. Tous deux étaient de magnifiques spécimens de leur race et formaient en principe un bon couple, mais la naissance du petit avait perturbé leurs rapports.

— C'est Django qui est blessé, constata Souad.

— Une chance ! approuva Lorenzo. Parce qu'il acceptera peut-être de rentrer, gourmand comme il est, alors que Gaby n'y est pas prête à cause de l'ourson.

— Tu pourrais le flécher, non ? voulut savoir un stagiaire.

— Pour qu'il s'endorme au milieu de l'enclos ? Comment pourrions-nous l'approcher ? Salut, Gaby, ne te dérange pas pour nous et laisse-nous passer, nous sommes l'équipe de secours !

Confus d'avoir dit une sottise, le stagiaire baissa la tête. Il n'était là que depuis quelques jours, et ce qu'il venait de voir l'avait fortement impressionné. Souad lui tapota gentiment l'épaule tout en continuant à observer les grizzlys. Le mâle faisait demi-tour, comme Lorenzo l'avait prévu, et s'éloignait en boitillant vers les rochers. L'averse faiblissait, tandis que les roulements de tonnerre s'espaçaient peu à peu.

— Quand cet orage sera passé, il faut absolument qu'on arrive à le faire rentrer, déclara Lorenzo. Trouvez-lui son plat préféré pour l'appâter.

— On va lui mettre du saumon dans sa loge et laisser la trappe ouverte. Avec son odorat développé, ça devrait l'attirer.

— Préviens-moi quand ce sera fait.

Une fois l'ours à l'intérieur, Lorenzo pourrait mieux voir la blessure et décider s'il fallait recoudre la plaie. Aucun autre soigneur ne l'ayant bipé, il en déduisit que le reste des animaux n'avait pas posé de problème, et il regagna le bâtiment de l'administration. Après s'être changé, il constata que le ciel s'était éclairci et que l'averse se transformait en une pluie fine. Il décida de rouvrir le parc, mais lorsqu'il appela l'accueil, on lui annonça qu'un visiteur l'y attendait. Surpris, il jeta un coup d'œil à son agenda et réalisa qu'à cause de l'orage il avait complètement oublié le rendez-vous prévu avec Cécile. Il alla la chercher lui-même, prêt à lui présenter ses excuses, et la trouva très en colère.

— J'ai bravé une véritable tempête sur la route ! Regarde dans quel état je suis, en descendant de voiture mon parapluie s'est retourné et j'ai été trempée jusqu'aux os. Sur ce, on me dit que tu n'es pas à ton bureau mais en vadrouille au fond du parc… Merci de me recevoir aussi aimablement !

— Nous avons eu un problème avec nos grizzlys. Mais je suis désolé de t'avoir fait attendre.

— J'aimerais me recoiffer et me remaquiller, je dois être affreuse. Tu m'emmènes dans ton antre, ou est-ce toujours une forteresse interdite ?

Du temps de leur liaison, il l'avait systématiquement accueillie dans sa maison, jamais dans sa chambre du parc. Se voyant incapable de lui refuser l'accès à une salle de bains, il s'inclina à regret.

— Bien sûr, viens.

Il aurait pu lui dire qu'elle n'était pas affreuse du tout, loin de là, puisqu'elle était ravissante, cheveux trempés ou pas, mais il ne voulait pas qu'elle se trompe sur ses intentions. Il n'avait pas été très heureux avec elle, ni d'ailleurs très impliqué, bien qu'ils aient eu quelques rares bons moments. Elle s'était révélée trop futile et superficielle pour lui, trop attachée à son apparence, et surtout trop indifférente aux animaux. Plus grave, elle avait essayé de s'imposer dans sa vie sans tenir compte de son besoin d'indépendance.

Résigné, il la conduisit jusqu'à sa chambre, lui indiqua la salle de bains et précisa qu'il l'attendrait en bas. Il profita de sa solitude pour parcourir sa messagerie. Ainsi que Julia l'avait fait durant son absence, il tria les courriels, en supprima beaucoup, marqua ceux auxquels il devait répondre, puis il découvrit avec stupeur celui d'Amy.

— Tu en fais, une drôle de tête ! lui lança Cécile, qui descendait l'escalier en colimaçon.

Il s'obligea à sourire, toujours sous le coup de ce qu'il avait lu. Amy était vraiment excessive, elle s'était imaginé une histoire qui n'existait pas, qui n'avait jamais commencé. Quant à la faire venir en France, il n'en était tout bonnement pas question. Il allait devoir écrire à Benoît à ce sujet, pour que son ami tente de raisonner la jeune femme. Et il se prit à espérer qu'elle n'avait parlé de rien au petit Nelson, ce gamin si attachant et si touchant.

— Bien, je suis prête. On s'installe là-bas ? demanda Cécile en désignant les canapés. Comme convenu, on va parler de l'avenir de ton parc.

Il la suivit, attendit qu'elle choisisse son canapé pour s'asseoir dans l'autre, avec la table basse entre eux.

— Tu es bien distant… Je ne vais pas te sauter dessus, Lorenzo !

— On est mieux face à face pour discuter, non ?

— Si tu veux. La dernière fois que je suis venue, c'est ton amie Julia qui m'a reçue. J'ai été très étonnée que tu aies pu lui confier le parc, surtout pour plusieurs semaines. Elle paraissait débordée et ne m'a pas accordé beaucoup d'attention. De toute façon, je ne discute pas avec tes subordonnés.

— Julia est mon bras droit, j'ai toute confiance en elle.

Une pensée fulgurante lui traversa la tête. Julia avait-elle lu le message d'Amy ? Bien sûr, puisqu'elle s'était occupée de la messagerie jusqu'à son retour et qu'Amy n'avait même pas attendu vingt-quatre heures pour lui écrire.

— Tu m'écoutes ? Parce que, si ça ne t'intéresse pas…

— Julia s'est parfaitement occupée du parc, affirma-t-il. Une bonne chose à savoir si jamais je suis malade ou indisponible : on peut me remplacer ! Quant à ce voyage, proposé par un excellent confrère, il a enrichi mon expérience de la faune sauvage. C'est très positif.

Il parlait distraitement, tout en continuant à se demander si Julia avait lu ce fichu message et si c'était la raison de sa mauvaise humeur. Mais pourquoi prendrait-elle ombrage des délires d'Amy ? Sa position avait été claire jusque-là : Lorenzo ne l'intéressait plus.

Réalisant qu'un petit silence s'était installé et que Cécile le regardait sans indulgence, il se leva.

— Je vais chercher le dossier, déclara-t-il aimablement.

Le bilan annuel et les propositions d'investissements que devait examiner le conseil régional avaient été validés par le comptable du parc. Cécile feuilleta quelques pages, s'arrêtant ici ou là.

— Ce que ma hiérarchie apprécierait serait un réel effort pour attirer le public.

— La fréquentation est en hausse ! protesta Lorenzo.

— Oui, mais tu pourrais aller plus vite si tu organisais des attractions séduisantes, comme…

— Nous en avons déjà parlé. Pas d'otaries savantes chez moi. J'ai cédé pour un spectacle de fauconnerie, ce qui permet aux grands oiseaux de voler en liberté, mais il n'y aura rien d'autre.

— Ne te mets pas en colère, tout le monde est d'accord là-dessus. Le fait qu'il soit différent représente l'un des atouts de ton parc. Mais pourquoi n'aménages-tu pas des aires de jeux pour les enfants ?

— Avec balançoires, toboggans et trampolines ? Ça aussi on en a déjà parlé, ce n'est pas ma vocation. Ici, je souhaite que les enfants regardent les animaux, qu'ils les admirent et qu'ils finissent par se demander pourquoi ils sont en train de disparaître.

— On nage en pleine utopie.

— Non, la jeune génération est beaucoup plus concernée que tu ne l'imagines. Les gamins sont très curieux, empathiques, émerveillés, et ils comprennent très bien que notre Terre est autant la maison des animaux que la nôtre. Chaque fois qu'une famille vient passer le week-end dans l'une des petites maisons, les enfants repartent avec des étoiles plein les yeux. C'est mon meilleur espoir pour l'avenir.

— Tu es très convaincant… soupira-t-elle.

Elle le regardait avec une évidente tendresse qu'il fit semblant de ne pas remarquer en poursuivant :

— Les plus petits trouvent leur plaisir à la ferme, où ils peuvent toucher les chevreaux ou les ânons, ça les enthousiasme. Pour les adultes, j'ai demandé aux soigneurs de faire des sessions de nourrissage à proximité des grillages. Les horaires sont affichés et les visiteurs ont ainsi la possibilité d'observer de près toutes sortes d'espèces, des loups aux primates en passant par les manchots. Les soigneurs en profitent pour donner des explications à ceux qui le souhaitent.

Pour les autres, les panneaux sont détaillés, ludiques, et surtout très lisibles. Je ne ferai rien d'autre, Cécile.

Elle s'était mise à sourire, apparemment sous le charme.

— Tant que tu obtiens de bons résultats, ta subvention sera maintenue. Tu as d'excellents échos dans la presse régionale, et je pense qu'il faut creuser cette piste des médias. Un passage à la télé, une interview à la radio, un reportage photo à la une d'un grand hebdo, pourquoi pas ? Je vais voir ce que je peux faire.

Comme il fronçait les sourcils, sur la défensive, elle éclata de rire.

— Tu séduiras tout le monde, Lorenzo ! Et je ne te demande pas de vendre ton âme au diable. Mais quand j'examine tes frais de fonctionnement… Beaucoup de personnel et beaucoup de nourriture pour toutes ces petites bêtes !

— Je n'ai hélas pas l'envergure d'un parc comme Thoiry, sinon je lancerais le projet d'une unité de méthanisation pour transformer les déchets organiques en énergie, ce qui chaufferait les bâtiments. Mais j'y viendrai un jour.

— Tu es très ambitieux, bravo. En attendant, tu devrais lancer la construction d'une ou deux petites maisons supplémentaires, tu as la place nécessaire.

— Mais pas le budget.

— Trouve d'autres sponsors. Ton frère, Valère, est très fort pour ça.

— Je ne peux pas lui demander de s'occuper de mes affaires à plein temps !

— Tu n'aimes pas qu'on t'aide, n'est-ce pas ?

— Bien sûr que si. Et j'en ai besoin.

Mais il n'était pas tout à fait sincère : il avait du mal à déléguer et détestait appeler au secours.

— Tu m'offres quelque chose à boire ? demanda Cécile avec son plus beau sourire.

— Un café ? Une bière ?

— De la bière ? Quelle horreur ! Un café fera l'affaire.

Midi approchait, ils avaient bavardé longtemps. Lorenzo eut une pensée pour Julia, qui raffolait des bières blondes bien fraîches. Évidemment Cécile, plus sophistiquée, aurait préféré une boisson plus noble, peut-être une coupe de champagne, cependant il n'avait pas l'intention de lui en proposer, redoutant qu'elle ne veuille transformer leur rendez-vous en tête-à-tête sentimental. Il devinait qu'elle n'avait pas renoncé à le reconquérir, et il ne devait laisser planer aucune ambiguïté. Il lui prépara un café avec la machine italienne qu'il réservait aux visiteurs de marque, et il resta debout tandis qu'elle prenait son temps pour le savourer.

— Tu es pressé ?

— Il y a toujours beaucoup à faire, répondit-il avec un sourire contraint.

Même s'il ne voulait pas la vexer, il avait hâte qu'elle s'en aille.

— Tu ne devais pas quitter la région ? finit-il par demander.

— J'attends ma mutation à un meilleur poste, mais… Tu vas me manquer.

Négligeant les derniers mots, il s'exclama :

— Une promotion ? Félicitations !

Elle dut comprendre qu'elle n'arriverait à rien d'intime avec lui et elle se leva.

— Il me reste à te souhaiter bonne chance, Lorenzo. J'espère que celui ou celle qui me succédera défendra aussi bien ton dossier.

— Je te remercie de m'avoir soutenu.

— Un vieux grincheux ne sera pas forcément sensible à ton charme et aura sans doute moins d'indulgence, répliqua-t-elle avec une pointe d'amertume.

— Tu n'as soutenu mon projet qu'en raison de mon charme ?

— Le parc est réellement un atout pour la région, admit-elle. Mais essaie d'être plus souple, tu n'as pas que des alliés au conseil.

D'un mouvement trop rapide pour qu'il puisse l'éviter, elle l'embrassa au coin des lèvres.

— Donne-moi de tes nouvelles. Tu me regretteras peut-être, qui sait ?

Elle le défiait, bien que consciente d'avoir perdu la partie. Il la raccompagna jusqu'à la porte, constata avec elle qu'il ne pleuvait plus et la suivit des yeux tandis qu'elle s'éloignait vers le parking. Une très jolie femme, décidément, mais qui avait le grand tort de n'être pas Julia.

*

— Maman !

Maude vit Anouk lui adresser de grands signes. Elle remonta le quai et la rejoignit pour la serrer dans ses bras. La gare de Cornavin était pleine de monde, et les deux femmes durent se frayer un chemin à travers les voyageurs pour sortir.

— Je ne suis pas garée loin, tu n'auras pas à marcher longtemps.

— Tu me crois impotente, ma chérie ?

— Pas du tout, juste un peu fragile. Donne-moi ta valise.

— Elle roule toute seule.

Anouk se mit à rire, néanmoins elle trouvait à sa mère les traits tirés, le regard moins pétillant que de coutume. D'autorité, elle s'empara de la valise.

— La route ne sera pas longue, de Genève au Colvert nous n'avons qu'une quarantaine de kilomètres à faire.

— Tu as toujours autant de clients, tu es contente ?

— L'affaire fonctionne bien. Les gens sortent de mon restaurant heureux et satisfaits, ils en parlent autour d'eux et le bouche-à-oreille fait merveille. Avoir une étoile sur les guides m'aide aussi. Les propriétaires m'ont renouvelé leur confiance pour les trois prochaines années.

— Vas-tu courir après une deuxième étoile ?

— C'est mon rêve… Une étoile, c'est une très bonne cuisine dans sa catégorie ; deux étoiles, la cuisine est excellente et la table mérite le détour. Mais les normes sont contraignantes.

— Sur quels critères es-tu jugée ?

— Déco, confort, hygiène, service, énuméra Anouk. Et aussi le rapport qualité-prix, la maîtrise des cuissons, la fraîcheur et l'authenticité des produits, la clarté de la carte… Sans oublier la personnalité du chef, son audace et sa créativité.

— Que d'exigences !

— Oui, ça ne s'obtient pas facilement. Malgré tout, je me sens prête et je veux y arriver.

Maude réprima un sourire. Anouk était comme Lorenzo, volontaire et passionnée. La perspective de passer quelques jours avec elle, de la regarder diriger sa brigade dans les cuisines du restaurant et de goûter à ses plats était très réjouissante. La gamine de sept ans juchée sur un tabouret et pétrissant à pleines mains sa pâte brisée avait fait du chemin !

Une heure plus tard, Maude était confortablement installée dans l'appartement qu'Anouk habitait au-dessus du restaurant.

— Tu as tout ce qu'il te faut, maman ? Je t'ai mis des serviettes dans la salle de bains, avec ton bain moussant préféré. Je me lève tôt et je me couche très tard, n'essaie pas de suivre mon rythme, tu es là pour te reposer. Allonge-toi jusqu'à ce soir, ensuite tu descendras au restaurant, et avant que tu te mettes à table dans la salle je te ferai visiter les cuisines. Comme ça, tu feras la connaissance de ma brigade, qui ne compte que des gens formidables. Et tu retrouveras Jasper, mon golden retriever qui ne me quitte jamais !

— Ton chien est dans les cuisines ? s'étonna Maude.

— Oui, mais il est très sage. C'est de l'avis unanime la mascotte du Colvert !

— Vous aviez envie d'un chien quand vous étiez petits…

— Et papa a toujours refusé, principalement pour ne pas faire plaisir à Lorenzo.

— Il ne faut pas lui en vouloir, protesta Maude sans conviction. D'ailleurs, dans un appartement, ça n'était guère possible.

— Crois-tu ? On l'aurait sorti à tour de rôle, on l'aurait chouchouté. Mais peu importe, n'y pense plus, c'est du passé, et maintenant j'ai mon Jasper. Quant à Lorenzo, il n'a pas un animal, il en a des centaines.

Une belle revanche ! Allez, maman, je te laisse, il faut vraiment que je descende.

Anouk l'embrassa affectueusement avant de s'éclipser. Sans vouloir l'avouer, Maude se sentait fatiguée par son voyage en TGV. Et elle subissait parfois d'inquiétantes douleurs dans la poitrine. Ni violentes ni fréquentes, mais bien réelles. Elle devait revoir son cardiologue à la fin du mois, et elle espérait qu'il pourrait la rassurer. D'ici là, elle ne voulait pas y penser, toute à la joie de retrouver Anouk puis enfin Lorenzo, dont elle se languissait. En théorie, elle n'avait pas de préférence entre ses enfants, néanmoins Lorenzo occupait une place à part parce qu'il était son premier bébé, le fils de Claudio, dont elle chérissait encore le souvenir dans le secret de son cœur. Et Lorenzo possédait un tel charme ! Qu'il fasse craquer les femmes n'était pas surprenant, mais pourquoi ne s'intéressait-il qu'à Julia ? Il avait beau s'en défendre, Maude le connaissait trop bien pour s'y tromper. Il ne s'était pas remis de cet échec, dont il était seul responsable. Julia ne l'avait pas attendu, elle l'avait sèchement quitté alors qu'il était fou d'elle. Maude se souvenait très bien du visage creusé de chagrin de son fils, de ses silences, de son mutisme. Il passait voir Maude en coup de vent, ne racontait rien. Il avait traversé une période sombre, heureusement rompue par l'héritage inattendu d'Ettore. Dès lors, il s'était jeté dans une longue bataille pour monter son parc, et, tout comme Anouk, il avait gagné son pari. Maude était tellement fière de lui ! Elle ne prenait même plus ombrage de tout ce que pouvait dire Xavier, finissait par sourire quand il appelait Lorenzo « Laurent ». C'était puéril, surtout après tant d'années.

Anouk n'étant plus là, Maude en profita pour faire le tour de l'appartement. Sa fille ne semblait pas concernée par son cadre de vie. L'ameublement était sommaire, les objets personnels rares. De quoi trouver de bonnes idées de cadeaux ! Mais ce dépouillement signifiait aussi qu'Anouk n'avait pas de vie sentimentale, qu'elle n'invitait personne chez elle. Elle ne devait en aucun cas s'oublier en tant que femme : être chef cuisinier ne suffirait pas à l'épanouir, Maude en avait la certitude. À moins que son ambition, couronnée de succès, ne parvienne à la combler ? Sa sœur, Laetitia, était si différente… Douce, facile à satisfaire, heureuse de fonder sa propre famille et prête à faire des concessions s'il le fallait. Elle avait annoncé qu'elle s'arrêterait de travailler pendant un an pour s'occuper à plein temps du bébé qui allait naître et profiter ainsi des joies de la maternité. Un choix qu'Anouk ne comprenait pas, estimant que sa sœur se « sacrifiait ». Pourtant, la naissance d'un enfant était un événement extraordinaire qui emplissait le cœur d'une joie profonde. Maude avait éprouvé ce bonheur à quatre reprises, chaque fois émerveillée. L'année précédente, la fausse couche de Laetitia l'avait peinée, mais sa fille s'était remise de sa déception et semblait pouvoir mener sa nouvelle grossesse à terme. Par une étrange coïncidence, Julia avait connu un drame similaire. Mais dans son cas, n'était-ce pas un mal pour un bien, puisqu'elle avait finalement quitté celui qui aurait dû être le père ? Et qui pouvait dire si cela ne permettrait pas à Lorenzo de la retrouver un jour, comme il n'arrivait pas à l'oublier ?

Maude revint dans sa chambre, s'assit sur le lit, un peu essoufflée. Elle n'avait pourtant fait que quelques pas à travers cet appartement désert. Elle s'allongea, soudain très angoissée. Pas question de tomber malade chez Anouk ! Pas question de revivre toutes ces interminables journées d'hôpital. Et pas question d'avoir de nouvelles idées morbides en comptant les battements de son cœur.

Elle s'obligea à respirer calmement, à penser à des choses gaies. La vie allait encore lui offrir de bons moments auprès de ses enfants. Tout à l'heure, elle goûterait à la merveilleuse cuisine d'Anouk, d'ici à quelques jours elle se promènerait dans les allées du parc Delmonte et se réchaufferait au soleil du printemps. Les trottoirs gris de Paris étaient loin, pour l'heure elle pouvait les oublier.

*

Lorenzo s'était attardé devant l'enclos de Tomahawk, le traitant de gros paresseux. Comme à son habitude, le jaguar noir somnolait sur sa branche favorite. De temps à autre, il ouvrait les yeux, offrant aux visiteurs le choc de son regard vert émeraude, d'une incroyable luminosité.

— Julia t'a bien soigné, tu es magnifique…

Prononcer le prénom de Julia le rendait triste et impatient. Où était-elle, que faisait-elle ? Il lui avait envoyé deux textos pour lui dire que tout allait bien et qu'il lui souhaitait de bonnes vacances. Textos restés sans réponse, mais ils étaient si impersonnels ! Lorenzo aurait aimé entendre sa voix, bavarder avec elle, et peut-être enfin oser lui avouer qu'elle lui manquait beaucoup. Et qu'il ne s'expliquait toujours pas sa froideur. Il aurait pu évoquer le message d'Amy, afin de dissiper tout malentendu, si toutefois il y en avait un.

Le mieux était de lui téléphoner dans la soirée, quand il serait tranquille. En attendant, il avait un travail fou.

Il remonta dans sa voiture de service et gagna le fond du parc, où il avait convoqué l'architecte et le paysagiste. Construire une petite maison de plus, voire deux, exigeait un chiffrage précis, incluant les frais de fonctionnement supplémentaires, comme le ménage, le chauffage, la blanchisserie. En tout cas, la suggestion de Cécile avait fait son chemin dans la tête de Lorenzo. Il restait juste la place nécessaire, sans empiéter sur les terrains destinés aux animaux. L'engouement des familles pour les week-ends au cœur de la nature était bien réel, mais l'amortissement des constructions demandait du temps. Lorenzo allait devoir se résoudre à faire appel à Valère afin de trouver de nouveaux sponsors.

En arrivant devant les petites maisons de bois, il nota que les baies vitrées étaient impeccables, ainsi qu'il l'exigeait. Tout comme les vitres du tout nouveau bassin où nageaient les ours polaires ou le tunnel de verre qui traversait une partie du territoire des lions. Un nettoyage fatigant, quotidiennement recommencé, mais qui participait à l'excellence du parc. Tous les employés, ici, faisaient leur maximum pour garantir le plaisir des visiteurs et le bien-être des animaux. Leur implication avait de quoi réjouir Lorenzo, sauf à la fin du mois, quand le comptable établissait les fiches de paie en s'arrachant les cheveux. Ces jours-là, Lorenzo avait bien conscience d'être sur le fil du rasoir. Les sponsors pouvaient trouver d'autres partenaires, les subventions se tarir. Où en serait le parc dans un an, deux ans ? Bien installé sur un bilan enfin à l'équilibre ou menacé par l'épouvantail de la faillite ? Le parc était une entreprise, avec des salariés et de lourdes charges ; il devait dégager des bénéfices, même minces, à réinvestir dans des travaux d'amélioration.

— J'ai préparé des plans ! lui lança l'architecte, qui arrivait en compagnie du paysagiste. Je prévois de décaler les maisons pour qu'elles ne soient pas visibles les unes des autres. Ainsi, les gens auront l'impression d'être seuls au monde.

— Alors, il faudra prévoir pas mal de végétation, avertit le paysagiste.

— Comme pour les précédentes, je préconise un bois local, moins cher que les exotiques. L'épicéa classé C30 reste mon préféré pour l'ensemble des structures. Et toujours du verre trempé pour les baies vitrées.

Il déroula un plan, tout en précisant :

— J'ai apporté quelques améliorations que je vous laisse découvrir…

Tandis que Lorenzo commençait à étudier les dessins, il fut prévenu par talkie-walkie que Django le grizzly venait enfin de rentrer dans sa loge, attiré par les saumons. Il avait mis plusieurs jours à se décider, ne cédant finalement qu'à la gourmandise, mais d'après les soigneurs sa blessure paraissait infectée et suppurait.

— Je vous laisse, annonça-t-il à l'architecte et au paysagiste. Discutez entre vous et soumettez-moi un projet finalisé.

Il sauta dans sa voiture et fila vers le bâtiment des grizzlys, où les soigneurs l'attendaient. Derrière la grille de sa loge, Django mâchonnait son poisson sans enthousiasme.

— Il n'a pas l'air dans son assiette, fit remarquer Francis.

Depuis que Souad l'avait remplacé au poste de chef animalier, il se consacrait aux ours avec plaisir, les polaires comme les grizzlys.

— Tu vois bien sa plaie ? demanda-t-il à Lorenzo.

— Oui, et ça ne me plaît pas. Peux-tu le faire venir un peu plus près ?

Francis alla chercher un pot de miel, friandise suprême pour Django, qui s'approcha. Face à la grille, il se dressa pour plonger sa gueule dans le pot, que Francis maintenait en hauteur.

— En effet, c'est infecté, il y a du pus tout autour. On va devoir l'endormir pour nettoyer, et j'en profiterai pour contrôler son état général. Je lui trouve le regard éteint.

Django était retombé lourdement sur ses pattes, et il balançait sa tête de façon mécanique.

— Bien, décida Lorenzo, on s'en occupe maintenant, je ne veux pas attendre. Bipe Souad pendant que je vais chercher le matériel, on va avoir besoin de monde.

Au-delà du risque qu'impliquait toujours une anesthésie générale, si le grizzly s'endormait dans une mauvaise position, il faudrait le bouger ; or, Django pesait plus de deux cent cinquante kilos et ne serait pas facile à manipuler. Lorenzo fila à la clinique tout en appelant Michaël, le vétérinaire intérimaire qui l'aidait pendant les congés de Julia. Il regrettait amèrement son absence, d'autant que leur entente professionnelle avait atteint la perfection. Après avoir réuni tout ce dont il pouvait avoir besoin, il repartit chez les grizzlys. Passant devant l'enclos, il essaya d'apercevoir Gaby, mais elle n'était nulle part en vue. Il faudrait bien finir par identifier l'ourson, définir son sexe, lui injecter une puce électronique et lui trouver un nom.

Devant le bâtiment, il retrouva Souad, Francis, deux stagiaires et Michaël, qui arrivait du secteur des girafes. Entre-temps, Django s'était couché dans un coin de sa loge.

— Je vais pouvoir le flécher facilement, constata Lorenzo, mais sa fatigue n'est pas de bon augure…

Avisant le fusil, le grizzly se redressa. Tous les animaux qui avaient été endormis une fois se souvenaient de l'objet et s'en méfiaient, mais Django n'eut pas le temps de faire trois pas avant de recevoir la flèche dans l'épaule. Furieux, il se mit à grogner en tournant sur lui-même, cherchant à arracher ce qui venait de le piquer.

— S'il la prend dans sa gueule, il va se blesser, prophétisa Francis.

— Surveille-le, nous on sort pour qu'il soit au calme, décida Lorenzo. Préviens-nous quand il se couchera.

Une fois dehors, Souad et Lorenzo commencèrent à bavarder pour occuper les dix minutes d'attente qui se profilaient.

— As-tu d'autres nouvelles de Julia ? demanda Souad. Je l'ai eue avant-hier et elle m'a dit qu'elle avait retrouvé d'anciens copains de Maisons-Alfort et qu'elle s'amusait bien.

— Ah bon ? marmonna Lorenzo.

Pour lui, elle n'était pas joignable, mais manifestement elle répondait à Souad.

— Je n'ai pas réussi à l'avoir depuis son départ, avoua-t-il d'un ton plus sec qu'il ne l'aurait voulu.

— Elle sort beaucoup, elle profite de Paris.

— Grand bien lui fasse.

Souad avait dû sentir la mauvaise humeur de Lorenzo, car elle changea aussitôt de sujet.

— Brigitte a reçu ce matin plein de jolies choses pour la boutique ! Elle est ravie, elle va enfin pouvoir faire face aux demandes des enfants. Des peluches toutes douces, des…

— De nos fournisseurs habituels ? l'interrompit distraitement Lorenzo.

Il pensait toujours à Julia, se demandant qui étaient les « anciens copains » de Maisons-Alfort.

— Bien sûr, affirma Souad. Elle n'aurait jamais eu l'idée de s'adresser ailleurs, elle ne tient pas à te mettre en rogne !

— J'ai si mauvais caractère ?

— Disons que tu n'es pas toujours commode quand on te contrarie.

Souad éclata de rire tandis que Lorenzo levait les yeux au ciel.

— Je crois que Django dort ! annonça Francis.

Ils réintégrèrent le bâtiment pour constater que, en effet, l'ours s'était couché dans un coin et ne bougeait plus. Pour vérifier son sommeil, Lorenzo prit une perche qu'il glissa entre les barreaux de la grille, et il titilla les oreilles puis les babines et la truffe du grizzly.

— Allons-y, décida-t-il.

La responsabilité de faire entrer l'équipe dans la loge lui incombait. Si jamais l'animal n'était pas complètement inconscient, les soigneurs seraient exposés à un grave danger. Mais Django était parfaitement immobile et ils prirent place autour de lui.

— Il est tombé du mauvais côté, on doit le retourner, annonça Lorenzo.

À eux six, ils parvinrent à le mettre dans la bonne position. Pouvoir toucher la fourrure épaisse d'un grizzly était toujours un moment intense. Très ému, l'un des stagiaires en eut les larmes aux yeux.

— Elle est vraiment vilaine, cette plaie, marmonna Lorenzo. Un abcès s'est formé... Bon, je vais la débrider.

Très concentré, Michaël s'était agenouillé à côté de Lorenzo pour lui passer les instruments nécessaires.

— Il faut décoller les adhérences fibreuses pour évacuer le pus et les tissus morts, poursuivit Lorenzo à mi-voix.

Toute l'équipe, silencieuse, suivait ses moindres gestes. Il avait l'habitude de parler en travaillant, afin d'expliquer aux soigneurs en quoi consistait l'intervention et pourquoi il la pratiquait.

— Voilà... Maintenant, il sera dans les conditions optimales de cicatrisation. On va le garder quelques jours à l'intérieur, avec un traitement que vous pourrez mélanger à sa nourriture. Allez, on ramasse le matériel et tout le monde sort, je vais lui administrer l'antidote.

Selon les animaux, la réaction au produit de réveil était plus ou moins rapide, et Lorenzo ne voulait faire courir aucun risque à son équipe. Il piqua l'ours et, avant de se relever, caressa encore une fois sa grosse tête. Malgré ses années d'expérience, il considérait toujours que pouvoir toucher et manipuler un animal sauvage était un privilège, et il ressentait la même émotion que le plus novice de ses stagiaires. Julia aurait sans doute adoré ce moment, elle aussi. Ce serait une bonne entrée en matière quand il allait lui téléphoner. Cette idée lui arracha un sourire tant elle était puérile.

— Tu peux être content de toi ! lui lança Michaël, se méprenant sur l'expression de Lorenzo. Du beau travail, vraiment. Je ne sais pas comment tu arrives à être aussi rapide.

— L'habitude, répondit Lorenzo sans fausse modestie.

— En tout cas, mon envie d'être définitivement embauché dans un parc zoologique est de plus en plus forte. Il y a des instants magiques !

— À quoi pensais-tu te destiner ?

— Aux animaux de compagnie.

— Ouvrir un cabinet ?

— Non, plutôt m'intégrer dans une grande structure. J'en ai discuté avec Julia, elle qui a travaillé quelques années dans un centre hospitalier vétérinaire de la région parisienne ouvert vingt-quatre heures sur vingt-quatre pour les urgences et les cas difficiles. Il y a des équipes de spécialistes en chirurgie, dentisterie, médecine interne, qui disposent d'un équipement extraordinaire, et ça semble très intéressant. Mais j'ai découvert autre chose ici. Un horizon plus vaste, plus passionnant, plus… libre.

Lorenzo ébaucha un sourire. Il comprenait parfaitement ce qu'éprouvait Michaël, car lui-même avait eu cette sensation lors de son tout premier stage dans un parc. Par la suite, il était allé d'émerveillement en émerveillement, et jamais il ne s'était lassé de la proximité avec les animaux sauvages. Son récent séjour à Samburu en était une preuve supplémentaire : il avait vécu là-bas des émotions intenses.

— Il y avait un problème chez les girafes ?

— Rien de grave, mais je crois que Graziella va bientôt avoir son petit.

— J'espère que la naissance aura lieu de jour et qu'on pourra voir ça ! s'enthousiasma Lorenzo.

En sortant du ventre de sa mère, le girafon tombait de deux mètres de haut et recevait sur la tête trente litres de liquide amniotique. Presque aussitôt, il tentait de se mettre debout sur ses longues jambes et tombait plusieurs fois avant d'y parvenir. Un spectacle si attendrissant que les soigneurs étaient capables de se relayer jour et nuit pour ne pas le manquer.

Les deux hommes se séparèrent, et Lorenzo prit la direction des hangars où étaient réceptionnées les livraisons de la nourriture destinée aux quelque six cents animaux du parc. Il aurait pu en accueillir bien davantage vu la surface du domaine, mais il ne transigeait pas sur l'espace. Si Julia comprenait sa politique d'enclos vastes, en revanche elle se moquait gentiment de lui lorsqu'elle le voyait si affairé du matin au soir. Elle lui faisait remarquer qu'il ne pouvait pas être partout à la fois, ni s'occuper du moindre détail. Du moins l'avait-elle fait jusqu'à ce qu'il parte pour Samburu. Ensuite, livrée à elle-même, sans doute avait-elle compris qu'il fallait, en effet, être partout à la fois. Elle aurait pu en rire avec lui à son retour, mais elle l'avait traité différemment, comme s'ils ne partageaient même plus cette pseudo-amitié qu'elle avait revendiquée jusque-là. Il était agacé de toujours penser à elle.

Il freina devant les hangars, où les employés s'activaient au déchargement des camions. Tenant à vérifier lui-même les bordereaux de livraison, il allait être bloqué ici pour le reste de la matinée. Sauf si Graziella se décidait à mettre bas, auquel cas il lâcherait tout pour foncer chez les girafes.

*

Depuis son arrivée à Paris, Julia n'avait pas eu le temps de s'ennuyer. Les amis chez qui elle logeait avaient invité d'autres amis, tous anciens élèves de Maisons-Alfort, pour de joyeuses soirées où chacun évoquait ses souvenirs et ses expériences. Dans la journée, Julia visitait des musées, des expositions et se promenait le nez au vent, heureuse de retrouver un univers qui lui avait été si familier. Bien que la capitale, avec son tumulte, ne lui ait pas vraiment manqué, elle s'y sentait à l'aise, comme si elle était de retour chez elle.

Elle rendit visite au centre hospitalier où elle avait longtemps travaillé, chaleureusement accueillie par les confrères qui la connaissaient et qui la bombardèrent de questions. Avait-elle trouvé sa voie auprès de la faune sauvage ? Quelles sensations éprouvait-elle au contact d'un tigre, d'un éléphant, d'un rhinocéros ? Lui arrivait-il d'avoir peur ? Le parc Delmonte était-il aussi vertueux que sa réputation le laissait croire ? Ne se sentait-elle pas trop loin, trop seule ? Fallait-il inventer d'autres approches et d'autres techniques pour ces animaux sauvages si peu étudiés durant le cursus vétérinaire ? Et qu'en était-il de Lorenzo Delmonte, dont la réussite atypique était volontiers citée en exemple dans le milieu ?

Se prêtant de bonne grâce à ces interrogatoires, elle tenta de satisfaire la curiosité de ses confrères, qui, pour la plupart, paraissaient l'envier mais avaient choisi une autre carrière qu'ils ne souhaitaient pas quitter.

Parmi toutes ces retrouvailles et ces nouvelles rencontres, elle se prenait à espérer qu'un homme attirerait son attention et lui ferait enfin oublier Lorenzo. Elle était prête pour une autre histoire, elle en avait assez de se morfondre, assez de poursuivre une chimère.

Le printemps la rendait légère, elle s'arrêtait aux terrasses des cafés pour savourer une bière fraîche, et, contrairement à ce qu'elle avait craint, les jours passaient vite ; elle profitait pleinement de ces vacances improvisées. Elle aurait pu s'offrir une escapade au bord de la mer, qu'elle n'avait pas vue depuis bien des années, mais elle ne s'imaginait pas errant seule sur une plage. Elle avait besoin de sortir et de s'amuser.

Ne pas répondre aux appels ou aux textos de Lorenzo faisait partie de sa stratégie pour se détacher de lui. Elle finissait même par se demander si sa place était vraiment au parc Delmonte. N'aurait-elle pas de meilleures chances de trouver l'amour en restant à Paris ? Là-bas, elle avait connu un regrettable échec avec Marc, et son envie de reconquérir Lorenzo s'était heurtée à un mur. Pour la dissuader de s'entêter, il y avait eu Cécile, et maintenant cette Amy inconnue, lui rappelant que Lorenzo plaisait aux femmes et qu'il ne se privait pas d'en profiter.

Mais dès qu'elle envisageait sérieusement de donner sa démission pour tirer un trait définitif sur cette histoire, elle réalisait qu'elle aurait beaucoup de mal à se passer du parc. Elle aimait son ambiance, les gens qui y travaillaient, dont certains, comme Souad ou Adrien, étaient devenus des amis. Et puis il y avait ces animaux fascinants, ce travail passionnant, ce formidable cadre de vie. Jamais elle ne supporterait de se retrouver enfermée entre quatre murs. Elle n'avait donc pas d'autre choix que de garder ses distances avec Lorenzo et de s'en tenir à une amitié apaisée. Si elle n'y parvenait pas, elle serait la première punie.

6

Valère avait pris deux jours de congé afin d'aller lui-même chercher sa mère chez Anouk et de l'emmener au parc. Quand elle était dans sa voiture, il conduisait lentement et prudemment, contrairement à son habitude : il savait qu'elle redoutait les accidents depuis la mort de son premier mari, cet Italien dont elle ne parlait jamais, sauf peut-être à Lorenzo.

Élodie n'avait pas pu l'accompagner, retenue par son travail ; toutefois, elle avait promis de le rejoindre pour le week-end, toujours très désireuse de découvrir le parc. Après l'éblouissement de Samburu, allait-elle apprécier de voir des animaux qui, s'ils jouissaient d'une semi-liberté, étaient néanmoins captifs ? Valère se faisait fort de lui expliquer en quoi consistait l'intérêt majeur d'un parc comme celui de son frère. Car à force d'écouter Lorenzo, il avait parfaitement compris son combat pour la préservation des espèces en voie de disparition. Il était même devenu l'un de ses plus fidèles supporters et prospectait pour lui trouver de nouveaux sponsors. Grâce à sa situation dans une société de conseil, il possédait un bon carnet d'adresses et savait qui contacter. Élodie pourrait d'ailleurs l'aider, elle qui travaillait dans une boîte de publicité.

Quand il pensait à elle, il était surpris par l'importance qu'elle prenait peu à peu. Lui qui avait plutôt collectionné les jolies filles sans s'attacher à aucune ne comprenait pas pourquoi celle-là s'était mise à compter. Il ne la trouvait pas seulement désirable, il aimait parler avec elle, rire avec elle, se promener avec elle… Il l'avait même emmenée en voyage, puis l'avait présentée à ses parents !

Bien qu'il soit prématuré de songer à l'avenir, il commençait à s'interroger : était-il prêt à s'engager dans une relation sérieuse qui impliquerait de sacrifier sa liberté ? Il ne donnait pas encore de réponse à cette question, mais il se la posait.

Chez Anouk, d'abord ébloui par un sublime repas arrosé de grands crus, il avait dormi sur le canapé du salon, sa mère occupant la chambre d'amis. Le lendemain matin, après avoir installé Maude dans le coupé Audi dont il était si fier, il serra sa sœur dans ses bras.

— Prends soin de toi, Anouk, et continue à régaler toute la région !

— Et toi, chuchota-t-elle, prends soin de maman. Elle n'est pas aussi vaillante que d'habitude, ne la laisse pas marcher des heures dans les allées du parc.

— Promis, je veille sur elle.

— Et respecte les limitations de vitesse.

— Je tiens à conserver mon permis.

— Je compte sur toi. Embrasse Lorenzo de ma part, et donne-lui ça.

Il prit le petit paquet qu'elle lui tendait, esquissa un sourire.

— Un nouveau bronze pour sa collection ?

— Exactement. Un chien, avec une perdrix dans la gueule.

— En quel honneur ?

— Pour le remercier de soigner Jasper.

— Il sait encore soigner les chiens ? plaisanta Valère.

— Il sait tout faire ! répliqua-t-elle en éclatant de rire.

Valère se glissa à la place du conducteur et baissa sa vitre.

— Écoute le ronronnement de ce bijou !

— Je n'ai pas ton amour des bagnoles, rétorqua Anouk en tapant sur le toit. Allez, roule !

De Thonon-les-Bains au parc, il fallait compter deux heures de route, largement le temps de bavarder avec sa mère et d'évoquer sa santé. Tout comme Anouk, Valère lui trouvait mauvaise mine. L'idée qu'il puisse lui arriver malheur était insupportable. Valère avait toujours été proche d'elle, surtout depuis qu'il était le dernier à habiter Paris. Il la sentait seule et mélancolique, alors il passait souvent la voir pour tenter de l'égayer. En tant que benjamin de la fratrie, mais surtout premier fils de Xavier, il était chouchouté par ses parents et ne s'en plaignait pas.

— Tu as promis à Anouk de conduire doucement, rappela Maude.

— Ne t'inquiète pas, je vais respecter scrupuleusement toutes les limitations, tu seras traitée comme un colis précieux !

— Ta sœur nous a vraiment régalés, hier soir. Je suis très admirative de son savoir-faire.

— Moi aussi, et j'ai pourtant l'habitude des bonnes tables.

Après un petit silence, Maude risqua la question qu'elle tenait à lui poser :

— Parle-moi un peu de toi, Valère. Ton travail, ta relation avec Élodie…

— Que veux-tu savoir ?

— Eh bien, pour une fois, tu sembles plus concerné, plus heureux. Je me trompe ?

— Non.

— Tant mieux ! Rien ne pourrait me faire davantage plaisir que de te voir…

Comme elle hésitait, il acheva pour elle :

— Casé ?

— Disons plutôt stabilisé.

Concentré sur la route, il ne fit pas de commentaire, mais Maude revint à la charge.

— Toi, Anouk, Lorenzo… Seule Laetitia est en train de construire sa famille. Tandis que vous trois êtes encore accrochés à votre besoin d'indépendance. Mais vous vieillissez, les années passent. Je serais si contente de savoir que vous avez enfin trouvé la bonne personne ! Je vais être grand-mère, mais je ne veux pas l'être une seule fois. Donnez-moi de nombreux petits-enfants qui me rappelleront votre enfance et le bon temps.

Valère lui jeta un coup d'œil intrigué. Faisait-elle une crise de nostalgie ?

— Était-ce vraiment le bon temps ? risqua-t-il. Tu devais être harassée par quatre gamins turbulents et insatiables.

— Non, vous étiez, et vous êtes toujours, ce que je préfère au monde. Mais à l'époque, je vous étais plus utile.

— Indispensable !

— Et j'aimerais remplir de nouveau ce rôle, même de loin en loin, avec des enfants qui seraient de petits vous. La vie passe si vite, mon chéri…

Pour ne pas relever la dernière phrase, il préféra la taquiner.

— Ce que tu aimerais, en réalité, ce serait un Lorenzo modèle réduit. Avec les mêmes yeux sombres, le même regard farouche qu'il a sur les photos. Le gosse dont on devine qu'il deviendra un tombeur de filles.

— C'est plutôt toi, le tombeur, nota-t-elle gentiment.

— Erreur ! Je cours après les filles, d'accord, mais les filles couraient après Lorenzo. Je me fais l'effet d'un second choix !

Elle resta silencieuse un moment, un sourire amusé aux lèvres, puis soudain reprit plus gravement :

— Ne va pas penser qu'il a été mon préféré, hein ?

— Il ne l'a pas été, maman, il l'est toujours.

— Non !

— Si. Mais je ne t'en veux pas, ni mes sœurs. Nous savions que tu compensais l'attitude hostile de papa.

— Votre père avait du mal à… accepter.

— Il t'avait épousée en connaissance de cause.

— Parce qu'il était très amoureux.

— Alors, il devait s'accommoder du bambin.

— Ce n'est pas si simple. D'ailleurs, en amour, rien ne l'est.

— Merci pour tes encouragements !

Cette fois, elle éclata d'un rire clair qui rassura Valère. Apparemment, parler lui faisait du bien, et durant la route qu'il leur restait à parcourir ils allaient en profiter.

*

Le lendemain, la pluie avait remplacé le soleil, accompagnée d'un petit vent frais très désagréable. Dans les allées du parc, les visiteurs se faisaient plus rares, réfugiés pour la plupart dans le restaurant d'Adrien.

La veille, Lorenzo avait installé sa mère et son frère dans sa maison. Il avait pris la peine de faire leurs lits, de mettre du beurre et du lait dans le frigo, des biscottes, de la confiture et du café sur le plan de travail. Puis ils étaient allés dîner tous les trois dans un restaurant de Saint-Claude, sans prétention à côté du Colvert mais très chaleureux.

Après le petit déjeuner, découragée par le temps, Maude avait choisi de se reposer. Elle avait un bon livre à terminer, et pour sa lecture elle serait parfaitement bien sous les couvertures. Valère s'était assuré qu'elle ne manquait de rien, puis il avait promis de revenir la chercher pour le déjeuner. Ensuite, il avait rejoint Lorenzo au parc, le suivant dans sa tournée matinale puis assistant à la réunion avec les soigneurs.

Peu avant midi, les deux frères gagnèrent les locaux de l'administration. Valère avait quelques idées en tête pour d'éventuels sponsors, mais il voulait d'abord jeter un coup d'œil au bilan de l'année précédente. Lorenzo lui fournit les dossiers nécessaires et en profita pour consulter sa messagerie. Dans le cadre de l'échange entre les parcs animaliers européens, on lui proposait une femelle panda roux susceptible de fonder une famille avec son mâle, Balajo, qui était seul. Parmi les nombreux courriels, il en découvrit un de Benoît qui le fit sourire. « *J'ai bien aimé t'avoir avec moi et je te propose de renouveler l'expérience quand tu voudras ! De préférence, pas à la saison des pluies. Amy ne se remet pas de ton départ, et dans une moindre mesure Nelson non plus. Ils espèrent une invitation de ta part, mais je sais que ça ne t'intéresse pas. Pour info, l'impala que nous avons soigné ensemble se porte comme un charme, il est parti retrouver les siens ventre à terre. Fais attention à toi, Benoît.* »

Durant quelques instants, Lorenzo songea aux images extraordinaires qu'il conservait de son séjour dans la réserve de Samburu. Y retourner ? Pas dans l'immédiat, évidemment. Quant à Amy et à Nelson… Il éprouvait beaucoup de sympathie, presque de la tendresse pour le petit garçon, en revanche la jeune femme ne lui inspirait rien d'autre que le désir qu'il n'avait pas pu lui cacher. Elle était vraiment belle, et très attirante, mais la nuit où elle était venue dans sa chambre il ne pensait qu'à Julia. Une sorte de fidélité stupide l'avait retenu. Fidélité à quelle illusion ?

— Ce n'est pas si mal, déclara Valère en refermant le dossier. Tu as des dettes, d'accord, et de gros frais incompressibles, mais aussi des rentrées en progression. Bon, tu ne peux pas faire de pub, ça coûte trop cher, alors as-tu pensé aux médias ?

— Cécile l'a évoqué.

— Elle a bien raison. Tu ne la vois plus ?

— Non.

— Dommage. Je devrais pouvoir te trouver des contacts et t'arranger des rendez-vous. Mais ne viens pas me dire que tu ne veux pas parler dans un micro ou devant une caméra !

— Pourquoi te dirais-je une chose pareille ?

— Tu es tellement intransigeant…

— Je ne vois pas le rapport. Vanter l'excellence du parc me sera très facile, crois-moi.

Valère décida qu'il était l'heure d'aller chercher Maude pour le déjeuner, et Lorenzo proposa de l'accompagner.

— J'ai quelques vêtements à récupérer dans le sèche-linge. Tu n'imagines pas à quel point c'est salissant de travailler ici à longueur de journée…

Il le disait en riant, habitué à s'occuper de lui-même. Ils quittèrent l'administration pour gagner le parking, et Lorenzo s'installa dans le coupé Audi avec plaisir.

— Tu as une voiture magnifique, mais je m'étonne que tu n'en aies pas encore changé cette année.

— J'en ai assez de me ruiner pour des bolides que je suis contraint de conduire très en dessous de leurs possibilités ! D'ailleurs, Élodie n'y est pas sensible, alors à quoi bon ?

— Elle a donc pris beaucoup d'importance.

— J'en suis le premier surpris, mais… oui.

Réjoui, Lorenzo tapota affectueusement le bras de son frère.

— Bravo, mon vieux, tu grandis !

En arrivant devant la maison, ils virent qu'un rayon de soleil, filtré entre deux nuages, faisait enfin son apparition.

— Si ce temps se maintient, maman pourra se promener tranquillement dans les allées du parc après le déjeuner.

— Je lui servirai de guide, fort de tout ce que j'ai vu ce matin, affirma Valère.

Lorenzo entra le premier et s'arrêta net. Valère buta contre lui avant de pousser une exclamation horrifiée. Ils se précipitèrent ensemble vers Maude, s'agenouillèrent à côté d'elle. Elle s'était écroulée sur le carrelage du séjour et avait encore les deux poings serrés contre sa poitrine. Lorenzo la toucha et sut immédiatement qu'il n'y avait plus rien à faire, que sa mère était partie, sans doute depuis une heure ou deux car le corps s'était déjà raidi. Mais Valère s'acharnait à la secouer en criant. Il lui soulevait la tête, refusant l'évidence, et Lorenzo dut le saisir par un poignet.

— Arrête, arrête, elle ne peut plus t'entendre…

Valère se tut d'un coup, les yeux rivés sur le visage de sa mère. Un terrible silence tomba alors sur la pièce, à peine troublé par les respirations saccadées des deux frères. Au bout d'un long moment, Lorenzo murmura :

— On va la mettre sur le lit.

Incrédule, perdu, son frère portait sur sa mère un regard fou.

— Valère, on ne peut pas la laisser là.

Maude était encore en peignoir, mais pieds nus. Avait-elle quitté la chambre en sentant son cœur se déchirer ? Lorenzo l'imagina titubante, paniquée, impuissante à contenir la douleur avec ses poings. Quelles avaient été ses dernières pensées ? La terreur, l'espoir ? D'un revers de main rageur, il essuya les larmes qui ruisselaient sur ses joues.

— Mais c'est quoi ? Pourquoi ? bredouilla Valère, qui pleurait lui aussi.

— Probablement une mort subite d'origine cardiaque. Le cœur ne pompe plus, on s'arrête de respirer.

— Elle était sous traitement ! Et si nous étions arrivés plus tôt…

— Je ne pense pas que nous aurions pu la ranimer. Un infarctus massif foudroyant ne te laisse aucune chance.

Malgré le chagrin qui l'avait pris à la gorge, il ne voulait pas que son frère culpabilise d'avoir laissé leur mère au matin.

— Mais elle est morte toute seule, toute seule !

— En quelques secondes. Tu aurais été impuissant, et moi aussi.

Valère se mit debout, hagard, sonné.

— Comment fait-on ? murmura-t-il.

Lorenzo glissa un bras sous les omoplates de Maude, l'autre sous ses genoux et il parvint à se relever. Valère le suivit, bras ballants, jusqu'à la chambre, dont la porte était restée ouverte ; mais, voyant le lit en désordre, il se précipita pour tendre la couette. Lorenzo y déposa délicatement leur mère, puis, avec des gestes d'une infinie tendresse, il arrangea ses cheveux, le col de sa robe de chambre, la petite croix qu'elle portait autour du cou.

— Elle était pieuse, souffla-t-il.

— Elle nous traînait à la messe le dimanche, et on détestait ça…

Ils échangèrent un regard consterné, et Lorenzo mit son bras autour des épaules de son frère. L'un contre l'autre, ils restèrent silencieux et recueillis durant de longues minutes.

— Papa, il faut le prévenir ! s'écria soudain Valère.

Terrifié à cette idée, il s'accrocha à Lorenzo.

— Mais comment le lui dire ? Bon sang, je ne vais jamais y arriver !

— Il le faudra bien. Ce n'est pas à moi de le faire, il ne m'aime pas.

Cette vérité, Maude n'était plus là pour la contester, et du reste Valère ne songea pas à protester.

— Où est-il à cette heure-ci ? enchaîna Lorenzo. À la pharmacie ou à l'appartement ? Appelle-le sur son portable et dis-lui d'abord de s'isoler.

— Tu crois ? Et si j'allais le chercher à Paris pour le ramener ici ? Comment veux-tu qu'il affronte ça alors qu'aucun de nous n'est là pour le soutenir ?

Valère éclata en sanglots sans chercher à se retenir et s'effondra sur l'épaule de son frère, qui le laissa pleurer tout en ravalant ses propres larmes.

— Tu n'es pas en état de conduire, mieux vaut que Xavier prenne le premier train.

Les mains de Valère tremblaient lorsqu'il extirpa son portable de sa poche.

— Sortons d'ici, suggéra Lorenzo.

Ils retournèrent dans le séjour, laissant la porte entrouverte.

— Occupe-toi de Xavier, insista Lorenzo en voyant que son frère hésitait encore. Je me charge d'appeler Anouk. Et elle appellera elle-même Laetitia : elle saura trouver les mots en la ménageant. Après, nous devrons joindre un médecin, pour le permis d'inhumer.

Il n'ajouta pas qu'il leur faudrait aussi prévenir la mairie, puis une entreprise de pompes funèbres. Comme Valère, il avait du mal à réaliser ce qui venait de se produire, mais il était plus âgé et mieux armé pour affronter un tel drame. Préférant ne pas entendre ce qui allait suivre, il sortit de la maison, étonné par le soleil qui brillait à présent dans un ciel sans nuages. Il leva la tête, ferma les yeux quelques instants. Sans sa mère, la vie n'aurait plus jamais la même saveur, la même couleur. Il avait aimé la surprendre, la combler de fierté, c'était en partie pour elle qu'il avait réussi. Pour elle aussi qu'il avait fait semblant d'ignorer la mesquinerie ou la méchanceté de Xavier à son égard.

La gorge serrée par le chagrin, il appela Michaël, lui résuma la situation et lui demanda de prendre le relais pour toute la journée. Puis, à contrecœur, il sélectionna le numéro d'Anouk.

*

Tout l'après-midi fut occupé par les différentes formalités auxquelles durent se plier Lorenzo et Valère. Anouk, arrivée deux heures après l'appel de son frère, put se recueillir longuement près de sa mère, assommée de chagrin.

Xavier avait fait savoir qu'il serait à la gare de Saint-Claude à vingt heures, et Valère lui avait commandé un taxi qui l'attendrait à sa descente du train. Les pompes funèbres étaient venues enlever le corps de Maude, que son mari pourrait voir le lendemain au funérarium. Anouk décida de réserver trois chambres d'hôtel, pour elle-même, Valère et leur père, car l'idée de passer la nuit à l'endroit où sa mère était morte la hérissait. Néanmoins, ils jugèrent plus approprié d'accueillir Xavier dans la maison plutôt que dans un lieu public.

En fin de journée, Souad vint présenter ses condoléances à Lorenzo et lui remit un colis préparé par Adrien. Il y avait de quoi restaurer toute la famille, ainsi que trois bonnes bouteilles qui provenaient de la cave personnelle du cuisinier. Les soigneurs et les employés du parc avaient envoyé à Lorenzo des messages de soutien, la nouvelle s'étant propagée à toute vitesse. Michaël, pour sa part, lui avait adressé un bref compte rendu de la journée, en promettant de continuer à le remplacer le temps nécessaire. De leur côté, Laetitia et son mari, Yann, ne viendraient que pour l'enterrement, qui aurait probablement lieu à Paris. Laetitia, qui connaissait une grossesse un peu difficile, ne pouvait pas multiplier les voyages.

En attendant l'arrivée de son père, Anouk fureta dans les placards de la cuisine, y trouva un peu de vaisselle et tenta d'improviser un dîner avec les provisions fournies par Adrien. Même si personne ne songeait à manger, ils finiraient par avoir faim, d'autant plus que Valère et Lorenzo n'avaient pas déjeuné – Anouk non plus, interrompue en plein service. Et puis, se réunir autour d'une table pour partager leur peine, parler de Maude et pleurer ensemble leur procurerait peut-être un peu d'apaisement. Pendant ce temps-là, dans le séjour, Valère avait allumé une flambée censée réchauffer l'atmosphère, à défaut de l'égayer.

Vers vingt heures trente, un taxi s'arrêta devant la maison. Anouk et Valère sortirent ensemble pour accueillir leur père, dont les yeux gonflés et l'air hébété disaient tout le chagrin. Lorenzo vint à son tour embrasser son beau-père, qu'il sentit se raidir à son contact. Une fois à l'intérieur, Xavier voulut savoir pourquoi le corps de Maude avait été enlevé.

— On doit le faire dans les vingt-quatre heures qui suivent le décès, expliqua Valère. Au-delà, on nous a dit qu'il fallait des soins de conservation. Mais tu pourras la voir au funérarium.

— Ah…

En pleine détresse, Xavier accusa le coup.

— Et comment était-elle ? demanda-t-il. Je veux dire, quelle expression avait-elle ? Ce n'est pas une mort paisible ! Quand je pense qu'il n'y avait personne avec elle… Pourquoi l'aviez-vous laissée seule ?

— Elle semblait aller bien, dit doucement Valère. Elle voulait se reposer, rester allongée et lire son livre. Je devais revenir la chercher en fin de matinée pour l'emmener déjeuner avec nous au parc.

— Le *parc* !

Il avait lâché le mot avec un tel dégoût que Lorenzo devina ce qui allait suivre.

— Pourquoi a-t-elle voulu venir, hein ? Aller à Thonon, ensuite ici, c'était bien trop fatigant. Tu parles d'un périple ! Une petite visite à Anouk aurait suffi, mais non, il fallait qu'elle voie Laurent, toujours Laurent et ses bestiaux !

Personne ne s'avisa de répondre, afin de ne pas envenimer la situation, mais Xavier était lancé, il tenait à dire ce qu'il avait sur le cœur.

— Quand elle a eu son infarctus, la première fois, c'était déjà en venant te voir, Laurent ! Tu ne lui as pas porté bonheur, hein ?

— Papa… essaya d'intervenir Anouk.

— Je dis la vérité. Ah, Laurent par-ci, Laurent par-là, elle m'en a rebattu les oreilles pendant trente ans ! Il fallait encourager le pauvre chéri, le féliciter, s'intéresser à ces animaux dont je me contrefous !

Il se tourna vers son beau-fils, qu'il toisa.

— Elle s'est tellement inquiétée pour toi quand tu as monté ce foutu parc… Ta mère a vieilli avant l'heure à cause de toi !

— Ne dis pas n'importe quoi, répondit Lorenzo d'une voix sourde.

Mais Xavier écumait de fureur, il avait trouvé un bouc émissaire pour soulager sa peine.

— Eh bien, si ! Désolé, mais tu nous as pourri la vie, à ta mère et à moi. Tu as refusé de t'intégrer dans ma famille, tu faisais bande à part, tu aurais voulu Maude pour toi tout seul. Alors, voilà le beau résultat, elle est venue mourir chez toi !

Valère se rapprocha de son père, le prit par les épaules pour l'éloigner de Lorenzo.

— Viens t'asseoir, papa.

— Non ! Laisse-moi parler, il y a trop longtemps que ça dure. Je n'apprécie pas Laurent, mais j'ai tout fait pour l'élever comme mon fils. En retour, je n'ai eu droit qu'à son mépris, il se sentait au-dessus de nous. Et pourquoi ? Parce qu'il descendait de ce vieil imbécile de grand-père italien ?

— S'il te plaît, gronda Lorenzo, laisse Ettore en dehors de ta colère. Tu ne le connaissais pas, et il ne t'a rien fait.

— Rien fait ? Il te farcissait la tête chaque fois que tu allais le voir à Balme. Tu revenais de là encore plus crâneur et plus rebelle ! Pourtant, qui a payé tes études ? Pas lui, moi. Et cet argent, j'aurais préféré le consacrer à mes propres enfants.

— Veux-tu que je te rembourse ?

La voix tranchante de son beau-fils fit reculer Xavier.

— Quelle arrogance... Ah, tu ne changeras jamais ! Me rembourser avec quoi ? Tu n'as pas trois sous vaillants, ton parc de merde est un gouffre ! Pourtant, tu aurais pu bien gagner ta vie avec ton fameux diplôme, exercer à Paris, et ta mère n'aurait pas été obligée de traverser la moitié de la France pour venir te voir. Mais il te fallait un destin hors norme, tu es tellement orgueilleux !

— Bon, ça suffit, intervint Anouk, livide. Ce n'est ni le moment ni l'endroit pour vous engueuler.

— Pas l'endroit, cette affreuse maison ? Je suis bien d'accord ! explosa Xavier, dont la fureur ne s'apaisait pas. Quand je pense que c'est la dernière chose qu'aura vue Maude, que c'est dans ce décor sinistre qu'elle est morte, tout ça parce que vous avez été incapables de veiller sur elle...

— Papa, tu devrais te calmer, intervint Valère en le prenant par le bras. Nous n'aurions jamais pu imaginer que son cœur était malade à ce point. Elle n'a fait que se reposer, chez Anouk comme ici. Et ni Lorenzo ni moi ne sommes responsables de ce qui est arrivé.

— Prends la défense de Laurent, bien sûr ! Maude aussi le défendait, et on se querellait à cause de lui. Nos seules disputes, c'était pour lui, encore et toujours, mais maintenant on ne se fâchera plus, elle est partie sans que je puisse l'accompagner, lui dire au revoir...

Il se dégagea de l'emprise de Valère, se redressa de toute sa taille.

— Je ne veux plus te voir, Laurent. Jamais.

Si Lorenzo connaissait l'antipathie de Xavier à son égard, d'ailleurs réciproque, il découvrait l'étendue de sa haine.

— Tu me verras à l'enterrement de maman, affirma-t-il tout bas.

— Et ce sera la dernière fois. Après, tu sors de ma vie !

— J'aurais préféré ne jamais y entrer.

À bout de nerfs, Xavier fonça vers Lorenzo, les mains tendues en avant, et le saisit par le col de sa chemise.

— Tu veux mon poing dans la gueule ? hurla-t-il.

Valère et Anouk vinrent aussitôt s'interposer, affolés par la violence de la scène.

— Lâche-le, allez, lâche-le, implora Valère en tirant son père en arrière.

— Je te conduis à l'hôtel, j'ai réservé des chambres, dit précipitamment Anouk. Viens avec moi, papa...

Xavier fit un gros effort pour recouvrer un peu de sang-froid. Lorenzo n'avait pas bougé d'un pouce et soutenait son regard, le mettant silencieusement au défi d'aller plus loin. Pas à pas, Anouk réussit à entraîner son père jusqu'à la porte. Au moment de la franchir, elle tourna un instant la tête vers Lorenzo avec une expression désolée.

Après leur départ, Valère serra l'épaule de son frère, puis il se laissa tomber sur un fauteuil.

— J'ai bien cru que vous alliez en venir aux mains, soupira-t-il.

Lorenzo réagit enfin, sortant de son immobilité. Il gagna la fenêtre, d'où il suivit des yeux les feux arrière de la voiture d'Anouk jusqu'à ce qu'ils disparaissent dans la nuit.

— Toute cette rancune, murmura-t-il, toute cette rage…

Il aurait souhaité y être indifférent, mais il n'y parvenait pas : il se sentait blessé.

— Va avec eux si tu veux, Valère.

— Non, je reste avec toi. Anouk s'occupera de papa.

Lorenzo le rejoignit, s'arrêta devant lui.

— Qu'est-ce que je lui ai fait d'autre que n'être pas son fils ? Il m'a rejeté dès le premier jour, je n'ai pas un seul souvenir de gentillesse à mon égard.

— Je sais.

— Il avait le droit de ne pas m'aimer autant que vous, ses enfants, mais de là à me détester de cette manière…

Incapable de le contredire, Valère étouffa un nouveau soupir, tandis que Lorenzo poursuivait :

— Je suis désolé que vous ayez assisté à ce règlement de comptes, Anouk et toi. Quoi qu'il en soit, c'est votre père, vous devez le soutenir, il vient de perdre sa femme.

— Et nous, notre mère. Toi, maintenant, tu es orphelin.

Lorenzo en avait douloureusement pris conscience depuis qu'ils avaient trouvé Maude étendue sur le carrelage. Un sentiment aigu de solitude l'envahissait, mais il refusa de s'apitoyer sur lui-même.

— Pour l'enterrement, tu me diras ce que Xavier aura décidé, car de toute façon je n'aurai pas voix au chapitre. Ce sera à Paris, je suppose ? Mais avant, j'irai la voir au funérarium pour lui dire adieu quand ils l'auront faite toute belle… Il faudra que je sache à quel moment vous y serez pour qu'on ne se rencontre pas, Xavier et moi.

— Bien sûr.

— Et puis… Ses affaires sont ici, alors il va falloir que tu emportes de quoi l'habiller.

Ses propres mots lui parurent incongrus, surréalistes.

— On choisit tous les deux, décida Valère.

Ils gagnèrent la chambre, évitant de regarder le lit, où la couette conservait l'empreinte du corps de Maude. Sa valise était ouverte sur la commode et, aussi maladroits l'un que l'autre, ils essayèrent de trouver la plus jolie tenue, qu'ils emballèrent avec précaution.

— Allons-nous-en, murmura Lorenzo, on ne peut rien faire de plus.

— Je te ramène au parc ?

— Oui, s'il te plaît.

— Et ça va aller ?

La sollicitude de Valère bouleversa Lorenzo, qui se contenta de hocher la tête. Ensemble, ils éteignirent les lumières et dispersèrent les braises du feu avant de fermer la maison.

— Je te laisse la clé pour que tu viennes chercher le reste demain, proposa Lorenzo. Il y a son sac à main, ses papiers, enfin tout ce que ton père voudra récupérer.

— Il y a aussi les plats qu'Anouk avait préparés dans la cuisine. Quelle idiotie de croire que nous dînerions ensemble… Je te rapporterai ta clé avant de rentrer à Paris.

Ils montèrent dans le coupé Audi, se souvenant qu'à midi ils en étaient descendus tout joyeux.

— Tu ne veux vraiment pas que je te tienne compagnie ce soir ? insista Valère. On pourrait aller dîner quelque part.

— Non, rejoins Anouk, elle a sûrement besoin de toi, et Xavier aussi.

Contrarié de laisser son frère seul, Valère le déposa à l'entrée du parc. Lorenzo remonta l'allée principale, plongée dans l'ombre, en s'aidant de la fonction torche de son téléphone. Il l'éteignit à proximité de la maison des stagiaires, dont les fenêtres étaient éclairées. Machinalement, il leva les yeux vers celle de la chambre de Julia. Il ignorait où elle se trouvait et ce qu'elle faisait de ses vacances. Avait-elle parfois une pensée pour lui, même fugace ? Il aurait pu l'appeler – il en mourait d'envie –, mais à quoi bon, puisqu'elle refusait de lui répondre ? Elle avait bien connu Maude, quelques années auparavant. Ils étaient alors étudiants, amoureux, heureux, et Lorenzo avait glissé à l'oreille de sa mère que Julia serait la femme de sa vie. Du coup, elle avait souvent été reçue. Ce temps-là semblait désormais bien loin. Julia prenait ses distances, et Maude venait de mourir.

Il rejoignit le bâtiment de l'administration, monta dans sa chambre. Mentalement, il se repassa toute la scène qui avait eu lieu avec Xavier. Oui, ils avaient failli se battre, et Lorenzo avait eu autant envie que son beau-père d'en arriver là. Il réprouvait la violence, mais le contentieux entre eux était si lourd qu'il ne pouvait plus se solder par de simples mots. Leur affrontement avait fait resurgir tout ce que Lorenzo refoulait depuis son enfance. Des petites brimades, des paroles méchantes, des regards durs, des refus systématiques, et son prénom ridiculement francisé. La préférence marquée de Xavier pour ses trois enfants aurait pu écarter Lorenzo de la fratrie, mais il n'en avait rien été. Très tôt, Lorenzo s'était mis en quête de petits jobs pour ne pas avoir à demander d'argent de poche. L'attitude injuste de Xavier lui forgeait le caractère, il ne se plaignait jamais, et, heureusement, Maude lui donnait toute sa tendresse. Grâce à Maude, grâce à Ettore, Lorenzo ne s'était pas révolté : il était resté dans le droit chemin et avait pris sa revanche sur Xavier en menant à bien de brillantes études.

Ne plus jamais se rencontrer était une sage décision. Cependant, l'enterrement allait les mettre en présence une dernière fois, et ils auraient intérêt à s'ignorer, car il était inconcevable qu'un scandale éclate sur la tombe de Maude.

Lorenzo s'arrêta devant la commode et s'absorba dans la contemplation du portrait d'Ettore. Il le faisait chaque fois qu'il se sentait triste ou qu'il avait une décision à prendre. Sous le pastel, la petite boîte contenant la tanzanite semblait le narguer.

— Quel gâchis… murmura-t-il.

Il ne savait pas très bien lui-même ce que ce mot englobait : chagrin du deuil, douleur de l'absence… Comment allait-il faire face au lendemain, aux jours suivants ?

— Grâce à mon parc, à mon « foutu » parc…

Cette pensée-là, au moins, était rassurante. Il pourrait se noyer dans le travail et y trouver du réconfort. Dès l'aube, il irait voir si Graziella avait donné naissance au girafon attendu, en passant il saluerait Tomahawk, et peut-être, avec un peu de chance, Gaby se déciderait-elle enfin à exhiber son ourson.

7

— Je suis navrée pour toi, Lorenzo, je te présente mes condoléances et je penserai bien à toi ces jours-ci… Mais ne me dis pas que ce n'est pas le moment.

— Écoute, Cécile…

— Non ! Je comprends ce que tu éprouves. Seulement, cette émission représente une véritable chance. Tu es un grand garçon et la vie continue, n'est-ce pas ? Alors tu vas recevoir la journaliste et tout faire pour faciliter son tournage.

Après un petit silence, Lorenzo finit par s'incliner.

— Très bien. Quand ?

— Après-demain. Figure-toi qu'il leur manque un sujet pour leur magazine. Un truc qui ne s'est pas fait à la dernière minute, et j'ai sauté sur l'occasion pour parler de toi. Je connais bien la fille qui va t'interviewer, tu verras, elle est très professionnelle… et aussi très mignonne, ça devrait te plaire. Son équipe est ravie, parler des animaux est bien vu ces temps-ci, le grand public s'y intéresse. Donc, tu vas en profiter. Je te promets que tu ne le regretteras pas.

— Sans doute.

— Oh, sois un peu plus enthousiaste !

Lorenzo esquissa un sourire, que Cécile ne pouvait pas voir. Elle mettait toute sa force de persuasion dans leur conversation téléphonique, et il aurait dû se sentir reconnaissant. Mais il était encore sous le choc du décès de sa mère, dont l'enterrement aurait lieu le lendemain.

— Merci, Cécile. Je crois en effet que ce sera très positif pour le parc.

— J'en suis certaine. Et pour te faire une bonne surprise, je vais venir avec eux ! Nous serons là vers neuf heures, ça ira ?

— Parfait.

Il serait revenu de Paris, puisqu'il comptait faire l'aller-retour dans la journée. Cinq heures de route dans un sens, autant dans l'autre, la messe et l'inhumation entre les deux, mais il ne voulait pas s'éloigner plus longtemps. Valère lui avait proposé de l'héberger, ce qu'il avait refusé. Conduire lui permettrait de penser à sa mère ainsi qu'à son propre avenir. Toujours sans la moindre nouvelle de Julia, il se demandait si elle entendait reprendre sa place au terme de ses vacances ou si elle avait d'autres perspectives. Dans ce cas, Michaël ferait un bon intérimaire, mais il faudrait se mettre en quête d'un vétérinaire à plein temps. Par ailleurs, Lorenzo envisageait de quitter sa petite maison : il allait résilier le bail. La mort brutale de sa mère dans ce lieu le lui rendait hostile, il n'y remettrait les pieds que pour débarrasser ses affaires. Mais où les expédier ? Tout vendre ? Ici, sa chambre était déjà meublée, et elle lui suffisait. À trente-quatre ans, pourquoi n'avait-il pas envie d'un peu plus de confort, d'un véritable chez-lui ? Se consacrer entièrement à son parc, à ces animaux qui étaient sa passion, l'empêchait de se construire une vie privée, ou simplement d'essayer. Il avait quitté Cécile, négligé Amy, tout ça pour s'obnubiler sur Julia !

Son talkie-walkie le rappela à la réalité. Souad l'avertissait que la femelle panda roux, en provenance de Belgique, était arrivée. Il se hâta vers l'enclos du panda, devant lequel la caisse contenant le petit animal venait d'être déposée. Les soigneurs avaient convergé des quatre coins du parc, comme chaque fois qu'un nouveau pensionnaire faisait son apparition.

— Elle s'appelle Salsa, annonça Lorenzo. Après son long voyage, elle a sûrement envie de se dégourdir les pattes et de découvrir son nouveau territoire. On va la lâcher en surveillant la réaction de Balajo.

L'habitat du panda roux se situait en hauteur, dans une petite cabane de bois prolongée d'une plate-forme. De là, il pouvait atteindre aisément les branches des arbres où il aimait paresser. Allongé sur l'une d'elles, le mâle, Balajo, observait avec curiosité toute cette agitation.

— Vas-y, Souad, libère-la.

La petite Salsa, qui ne devait pas peser plus de quatre kilos, jaillit hors de la caisse à peine ouverte et se réfugia aussitôt sous du feuillage.

— Elle est trop craquante ! s'exclama l'un des soigneurs. Une vraie peluche…

— Cette espèce est l'une des plus mignonnes de la planète entière, renchérit Souad. Mais elle est en danger d'après son statut de conservation.

Le mâle s'était penché pour regarder la femelle, et il fit trois pas prudents le long de sa branche pour mieux la voir.

— Il n'y aura pas de bagarre, prédit Lorenzo. Balajo en avait assez d'être seul, il va bien l'accueillir.

— Et ils nous feront des petits ! La salsa au bal à Jo, tout un programme… plaisanta l'un des stagiaires.

— Remettez-leur plein de bambous, demanda Lorenzo. Qu'ils aient de quoi se distraire, le temps de faire connaissance.

Il resta encore quelques minutes, pour le plaisir de contempler les deux pandas roux, puis il récupéra les papiers concernant Salsa auprès du chauffeur, qui s'était attardé lui aussi. Avant de s'en aller, il prit à part Souad pour lui expliquer qu'une équipe de télévision allait venir faire un tournage le surlendemain.

— Préviens tout le monde et vérifie que tout soit en ordre, nous devons montrer le parc sous son meilleur jour. Comme je ne serai pas là demain, je te laisse gérer.

— Un tournage pour une grande chaîne ?

— Oui, et pour un magazine très suivi, à une bonne heure d'écoute.

— C'est formidable ! Ne t'inquiète pas, je m'en occupe, je vais mobiliser les troupes pour que pas un brin de paille ne dépasse.

Elle souriait, séduite par ce qu'il venait de lui annoncer. Julia avait eu une excellente idée en poussant Lorenzo à nommer Souad chef animalier. Elle prenait les problèmes à bras-le-corps, gérait les situations les plus critiques et ne le dérangeait jamais pour rien. En outre, elle était aimée à la fois pour son autorité toujours exercée avec calme et pour sa joie de vivre, car elle plaisantait volontiers. Avec Julia, elle formait un excellent tandem, tout comme Julia avec Lorenzo, Julia avec les stagiaires, Julia avec...

— Assez ! maugréa-t-il.

— Assez de quoi ? demanda Souad, qui se tenait toujours à côté de lui.

— Rien, pardon, j'étais ailleurs.

— Avec quelqu'un d'autre, peut-être ? risqua-t-elle.

Il la dévisagea, haussa les épaules et se détourna. Si la pensée de Julia le rendait triste, au moins elle chassait celle de l'enterrement du lendemain. Il lui fallait surtout songer à ce qu'il dirait devant les caméras, à la manière de présenter les animaux et d'expliquer pourquoi ils devaient être préservés dans les meilleures conditions possible. Un sujet familier, propre à le distraire de ses chagrins.

*

— Une scène pareille était indigne, affirma Valère.

— J'étais sous le coup de l'émotion, j'avais besoin de vider mon sac, rétorqua Xavier.

— Il y avait cette haine pour Lorenzo dans ton sac ?

— Nous n'avons rien en commun, lui et moi, et plus rien à nous dire, c'est certain.

— Rien en commun à part une bonne quinzaine d'années de vie sous le même toit !

— J'ai élevé Laurent par égard pour votre mère.

— Une mère qu'il a perdue ! Arrête de l'appeler Laurent, c'est grotesque ! explosa Valère.

— Rassure-toi, je n'aurai plus besoin de l'appeler d'aucune manière.

— Papa, s'il te plaît, intervint Anouk. Nous ne sommes pas obligés de parler de Lorenzo. Aujourd'hui, on ne doit penser qu'à maman, d'accord ?

Contrit, Xavier hocha la tête en signe d'assentiment. La présence d'Élodie, qui avait tenu à accompagner Valère, celle de sa fille Laetitia, enceinte, et celle de son gendre Yann l'empêchèrent d'insister. Ensemble, ils attendaient devant le cimetière du Père-Lachaise l'arrivée du fourgon des pompes funèbres. Lorenzo leur avait adressé un petit signe, de loin, et s'était dirigé vers le tombeau des Cavelier, la famille de Xavier, dont il avait demandé l'emplacement au gardien. Durant la cérémonie religieuse, il était resté deux rangs derrière eux et avait furtivement embrassé son frère et ses sœurs à la sortie de l'église, avant de s'éclipser. Ces trois derniers, contraints de soutenir leur père, n'avaient pas su quelle attitude adopter. Mais Valère, très mal à l'aise, voulait absolument arranger les choses, et il avait cru bon de revenir sur ce qui s'était produit le jour du décès de leur mère. Comprenant qu'il ne parviendrait pas à ramener son père à une attitude plus conciliante, il se sentit découragé. Seule leur mère avait réussi à maintenir une apparence d'harmonie, mais son décès avait libéré la parole de Xavier. Désormais, la rupture avec Lorenzo était consommée, et la famille disloquée.

Ils se mirent en route, suivant le cercueil, qui venait d'arriver. Voyant à quel point Valère était perturbé, Élodie lui prit la main et la serra très fort. Il lui avait raconté tout ce qui s'était passé le jour du décès de Maude, avouant qu'il s'estimait coupable d'avoir laissé sa mère seule ce matin-là, coupable de ne pas avoir pris plus fermement la défense de son frère, coupable de juger si sévèrement son père.

À proximité de la tombe, Valère aperçut Lorenzo, qui se tenait en retrait, comme pour ne pas déranger, et il fut submergé par un sentiment d'injustice. Lorenzo avait adoré sa mère, mais voilà qu'il était traité en paria et privé d'un dernier adieu. Une fois tout le monde parti, se glisserait-il furtivement près du caveau ? En proie à des émotions contradictoires, ému et mal à l'aise, il se concentra sur la rose que l'ordonnateur des pompes funèbres lui tendait.

— Tiens le coup encore un peu, ce sera bientôt fini, lui murmura Élodie à l'oreille.

— On va devoir raccompagner papa, répondit-il tout bas. Théoriquement, nous dînons à l'appartement, Anouk a préparé quelque chose…

Cette réunion familiale se ferait sans Lorenzo, comme toutes celles des années à venir. Valère ferma les yeux pour jeter sa rose sur le cercueil. Puis il s'écarta, et, voyant que son père était soutenu par ses deux sœurs, il se dirigea vers Lorenzo d'un pas résolu. Ils s'étreignirent sans prononcer un mot, sachant exactement ce que l'autre pensait.

— Tu reprends la route maintenant ? finit par demander Valère.

— Oui, je rentre. Ne t'inquiète pas pour moi, petit frère.

Xavier recevait à présent les condoléances des amis et des proches venus assister aux obsèques. Certains jetaient de discrets coups d'œil intrigués en direction des deux frères, mais sans oser aller vers eux.

— Je t'appelle demain, déclara Valère.

À regret, il rejoignit les autres et prit la place de Laetitia, qui put à son tour aller embrasser Lorenzo.

— Je suis consternée par l'attitude de papa, affirma-t-elle sans préambule. Mais il a beaucoup de peine et…

— Et ta place est près de lui. Prends soin de toi et du bébé.

Les larmes aux yeux, elle acquiesça avant de se détourner. Yann puis Élodie vinrent à leur tour présenter leurs condoléances à Lorenzo, avec des expressions désolées. Jusqu'ici, malgré la mauvaise volonté de Xavier, Lorenzo avait été un membre important de la famille. Sa réussite avait suscité une admiration sans réserve, ses origines italiennes lui conféraient un certain mystère, son charme et sa gentillesse le rendaient irrésistible. Et c'était cette unanimité qui n'avait cessé d'attiser l'antipathie de Xavier. Celui-ci, après avoir serré des mains, embrassé des joues, marmonné des phrases de circonstance, aurait voulu partir dignement, bien qu'il soit écrasé de chagrin. Pourtant, il ne put s'empêcher de tourner la tête vers son beau-fils. Il avait été conscient de sa présence durant toute l'inhumation, et un vague regret était venu peser sur sa bonne conscience. Bien sûr, son aversion n'avait pas faibli, mais il pensait à Maude, sa femme chérie. Or, Maude était la mère de Laurent, qu'elle avait aimé de toutes ses forces. Xavier aurait-il dû, par respect pour sa mémoire, laisser Laurent occuper une place légitime aux côtés des autres ? Il n'avait pas pu s'y résoudre, malgré la désapprobation évidente de ses propres enfants.

Il croisa le regard indéchiffrable de Lorenzo et se détourna aussitôt. Entouré d'Anouk et de Laetitia, il s'éloigna à petits pas vers la sortie du cimetière.

*

— Quoi ? s'écria Julia. Mais personne ne m'a rien dit !

Elle serrait si fort son téléphone que les jointures de ses doigts blanchissaient.

— Lorenzo ne t'a pas prévenue ? s'étonna Souad.

Julia ne pouvait pas lui dire qu'elle avait bloqué le numéro de Lorenzo, sinon elle aurait dû lui expliquer pourquoi.

— L'enterrement a lieu aujourd'hui, enchaîna Souad. Lorenzo est parti très tôt ce matin, et en principe il rentre ce soir.

— Où Maude est-elle enterrée ?

— Au cimetière du Père-Lachaise. Nous y avons fait envoyer des fleurs. Toute l'équipe est triste pour lui, on sait qu'il aimait beaucoup sa mère. Et puis, que ce soit arrivé chez lui, aussi subitement…

Il y eut un petit silence, puis Souad voulut savoir si les vacances de Julia se passaient bien et à quelle date elle pensait revenir.

— D'ici peu, répondit distraitement Julia.

Elle se demandait si en taxi elle pourrait arriver à temps au cimetière pour embrasser Lorenzo. Vu l'antagonisme qui l'opposait à son beau-père depuis toujours, il devait se sentir seul. Elle décida d'oublier sur-le-champ tout ressentiment, car imaginer Lorenzo malheureux lui était insupportable. Elle saisit son sac, décrocha son imperméable et se précipita dans la rue. Par chance, elle put héler rapidement un taxi en maraude, mais le chemin lui parut long jusqu'au XXe arrondissement. Elle franchit la porte monumentale, demanda l'emplacement de la tombe Cavelier à un gardien en précisant qu'une inhumation avait eu lieu dans la matinée.

— C'est terminé depuis peu, la famille vient de partir, déclara le gardien.

Il lui remit un plan et lui indiqua le chemin. La « famille » ne signifiait pas forcément Lorenzo : il avait pu s'attarder. Elle courut le long des allées, sans prêter attention au décor de l'étonnant cimetière, qui servait aussi de lieu de promenade à des touristes en quête de tombes célèbres ou à des amoureux de la nature.

Elle aurait pu se perdre tant c'était immense, et lorsqu'elle trouva enfin l'endroit, des employés étaient en train de refermer le caveau. Il y avait beaucoup de fleurs, posées par terre pour l'instant, mais nulle part trace de Lorenzo. Durant quelques minutes, elle le chercha partout du regard puis, découragée, se rendit à l'évidence : elle était arrivée trop tard. Furieuse, elle se demanda qui l'avait consolé un peu plus tôt, devant le cercueil de sa mère. Ses sœurs et son frère avaient dû s'occuper de leur père, pas de lui.

Elle s'approcha un peu, récita mentalement une prière pour Maude et se remémora certains souvenirs qu'elle avait d'elle : une dame accueillante, un peu effacée, et qui couvait Lorenzo d'un regard très tendre. Un modèle de femme au foyer, se consacrant au bien-être de sa famille, et capable de sortir ses griffes pour défendre ce fils aîné qu'elle aimait tant.

Dépitée, Julia repartit à pas lents, prêtant cette fois attention aux allées pavées bordées de cerisiers, d'érables ou de saules pleureurs. Pourquoi avait-elle eu la bêtise de refuser les appels de Lorenzo ? Elle l'avait tenu à l'écart, jalouse de cette Amy dont elle ne savait rien. Au fond, elle s'était comportée comme une gamine qu'elle n'était plus. Mais elle pouvait se racheter. Si Lorenzo était l'homme qu'elle aimait, il était aussi son employeur, et avant qu'il n'embauche définitivement Michaël elle devait écourter ces vacances improvisées sous le coup de la colère.

Sa décision prise, elle se sentit plus légère. Bouder n'était pas dans sa nature ; il fallait vraiment que Lorenzo la touche au plus profond d'elle-même pour qu'elle ait réagi de manière si radicale. Mais elle pouvait encore arranger les choses entre eux, elle en avait l'intuition, et elle allait s'en donner les moyens. Adieu Paris, elle rentrait au parc.

*

Contrairement à ce qu'avait pu craindre Cécile, Lorenzo était parfaitement à l'aise devant des caméras. La présentatrice, Marine, semblait subjuguée, à la fois par les réponses qu'il fournissait et par son charisme. Certaine de tenir un excellent sujet, elle posait des questions précises.

— La lutte pour la préservation des espèces n'est-elle pas un combat d'arrière-garde ? demanda-t-elle très sérieusement.

— « Arrière-garde » signifierait que la cause est perdue, qu'on peut laisser la planète courir à sa destruction sans état d'âme. En réalité, l'écosystème, fragile, doit absolument être préservé, ce qui passe par la sauvegarde de la faune et de la flore. Chaque espèce, des abeilles aux loups, des ours aux rapaces, a un rôle à jouer dans la biodiversité, qui est essentielle à la survie de l'humanité. Je n'accueille pas, dans ce parc, des survivants que j'exhiberais comme des bêtes curieuses. En réalité, je défends une vision d'avenir sur laquelle je veux alerter les générations. Les plus jeunes y sont sensibles, et je m'en réjouis. Le parc de Yellowstone, où la réintroduction du loup a rétabli une végétation qui s'étiolait, est un exemple très probant.

— Mais des animaux élevés en captivité peuvent-ils être réintroduits dans leur habitat naturel ?

— Le problème est que leur habitat naturel se restreint partout, principalement à cause de la déforestation et du réchauffement climatique. Néanmoins, on peut parfois le faire, à condition de ne pas les avoir imprégnés.

— C'est-à-dire ?

— Pas manipulés, pas habitués à l'homme. Je ne suis ni le maître ni le père d'un lionceau né ici. Je ne l'approche pas, je ne le touche pas, en dehors des soins indispensables, et alors il est endormi.

— Et la consanguinité ?

— Elle est évidemment exclue. Le brassage génétique est crucial, et nous procédons systématiquement à des échanges avec d'autres parcs, le plus souvent européens, afin de préserver les caractéristiques de chaque espèce sans dégénérescence.

— Mais un tigre, par exemple, doit perdre son instinct de chasseur, non ?

— L'instinct est quelque chose de très puissant, qui ne s'efface pas en une génération. Nous mettons tout en œuvre pour le stimuler. Ici, les tigres, qui sont d'excellents nageurs, disposent d'un grand bassin, et comme ce sont des animaux qui aiment la nuit, nous ne les rentrons que rarement, juste le temps pour les soigneurs de nettoyer leur territoire et d'y disposer astucieusement la nourriture qu'ils devront chercher. Les ours polaires ont aussi leur bassin, puisqu'ils adorent se mouvoir et jouer dans l'eau. On peut suivre leurs évolutions le nez contre la vitre, c'est magique !

— L'originalité du parc Belmonte réside dans la taille des enclos, n'est-ce pas ?

— Nous y sommes très attachés. Un animal sauvage s'ennuie vite dans un espace restreint. En conséquence, j'ai fait le choix de présenter moins d'espèces mais de leur offrir de grands territoires, végétalisés au plus près de leurs besoins.

— Une autre de vos particularités est l'absence de spectacles.

— Le mot même de « spectacle » me dérange, car il évoque le cirque, où l'utilisation des animaux, en particulier les éléphants et les fauves, a parfois été indigne. J'ai le plus grand respect pour les animaux que j'héberge, je n'en ferai pas des singes savants ou des ours qui dansent.

— Mais les otaries paraissent prendre du plaisir à jouer avec des ballons…

— En êtes-vous sûre ? Vous l'ont-elles dit ?

La présentatrice éclata d'un rire spontané avant d'enchaîner :

— On vous reproche parfois de ne proposer aucune installation destinée aux enfants. Pourquoi ce choix ?

— C'est délibéré. Je souhaite que les enfants qui viennent ici aient envie de découvrir les animaux et de les observer. Il m'a semblé peu souhaitable de distraire leur attention au profit de jeux qu'ils peuvent facilement trouver ailleurs. Quand je vois leurs regards émerveillés, quand j'entends toutes les questions qu'ils posent aux soigneurs avec une insatiable curiosité, je continue de penser que nous n'avons pas besoin de toboggans ou de balançoires.

— Merci, Lorenzo Belmonte, de nous avoir fait partager votre passion. Nous partons maintenant à la rencontre des animaux, au long des allées de ce magnifique parc…

— Super, coupez ! lança le réalisateur. Très bonne interview ; nous l'incrusterons d'images. Est-ce qu'on peut tourner partout, docteur Belmonte ?

— Absolument. Mon chef animalier va vous accompagner.

Souad serra la main du réalisateur, qui parut surpris qu'une femme occupe ce poste.

— On pourra vous filmer aussi pendant que vous nous donnerez des explications ? demanda-t-il.

— Bien sûr.

— Formidable !

Cécile, qui s'était tenue derrière les techniciens, rejoignit Lorenzo et Marine.

— Tu t'es montré très convaincant, dit-elle à Lorenzo avec son plus beau sourire.

— Cécile a eu une idée géniale, je suis ravie du résultat, renchérit Marine.

S'adressant à Lorenzo, elle ajouta, d'une voix suave :

— Vous êtes l'un des meilleurs atouts de votre parc…

Personne n'avait vu arriver Julia, qui observait la scène avec une expression mitigée. En levant les yeux, Lorenzo la découvrit, stupéfait.

— Julia !

Il fit quelques pas vers elle.

— Je suis content que tu sois enfin rentrée, tu aurais dû me prévenir.

Elle se contenta de hocher la tête, peu convaincue par cet accueil. Elle était surprise de découvrir Lorenzo entouré de deux jolies femmes, dont une qu'elle n'avait jamais vue.

— Julia est l'un des vétérinaires du parc, expliqua Lorenzo.

Sa manière de la présenter, un peu courte et impersonnelle, agaça Julia, au moins autant que l'air narquois qu'affichait Cécile. Mais qu'avait-elle cru, en débarquant à l'improviste ? Trouver Lorenzo triste, très affecté par la mort de sa mère, et n'attendant que d'être consolé par elle ? Il ne semblait pas en avoir besoin. Avait-elle oublié que Lorenzo était un homme à femmes ? Il ne manquait plus que la mystérieuse Amy pour compléter le tableau !

— Je vais voir Michaël pour qu'il me mette au courant, marmonna-t-elle en se détournant.

Aussitôt, Marine demanda à Lorenzo s'il était possible de tourner quelques images dans la clinique vétérinaire. Elle voulait aussi montrer le restaurant et la boutique de souvenirs, en insistant sur le fait que tout ce qui se vendait dans le parc, des sandwichs aux porte-clés, provenait de producteurs locaux. Julia en profita pour s'éloigner à grandes enjambées, sans que Lorenzo cherche à la retenir. Ce tournage l'accaparait, et sans doute lui plaisait, à voir son air satisfait. Grand bien lui fasse, s'il voulait devenir une vedette de télévision !

En arrivant au parc, Julia avait déposé ses sacs de voyage dans la maison des stagiaires, mais elle était bien décidée à trouver un logement ailleurs. Parmi les propositions envoyées par les agences locales, un petit appartement en duplex, situé à Saint-Claude, près de l'hôtel de ville, avait retenu son attention. Elle se promit de le visiter sans tarder. Souad n'habitait pas loin, dans un pavillon qu'elle avait fait construire avec son mari et qui disposait d'un petit jardin. Ainsi, Julia ne se sentirait pas isolée, elle pourrait rencontrer les amis du couple et se faire de nouvelles relations. Une bouffée d'oxygène bienvenue dans cette vie où le parc prenait jusque-là toute la place.

Elle trouva Michaël devant l'enclos des girafes, préoccupé par la naissance du girafon, qui n'arrivait toujours pas. Les quinze mois de gestation étaient largement dépassés, et Graziella semblait énorme.

— Qu'en dit Lorenzo ? demanda-t-elle par habitude.

Aucune décision ne se prenait sans lui, son diagnostic étant toujours le plus sûr.

— Il est très occupé depuis ce matin. Déjà hier, l'équipe du tournage était en repérage et installait le matériel…

— Je suppose que ça ne l'empêche pas de venir nous donner son avis !

— Tu as vu la présentatrice, Marine ? Elle est vraiment mignonne…

— Peut-être, mais moi c'est Graziella qui m'intéresse, répliqua-t-elle.

Michaël lui jeta un regard en coin, étonné par son ton maussade.

— Est-ce que tu reviens définitivement ? demanda-t-il d'un ton prudent.

— En principe, oui.

Mais elle n'en savait plus rien. Elle avait espéré tout autre chose. Des retrouvailles plus chaleureuses, un vrai bonheur à revenir ici, et finalement elle était mal à l'aise, de mauvaise humeur. Réendossant son rôle de vétérinaire, elle observa Graziella avec attention.

— Elle a des contractions, elle cherche à évacuer le petit mais quelque chose l'en empêche. Il doit mal se présenter.

— Ce serait une catastrophe, soupira Michaël.

Impossible d'aider à mettre bas un animal de la taille d'une girafe. Quant à l'endormir, les risques étaient trop importants.

— Bipe Lorenzo, décida-t-elle. Télé ou pas, on a besoin de lui ici, et tout de suite.

Michaël parut soulagé que ce soit elle qui l'exige et il prit son talkie-walkie.

*

En fin de journée, une fois les visiteurs partis et le parc fermé au public, Julia s'attarda à la clinique vétérinaire pour lire les comptes rendus établis pendant ses vacances. Elle voulait s'informer du moindre incident survenu en son absence, et de tous les traitements en cours. Absorbée par sa lecture, elle n'entendit pas Lorenzo entrer.

— Tu te remets à niveau ? plaisanta-t-il.

Elle sursauta.

— Tu m'as fait peur ! Je me tiens au courant, c'est tout.

Il s'approcha, jeta un coup d'œil sur les dossiers étalés devant elle.

— Si tu as terminé, Adrien veut bien nous servir à dîner avant de fermer.

Se retrouver seuls dans le restaurant désert où ne restaient plus qu'une ou deux lumières était toujours un moment propice au rapprochement.

— L'équipe télé est partie ?

— Depuis longtemps. Je suis retourné voir Graziella, mais je continue à croire qu'il faut encore attendre. S'il ne s'est rien passé demain, nous devrons monter toute une équipe pour l'endormir et la délivrer, mais tu sais à quel point ce sera compliqué.

Une fois fléchée, une girafe pouvait tomber n'importe comment et briser son encolure de deux mètres de long. On évitait donc de recourir à l'anesthésie avec cet animal, sauf en cas d'urgence vitale.

— Viens, allons manger, dit-il en lui prenant la main.

Le geste était gentil, le contact agréable. Ils gagnèrent le restaurant, où ils retrouvèrent Adrien, qui les installa à leur table habituelle et leur servit des côtes de porc aux petits légumes.

— Heureux de te revoir, ma belle ! lança-t-il à Julia. Goûte-moi ces légumes de printemps livrés ce matin par notre maraîcher, tu vas les adorer. Je vous apporte des bières bien fraîches ?

— Je vais les chercher, proposa Lorenzo, qui voulait gagner du temps.

Il remuait dans sa tête les phrases qu'il souhaitait enfin dire à Julia. Lorsqu'il revint, il prit une grande inspiration, mais Julia le devança.

— Souad m'a annoncé le décès de ta mère, je suis vraiment peinée pour toi. J'ai voulu aller à l'enterrement, malheureusement je suis arrivée trop tard.

— Tu es allée au cimetière ? s'étonna-t-il.

— Oui, vous veniez de partir.

— J'aurais aimé te prévenir moi-même, mais tu ne répondais pas à mes messages. Tu peux me dire pourquoi ?

— Eh bien… J'avais besoin de ces vacances pour décompresser, ne plus penser au parc, faire une véritable pause.

— Je vois. Au moins, es-tu contente d'être de retour ?

— Oui ! Vous m'avez tous manqué.

— Tu m'as manqué aussi, risqua-t-il.

— Pourtant, tu es très occupé. Ce tournage…

— Cécile a eu l'opportunité de présenter le sujet à son amie Marine, qui a été emballée.

— Marine, c'est la présentatrice ? Elle est ravissante.

— Et très gentille, très professionnelle. Elle avait bien préparé ses questions. Je pense que dès la diffusion de l'émission, nous aurons des retombées.

— Souhaitons-le… En somme, tu dois une fière chandelle à Cécile ?

— Faire appel aux médias était son idée, tout comme celle de Valère, qui a promis de nous décrocher des interviews.

— Tu vas devenir célèbre ! ironisa Julia.

— Pas moi, le parc. Enfin, peut-être. Et tu sais bien que plus nous aurons de public, plus nous pourrons améliorer les choses. Jusqu'ici, nous manquions de visibilité ; j'espère que nous allons en acquérir.

Il voulait changer de sujet, la faire parler d'elle, mais une fois encore elle l'en empêcha.

— Je croyais que Cécile devait être mutée ?

— Elle attend sa nomination, ou plutôt sa promotion.

— Tant mieux pour elle, et tant mieux pour moi, parce que, apparemment, elle ne m'apprécie pas du tout. Quand je l'ai reçue, lorsque tu étais à Samburu, elle n'a pas été très aimable.

— C'est pourtant une gentille fille.

— Qui t'adore, et qui voudrait bien renouer avec toi. Sauf si son amie Marine la prend de vitesse. Tu es très convoité !

Le ton railleur de Julia lui fit d'abord froncer les sourcils, puis il choisit d'en profiter pour répliquer :

— Si tu es jalouse, j'en suis très flatté.

— Tu parles !

— Ni Cécile ni Marine ne m'intéressent.

— Peut-être as-tu laissé ton cœur au Kenya ?

Il repensa au message d'Amy et décida de crever l'abcès si abcès il y avait.

— J'ai rencontré là-bas une jeune femme, qui est l'assistante de Benoît, et qui a jeté son dévolu sur moi.

— Et puis ?

— Il ne s'est rien passé.

— Vraiment ?

Ce n'était hélas pas ce que racontait ce fichu message. Mais comment se justifier, expliquer qu'Amy ait pu être nue dans ses bras sans qu'il en ait profité ? Julia ne le croirait pas, elle allait le traiter de menteur ou d'idiot.

— De toute façon, ça ne me regarde pas, dit-elle avec un sourire forcé.

— Julia… Nous sommes en plein malentendu, toi et moi.

— Non, excuse-moi. Je te pose des tas de questions déplacées alors que tu dois avoir envie de parler de ta mère.

— Pas maintenant. C'est trop tôt, je me sens encore à vif.

— Bien sûr. Je comprends.

— En plus, ça s'est très mal passé avec Xavier.

— Quel abruti ! Il a toujours été odieux avec toi.

— Je n'y attache plus aucune importance. J'aurais seulement voulu être avec Valère et mes sœurs.

— Vous n'étiez pas ensemble ?

— La famille d'un côté, moi de l'autre. Je les ai laissés tranquilles parce que, malgré tout, je sais que Xavier vit très mal son deuil. Mais je ne veux pas parler de ça non plus. Ce que je m'efforce de te dire, Julia… Eh bien, j'ai beaucoup pensé à toi.

Comme elle ne répondait rien, le regardant d'un air ébahi, il fut contraint de préciser :

— Ne pourrait-on pas repartir du bon pied, toi et moi ? J'ai bien peur que nous ne nous soyons pas compris, ces derniers temps. Je ne sais pas ce que tu vas en penser, mais j'aimerais être davantage qu'un ami pour toi.

Elle se taisait toujours, ce qui le fit hésiter.

— Je ne veux pas te mettre mal à l'aise, bredouilla-t-il. Seulement… J'avais peur que tu décides de ne pas revenir, de rester à Paris, et ça m'aurait vraiment…

— Contrarié ?

— Rendu malheureux. Je tiens à toi, Julia.

Elle secoua la tête, regarda ailleurs.

— Quand tu as répondu à mon annonce et que tu es arrivée ici, j'étais très ému de te revoir, mais je n'ai pas trouvé le courage de te l'avouer. Tu m'as traité en bon copain, comme si tu avais tiré un trait définitif sur notre passé. Et puis, il y a eu Marc, et ce bébé que tu attendais, alors je ne pouvais vraiment rien faire. Ensuite…

— Ensuite, tu es parti à Samburu. Parce que tu aimes partir en me laissant derrière toi. Quand nous étions ensemble, tu m'as imposé tant de voyages ! Tu t'en souviens, je suppose ? J'étais censée t'attendre pendant que tu prenais du bon temps et que tu développais tes compétences. Et voilà que rien n'a changé !

— Tu m'en veux encore ?

— Je ne t'en voulais plus. Disons que ton séjour au Kenya a ravivé de mauvais souvenirs. D'ailleurs, il y a toujours une femme entre toi et moi.

— Je t'ai expliqué que cette Amy ne compte pas !

— Et je dois te croire sur parole ? Du reste, je ne te demande pas de me convaincre, tu es libre.

— Je n'ai que faire de cette liberté, c'est toi que je veux.

Voilà, il l'avait enfin exprimé clairement. Il n'avait plus qu'à guetter sa réaction.

— Que tu *veux* ? répéta-t-elle, ironique.

— Que je désire.

Son talkie-walkie se mit à biper, les interrompant. Le soigneur qui s'était porté volontaire pour rester en surveillance près de Graziella annonça d'une voix surexcitée que la mise bas venait de commencer. Lorenzo et Julia se levèrent d'un même bond pour se précipiter dehors. Ils piquèrent un sprint jusqu'au bâtiment des girafes. En arrivant, ils découvrirent que les membres antérieurs et la tête du girafon étaient sortis.

— Depuis mon appel, il n'avance plus, déclara le soigneur. Et je n'ai pas l'impression qu'il respire.

— Ces naissances prennent du temps, on doit attendre.

Les minutes qui suivirent leur parurent interminables. Graziella faisait des efforts, changeait de position et semblait souffrir. Enfin, campée sur ses longues jambes, elle parvint à éjecter le girafon, qui, tombant de haut, atterrit sur un lit de paille avant de recevoir une véritable douche de liquide amniotique. Retenant leur souffle, Lorenzo, Julia et le soigneur guettaient son premier mouvement. Graziella se pencha au-dessus de lui pour le débarrasser de son enveloppe en le léchant, mais il demeurait inerte.

— Oh, mon Dieu… gémit le soigneur. Tu ne peux pas intervenir ?

— Pas tout de suite, répondit posément Lorenzo. Je ne veux pas le manipuler et qu'elle se détourne de lui. Elle sait s'y prendre, elle a déjà eu des petits, laisse-la faire.

Le girafon eut alors un premier mouvement de la tête, et le soigneur explosa de joie en applaudissant.

— Les autres seront tellement déçus de ne pas avoir vu ça ! Tu crois qu'il va bien ?

— Il ne va pas tarder à essayer de se lever. Sors ton téléphone pour prendre des photos, moi je vais faire une petite vidéo.

Julia, bouche bée, savait qu'elle venait de vivre un moment important de sa carrière de vétérinaire. Une fois de plus, elle nota que Lorenzo avait eu raison de patienter. Même dans les situations les plus critiques, il gardait toujours son sang-froid. Tout en filmant, elle aussi, les efforts pour l'instant vains du girafon, qui ne parvenait pas encore à coordonner ses longues jambes, elle repensa à leur conversation. Lorenzo s'était livré, et il semblait sincère. Pourtant, quelque chose la gênait. Quoi ? D'un point de vue sentimental, elle ne parvenait plus à lui faire confiance. Il prétendait tenir à elle, avoir besoin d'elle, mais sans doute se sentait-il très seul et très vulnérable depuis le décès de sa mère. Sa déclaration imprévue, un peu plus tôt chez Adrien, l'avait laissée sans voix. Elle ne s'était pas jetée à son cou, alors qu'elle en avait tant rêvé durant des semaines. Les sages résolutions prises à Paris ne méritaient pas qu'elle les oublie si vite.

— Il est balèze, hein ? lança le soigneur, qui mitraillait le girafon. C'est pour ça qu'elle a galéré, la pauvre !

— Oui, il est très gros, approuva Lorenzo, je parie que c'est un mâle. Et puisque tu es le premier à avoir vu sa tête, ce sera à toi de lui trouver un nom.

— Je vais y penser toute la nuit.

— Très bien ! Mais maintenant, rentre chez toi, il est tard. Ici, tout va bien, on peut aller dormir.

— Souad aura la surprise demain matin, elle a dit qu'elle serait là à l'aube.

Ils éteignirent les lumières du bâtiment, n'en laissant qu'une allumée en veilleuse. Le soigneur partit vers le parking tandis que Lorenzo raccompagnait Julia jusqu'à la maison des stagiaires.

— J'ai repéré un appartement à louer à Saint-Claude, lui annonça-t-elle.

— Ah…

— J'aime bien discuter avec nos stagiaires le matin au petit déjeuner, mais j'ai envie d'un peu plus d'espace et d'intimité.

— Bien sûr.

— Et toi ? Tu continues d'habiter ta chambre au-dessus de l'administration ?

— Je m'y plais, et elle me suffit. D'ailleurs, je résilie le bail de la maison. Après ce qui est arrivé là-bas, je ne veux plus y mettre les pieds.

— Je comprends ça. Bon, alors… bonne nuit, Lorenzo.

— Attends !

Il lui posa les mains sur les épaules, sans toutefois l'attirer à lui.

— Je t'ai parlé franchement, tout à l'heure, et j'ai besoin de savoir ce que tu en penses.

— Eh bien, moi, j'ai besoin d'y réfléchir.

La réponse parut le doucher. Il recula d'un pas. Avait-elle raison de retarder l'inéluctable ? Leur attirance était réciproque, et depuis leur rupture, dix ans plus tôt, ni lui ni elle n'avaient retrouvé le grand amour.

Mais souffler sur les braises du passé ne le ferait pas revivre. Et Lorenzo avait eu cent fois la possibilité de chercher à la reconquérir. Il le reconnaissait lui-même, il n'avait rien tenté lorsqu'elle avait resurgi dans sa vie en répondant à son annonce, rien tenté non plus lorsque, plus tard, elle avait rompu avec Marc. Pourquoi s'y décidait-il aujourd'hui ?

— Réfléchir ? répéta-t-il d'une voix froide. Bon sang, Julia, je ne t'ai pas fait une proposition commerciale. Réfléchis tant que tu veux, et prépare-moi donc un contrat d'entente préalable !

Il se détourna, furieux, et s'éloigna sans lui laisser le temps de répliquer. Voilà, elle avait trouvé le moyen de se fâcher avec lui, à l'opposé de ce qu'elle souhaitait. Déçue, en désaccord avec elle-même, elle faillit le rattraper pour lui sauter au cou, mais elle le connaissait bien et savait que lorsqu'il était en colère il fallait lui laisser le temps de se calmer. Et après tout, ce minimum de réflexion qu'elle demandait était peut-être nécessaire. Ils avaient vécu trop de choses ensemble, l'amour fou, avec ses hauts et ses bas, des séparations, des espoirs et des désillusions : ils ne pouvaient plus se permettre de se tromper.

Résignée, elle décida d'aller se coucher en se répétant la fameuse phrase de Scarlett dans *Autant en emporte le vent* : « J'y penserai demain. »

*

Valère, pour éviter cette peine à son père, était venu trier les affaires de sa mère. Gentiment, Élodie l'avait accompagné, persuadée qu'elle serait plus à l'aise que lui pour savoir quels vêtements donner, lesquels jeter. Ils s'attaquèrent donc à cette tâche un matin, tandis que Xavier était à la pharmacie.

— Maude avait de beaux chemisiers, constata Élodie, qui venait d'ouvrir une des penderies de la chambre.

— Elle aimait bien s'habiller avec de jolies choses, même quand elle ne quittait pas l'appartement de la journée. Elle savait que je pouvais débarquer à n'importe quelle heure pour un petit bisou avec un café, et elle était toujours pimpante.

Ému à cette évocation, il se replongea dans les liasses de papiers qui encombraient le secrétaire de sa mère. Il ne s'agissait pas de comptabilité, domaine exclusif de Xavier, mais de photos, de lettres et de cartes postales soigneusement conservées. Il finit par aller s'asseoir au bord du lit, un sac-poubelle ouvert devant lui. Il déchirait certains souvenirs, en mettait d'autres de côté pour son père, qu'il rangeait dans de grandes enveloppes. Élodie, pour sa part, faisait des piles de vêtements, de sacs, de chaussures et d'écharpes. Ils travaillaient en silence, elle pour respecter l'émotion de Valère, lui parce qu'il était plongé dans l'univers de sa mère. Il découvrit des photos de lui enfant, de Laetitia et d'Anouk. Des souvenirs de sports d'hiver, de plage, de classe. Quelques cadeaux maladroits de fête des Mères, alors qu'ils étaient en primaire, des dessins, des carnets de notes. La photocopie du doctorat vétérinaire de Lorenzo, celle du doctorat en pharmacie de Laetitia, collées face à face dans une copie double. Un cliché de lui posant au volant de son premier coupé sport. Toute une vie de mère de famille aimante, année après année.

— Regarde ça, l'interrompit soudain Élodie.

Elle lui apporta une petite boîte blanche qu'elle venait d'ouvrir. Sous du papier de soie, il découvrit un pyjama de naissance et des chaussons.

— Elle les a choisis blancs, puisque Laetitia n'a pas voulu connaître le sexe du bébé qu'elle porte, remarqua Élodie. Tu les lui donneras ?

— Oui… Enfin, je ne sais pas trop. Elle sera contente de voir que maman y avait pensé, en revanche ça risque de la faire pleurer. Papa aussi. On va les emporter et j'aviserai.

Il referma la boîte, étouffa un soupir. Il ne restait plus rien dans le secrétaire, mais par acquit de conscience il sortit les six petits tiroirs de leurs logements. Au fond de l'un d'eux se trouvait une enveloppe un peu froissée et scotchée contre le bois. Il la décolla délicatement, supposant qu'elle n'était pas cachée là par hasard. À l'intérieur se trouvaient trois photos dont les couleurs étaient bien conservées. Il les examina avec curiosité, ne devinant pas tout de suite de quoi il s'agissait. Puis il comprit que la jolie jeune femme qui riait aux éclats était sa mère, et que le bel homme brun qui la serrait dans ses bras devait être Claudio, son premier mari. Sur la deuxième photo, Maude, rayonnante, posait avec un bébé qui était forcément Lorenzo. Sur la dernière, Claudio et Maude entouraient leur ravissant petit garçon de deux ou trois ans. Le cliché avait sans doute été pris peu de temps avant l'accident mortel de Claudio.

Valère récupéra une loupe parmi les objets de papeterie qu'il avait mis de côté. Il put ainsi étudier plus précisément les visages sur la photo. Maude était vraiment séduisante, affichant une folle gaieté que Valère ne lui avait jamais connue. Claudio, avec ses grands yeux sombres et ses traits virils, avait un côté beau ténébreux qui devait faire craquer les femmes, tout comme son fils le ferait plus tard. Quant à l'enfant, il ressemblait déjà à son père.

— Lorenzo… souffla Valère.

Ces trois clichés n'intéressaient que lui, Xavier ne devait pas connaître leur existence. Maude les avait précieusement conservés et dissimulés, peut-être dans le but de les donner un jour à Lorenzo, ou bien pour pouvoir les regarder de temps en temps et se souvenir de ses années heureuses en Italie, avant le drame qui allait emporter Claudio. Elle paraissait tellement amoureuse de cet homme, et ils étaient si beaux tous les trois ! Ensuite, elle s'était retrouvée seule avec son chagrin et son enfant. Que serait-elle devenue si elle n'avait pas rencontré Xavier ?

Il rangea les trois photos dans l'enveloppe, qu'il glissa au fond de la poche de son blouson, décidé à les remettre lui-même à son frère. De toute façon, Lorenzo ne viendrait probablement plus jamais dans cet appartement où il avait pourtant grandi.

— J'ai terminé, dit doucement Élodie.

— Déjà ?

— Tu as passé une bonne demi-heure à détailler ces photos.

— Elles racontent une vieille histoire…

— On dirait qu'elle te rend triste.

— Entre autres. Remuer le passé est parfois très dur.

— Mais tu évites à ton père de le faire.

— Il n'aurait jamais pu. Il aurait tout laissé en l'état, ou bien il aurait tout brûlé. Je m'inquiète pour lui. D'après la femme de ménage, il ne monte plus déjeuner, il doit manger n'importe quoi dans un bistrot du quartier. Et le soir, il décongèle des plats tout prêts dont elle retrouve les emballages. L'imaginer errant dans l'appartement vide et silencieux me fend le cœur. Maman le chouchoutait, elle a toujours été une bonne maîtresse de maison, alors maintenant il doit se sentir perdu.

— Peut-être refera-t-il sa vie dans quelque temps ?

Cette perspective choqua Valère. Une autre femme, ici ?

— Tu n'aimerais pas qu'il remplace ta mère, mais tu n'aimes pas le savoir seul.

Il lui adressa un sourire mitigé avant de reconnaître :

— Nous sommes pleins de contradictions.

En quittant l'appartement, Valère proposa d'aller chercher Xavier à la pharmacie et de l'emmener déjeuner dans un vrai restaurant. Ils descendirent dans la cour pour déposer les sacs dans les containers appropriés puis s'arrêtèrent chez la gardienne et lui demandèrent de récupérer les sacs qu'ils avaient laissés en haut, afin de les donner.

— Elle gardera ce qui lui plaît et saura où porter le reste, dit-il une fois qu'ils furent dans la rue.

Il s'arrêta sur le trottoir, respira un grand coup. Du bout des doigts, il tapota la poche de son blouson.

— Mon frère est quelqu'un de… de particulier.

Amusée, Élodie lui sourit.

— Je sais que tu l'adores.

— Il a été si longtemps mon modèle ! Il réussissait tout ce qu'il entreprenait, les études comme les conquêtes. Et puis son parc, auquel personne ne croyait. Il lui a fallu beaucoup de ténacité pour y arriver, mais à voir le résultat aujourd'hui il peut être fier de lui.

— J'aimerais finir par le visiter, son parc !

Elle en avait été empêchée par le décès subit de Maude alors qu'elle devait rejoindre Valère dans le Jura.

— Tu as piqué ma curiosité. Tu m'as dit que c'était différent de la réserve de Samburu, qu'on pouvait y voir plein d'espèces, pas uniquement des lions ou des girafes, et que…

— Ah, les girafes ! Mes préférées. Quand j'étais gamin, j'ai absolument voulu une girafe. En peluche, s'entend. Lorenzo a fini par en trouver une et me l'a offerte pour mon anniversaire. Et à ce propos, il vient de m'annoncer la naissance d'un girafon que je tiens à aller voir avant qu'il grandisse. Si tu es libre, je t'emmène là-bas ce week-end. D'ailleurs, j'ai promis à Lorenzo de lui trouver des contacts avec les médias, et figure-toi qu'il m'a devancé, il a déjà tourné une émission pour la télé. Si je ne veux pas perdre ma crédibilité, je dois lui en décrocher d'autres.

Elle le toisa, goguenarde.

— C'est fou comme tu deviens éloquent dès que tu parles de ton frère. Et à force de le parer de toutes les qualités, tu n'as pas peur qu'il me séduise aussi ?

— Non, il est bien trop droit pour marcher sur les brisées de son petit frère. En plus, il sait que je tiens à toi.

— Tu tiens à moi ? C'est une déclaration ?
— On dirait.
— Les femmes raffolent des déclarations ! J'enferme précieusement celle-là dans un petit coin de mon cœur.
— Pourquoi seulement un coin ? Ne sois pas mesquine, donne-le-moi tout entier, j'en ferai bon usage.
Élodie se sentit fondre et elle vint poser un baiser fougueux sur les lèvres de Valère.
— Quand je pense qu'on m'avait dit de me méfier, que tu étais juste un petit don Juan !
— Qui raconte ça ? s'offusqua-t-il.
— Tes ex, et elles sont innombrables.
— Eh bien, leur jugement était faux, ou alors elles n'avaient rien pour me retenir. Toi, tu as tout.
Il la prit par la main et l'entraîna vers la pharmacie.

8

L'aéroport de Samburu était peu fréquenté à cette heure matinale. Benoît, qui avait accompagné Amy et Nelson, tenta une dernière fois de mettre en garde la jeune femme.

— Tu es sûre de vouloir partir ? Vous pouvez encore rentrer avec moi et oublier toute cette folie.

— Pas une folie, Benoît, une chance !

— Tu ne sais même pas s'il sera en mesure de vous accueillir, le petit et toi. Ni s'il sera ravi de vous voir débarquer. Pourquoi ne veux-tu pas le prévenir ?

— Pour lui faire la surprise.

— Dis plutôt que tu as peur d'un refus pur et simple. Mais le mettre au pied du mur n'est pas une bonne idée. Je connais Lorenzo depuis longtemps, il n'appréciera pas que tu veuilles lui imposer quelque chose qu'il n'a pas choisi.

— J'en fais mon affaire, répliqua-t-elle d'un ton de défi.

— C'est un long voyage, Amy. Tu as mis toutes tes économies dans les billets d'avion, que feras-tu si ton aventure tourne mal ?

— Je trouverai du travail en France.
— Il y a beaucoup de chômage, ce sera difficile.
— J'ai toujours su me débrouiller.
Comprenant qu'il n'arriverait pas à la convaincre, Benoît haussa les épaules.
— Bonne chance à toi et à Nelson. Tu verras, la France est un pays magnifique. Tu me diras comment tu l'as trouvée à ton retour.
— Mais je ne vais pas revenir !
— J'ai bien peur que tu n'y sois obligée. En attendant, tu vas me manquer.
— Caroline me remplace. Tu la formeras sans problème, elle apprend vite.
— C'est pour ça que tu me l'as présentée ? Tu préparais déjà ton départ ?
— Je le prépare depuis le jour où Lorenzo a quitté Samburu. Tu ne veux vraiment pas comprendre, Benoît ? Lorenzo est l'homme de ma vie ! J'ai eu un coup de foudre, une révélation. Jamais je ne me suis comportée comme ça, tu le sais. Mais je suis allée parler à mon amie Inhaya, elle a vu ma chance dans ce pays lointain…
— Tu crois à ces trucs de voyance ? Sois sérieuse, Amy ! Je pensais que tu avais la tête sur les épaules, j'aurais juré que tu étais quelqu'un de raisonnable, or tu es en pleine folie. Ta déception sera terrible, je te le prédis, et je n'ai pas besoin de lire dans les pierres pour le savoir.
Elle se contenta de sourire avec insouciance tout en surveillant du regard le petit Nelson, qui se promenait dans le hall.
— Tu le déracines, fit encore remarquer Benoît.

— Pour lui, c'est une belle aventure, un grand voyage. Quel avenir aurait-il ici ?

Résigné, Benoît la prit dans ses bras pour l'embrasser.

— Écoute-moi bien, Amy. Je garderai ta place ici quelque temps. Mais si Caroline se révèle une bonne assistante, je finirai par lui donner ton poste. Alors, si ça se passe mal en France, ne tarde pas trop à revenir.

— C'est un aller simple, Benoît. De toute façon, je n'ai pas de quoi payer un retour.

— On pourra s'arranger, restons en contact. Nous faisions du bon travail, toi et moi. Tu connais parfaitement la réserve, tu aimes les animaux et les rangers te respectent… Et d'ailleurs, les animaux vont te manquer, tout comme le soleil et les grands espaces.

— Il y a des animaux chez Lorenzo, et il paraît qu'il fait chaud l'été dans le Jura !

Elle semblait gaie, résolue et impatiente. Benoît se pencha sur Nelson, qui était revenu près de sa mère.

— Ouvre grand tes yeux et profite bien de ton voyage.

Il lui ébouriffa gentiment les cheveux avant de se détourner. Traversant l'aéroport en sens inverse, il alla récupérer son vieux Land Cruiser sur le parking et prit la route de la réserve. Depuis qu'Amy lui avait fait part de sa décision, il se demandait s'il ne devait pas avertir Lorenzo. Mais Amy mettait tous ses espoirs dans l'effet de surprise. Il n'y croyait pas du tout, persuadé que ce serait une *mauvaise* surprise pour Lorenzo. Celui-ci n'avait que faire de cette très belle jeune femme, ainsi qu'il l'avait confié à Benoît. Amy allait droit à une énorme déception qui allait anéantir tous ses projets et la laisser démunie.

S'il se sentait ému par l'impétuosité d'Amy et par sa volonté farouche, il découvrait avec un certain déplaisir qu'elle n'avait pas hésité une seconde à le laisser tomber malgré leur relation amicale. Il avait été le premier à lui tendre la main après la mort de son mari, et il lui avait quasiment tout appris du métier d'assistante vétérinaire. Grâce à lui, elle avait obtenu son diplôme, puis un salaire qui lui avait permis d'élever Nelson. Sans doute en éprouvait-elle de la gratitude, ainsi qu'elle le lui avait avoué à plusieurs reprises, mais cette reconnaissance ne l'empêchait pas de tout quitter du jour au lendemain. Qu'elle agisse ainsi par amour, il pouvait à la rigueur le comprendre ; malheureusement, cet amour était à sens unique. Elle allait payer cher une illusion qu'elle s'était fabriquée de toutes pièces.

Néanmoins, il n'interviendrait pas : il lui laissait sa chance, si infime fût-elle. Au bout du compte, il se demandait si inviter Lorenzo à Samburu avait été une bonne idée. Il chassa aussitôt cette pensée désagréable et injuste. Lorenzo n'avait rien fait pour séduire Amy, mais il attirait les femmes comme un aimant. C'était déjà le cas à Maisons-Alfort.

— Si je trouve un jour l'élu de mon cœur, décidément je ne le lui présenterai pas ! pensa tout haut Benoît.

Puis il éclata de rire et fit tanguer sa voiture pour le plaisir de soulever des nuages de poussière sur la route qui menait au camp.

*

La vie reprenait son cours habituel au parc. Michaël était parti, à regret, promettant de revenir dès qu'on aurait besoin de lui. Lorenzo, encore très attristé par le décès de sa mère, et refroidi par l'attitude de Julia, se noyait comme toujours dans le travail.

Gaby se promenait enfin librement dans le vaste enclos des grizzlys, avec son ourson derrière elle. Tous les soigneurs, même ceux qui n'étaient pas sur ce secteur, passaient chaque jour voir le spectacle. Ils avaient improvisé un tirage au sort pour trouver un nom au petit, mais tant qu'on ignorait son sexe on ne pouvait pas le lui donner. Du coup, on l'appelait simplement « l'ourson ».

Un matin, avant l'arrivée du public, Lorenzo et Julia, munis de fusils hypodermiques, s'étaient positionnés à des points stratégiques pour intervenir en cas de besoin, et Django, le mâle, avait été lâché. Souad et trois soigneurs se tenaient près des clôtures électriques, chargés de poissons, de viande et de fruits destinés à créer une diversion. Depuis leur précédente bagarre, les deux ours n'avaient pas été remis en présence, Django ayant été installé dans un autre enclos où il s'ennuyait. Le temps était venu d'essayer de les réunir.

Dès qu'elle aperçut Django, Gaby se plaça devant l'ourson et se mit debout. Les femelles pouvant être très agressives lorsqu'il s'agissait de leurs petits, tout le monde retenait son souffle. S'ils recommençaient à se battre, ce serait une catastrophe. Elle se mit à grogner, fouettant l'air de furieux coups de patte et relevant les babines sur sa redoutable mâchoire. Cependant, si Django chargeait, il serait plus fort qu'elle. Après deux ou trois minutes d'intimidation, l'ours choisit de s'éloigner d'elle et du petit. Souad lui lança aussitôt un poisson qu'il vint dévorer.

— Il n'a pas envie de se battre, constata Lorenzo. De toute façon, il n'a pas faim, il mange par gourmandise et n'a aucune raison de dévorer un ourson.

— En plus, il s'entend très bien avec Gaby, ajouta Julia.

— Oui, mais elle ne veut pas jouer avec lui pour l'instant. D'ici à quelques jours, je pense que toute la petite famille aura pris ses marques. Mais pour aujourd'hui, on va laisser un soigneur en surveillance, et on essaiera de les rentrer ce soir dans des loges différentes.

— Qu'est-ce qui se passerait dans la nature ? demanda Souad en les rejoignant.

— La plupart de ceux qui vivent en liberté se trouvent au Canada ou en Alaska. S'il manque de nourriture, un mâle peut tuer un ourson pour sa chair tendre. Ce sont des animaux très dangereux, ne l'oublions jamais. D'ailleurs, j'aimerais que tu nous organises un petit rendez-vous informel avec les soigneurs et les stagiaires.

— Une piqûre de rappel sur les consignes de sécurité ? s'amusa Souad.

— Exactement. Notre pire ennemi est la routine. Je vois parfois un peu de désinvolture dans la façon de faire de certains. Pourtant j'ai dit cent fois qu'on ne referme pas un verrou ou un cadenas *machinalement.* N'importe quel incident peut déboucher sur un drame et conduire à la fermeture du parc. Chacun doit garder ça à l'esprit. On se préserve soi-même, on préserve les autres.

— Tu as raison, mais je le leur redis tous les mardis matin, protesta Souad.

— Une réunion avec nous, les vétérinaires, et aussi les techniciens de maintenance, tant qu'on y est, aura plus de poids.

Souad acquiesça en souriant. Elle savait à quel point Lorenzo voulait veiller lui-même à tout.

— Je sens que tu me trouves trop perfectionniste, plaisanta-t-il.

— On ne l'est jamais trop sur le sujet de la sécurité. Je t'organise ça pour demain.

Quand elle se fut éloignée, Julia éclata de rire.

— Te concernant, « perfectionniste » est un euphémisme !

— Tu me préférerais négligent ?

— Bien sûr que non.

Elle désigna le fusil d'abattage qu'il avait posé contre un arbre, à ses pieds.

— Tu avais l'hypodermique en main, mais au cas où, tu avais aussi pris celui-là... Tu aurais vraiment pu lui tirer dessus, le tuer ?

— Ça fait justement partie des règles de sécurité.

— Je sais bien, seulement c'est Django, notre gros nounours.

— Et s'il avait dévoré l'ourson sous tes yeux ? En deux coups de griffes et trois coups de dents ?

— Gaby ne l'aurait pas laissé faire.

— Oui, et nous aurions eu droit à un vrai carnage.

— D'accord, admit-elle.

— J'espère qu'en mon absence, dans ce genre de situation très tendue, tu penserais à prendre ce fusil.

— Tu comptes repartir ?

— Non, bien sûr que non.

— Tant mieux, parce que je ne veux plus que tu me confies le parc. C'est une trop lourde charge.

— Tu es de taille à l'assumer, Julia.

Ils se mirent à genoux pour ranger tout le matériel dans les mallettes.

— Je suis allée visiter l'appartement dont je t'ai parlé, à Saint-Claude. Il est parfait pour moi, j'ai signé le bail.

— Ah… Très bien. Quand vas-tu emménager ?

— Ces jours-ci.

Il se retint de lui dire que cette décision l'attristait. Sans doute auraient-ils moins souvent l'occasion de dîner ensemble dans le restaurant d'Adrien après la fermeture, des instants de tête-à-tête qu'il appréciait particulièrement. Désormais Julia serait pressée de rentrer chez elle et d'arranger son intérieur. Cette pensée le contraria suffisamment pour qu'il se décide à prendre Julia par la taille. Après avoir jeté un coup d'œil autour d'eux, il l'attira à lui.

— Tu devais réfléchir… Tu l'as fait ?

Il sentit qu'elle ne résistait pas et semblait même prendre plaisir à ce contact.

— Là, tu m'embrouilles les idées, protesta-t-elle en riant.

Le parc venait d'ouvrir et les visiteurs commençaient à envahir les allées. Elle finit par s'écarter de lui après avoir chuchoté :

— Ne nous donnons pas en spectacle.

Alors qu'il s'apprêtait à lui répondre qu'il était libre de faire ce qu'il voulait, son regard fut attiré par un couple qui se dirigeait vers eux.

— Valère !

Son frère et Élodie pressèrent le pas pour les rejoindre.

— Surprise ! lança Valère d'un air ravi.

— Tu es le spécialiste des surprises, renchérit Lorenzo, qui avait lâché Julia. Vous arrivez de Paris ?

— Non, d'un petit hôtel où nous avons passé la nuit en amoureux pour venir te surprendre à l'ouverture.

— Je suis vraiment content de vous voir.

— Élodie tenait à découvrir enfin le parc, et moi à bêtifier devant le girafon dont tu m'as parlé.

— Ne me dis pas que vous avez payé vos entrées ?

— Bien sûr que si. J'espérais te trouver en train de faire un truc héroïque.

— De quel genre ?

— Recoudre un fauve endormi, ausculter un éléphant, radiographier un loup… Mais tu portes seulement des valises !

— Pleines de fusils.

— Au moins un petit parfum d'aventure !

Julia et Élodie faisaient connaissance, et Valère en profita pour déclarer, un ton plus bas :

— J'ai été choqué par l'attitude de papa au cimetière. Je suis vraiment désolé, je tenais à ce que tu le saches.

— Tu me l'as déjà dit.

— Je ne te le dirai jamais assez.

— D'accord. Mais pour moi, le chapitre est clos.

Il était sincère, il ne voulait plus penser à ce moment si pénible, et il savait que Valère avait souffert de la situation. Julia vint les interrompre en suggérant de confier Élodie à Souad pour une visite très privée du parc.

— Le meilleur moyen de découvrir toutes nos merveilles est d'aller en coulisses pour suivre un soigneur, approuva Lorenzo. Souad sera un excellent guide. Tu veux les accompagner, Valère ?

— Non, je reste avec toi si je ne te dérange pas. On vous laisse, les filles, soyez sages !

Les deux frères se dirigèrent vers l'enclos des girafes, heureux d'être ensemble.

— J'ai regardé ton émission, tu t'en es sorti comme un chef. Bravo à Cécile de t'avoir trouvé cette opportunité, mais je ne voulais pas être en reste et je t'ai dégotté une interview dans un grand quotidien, un entretien à la radio, que tu pourras faire par téléphone, ainsi qu'une double page dans un hebdomadaire. Pour celui-là, le journaliste viendra ici avec son photographe.

— Quel bon attaché de presse tu fais !

— Tu mesureras l'impact de tes interventions dans les médias au cours de la saison, mais je suis sûr que ce sera positif, voire spectaculaire ! Bien entendu, si tu arrives à caser les noms de tes sponsors ici ou là, ils seront plus enclins à te renouveler leur soutien.

— Je vais avoir l'impression de me vendre…

— Au plus offrant, n'hésite pas ! Sans blague, Lorenzo, tu as besoin de te faire connaître.

— Pas moi, le parc.

— Ton parc, c'est toi. Personne ne peut mieux en parler et le promouvoir. Explique tes objectifs, dis pourquoi tu es différent des autres. Aujourd'hui, on aime les gens passionnés, ceux qui défendent une belle cause, et tu es pile dans le créneau. Voilà pourquoi je n'ai eu aucun mal à convaincre mes interlocuteurs.

Ils marchèrent un moment en silence, puis Valère reprit, plus doucement :

— Cette émission que tu as faite, maman aurait adoré la voir…

— Xavier se serait débrouillé pour mettre leur télé en panne, ironisa Lorenzo d'un ton amer. Mais je ne devrais pas parler de lui, désolé.

Devinant sans doute que le sujet était plus sensible pour Lorenzo qu'il ne voulait bien le dire, Valère s'empressa de changer de conversation.

— Je t'ai vu bien proche de Julia, tout à l'heure. Vous êtes… euh, réconciliés ?

— J'aimerais beaucoup, mais ce n'est pas gagné.

— Combien de temps allez-vous continuer à vous tourner autour ?

— Les choses sont devenues compliquées quand elle est tombée sur un message complètement délirant d'Amy. Tu te souviens d'elle ?

— Et comment ! J'ai tellement ri quand tu nous as raconté la folle nuit où…

— La manière dont était tourné son message ne précisait pas que j'avais résisté. Le plus ennuyeux était sa déclaration d'amour, qui donnait l'impression que nous avions vécu une belle histoire qu'elle entendait poursuivre.

— Mais tu t'es expliqué avec Julia ?

— J'ai l'impression qu'elle ne m'a pas cru.

— Par chance, Samburu est loin.

— Comme tu dis.

— D'ailleurs, je finis par penser que vous êtes faits l'un pour l'autre, Julia et toi, puisque tu n'arrives pas à la sortir de ta tête et que, de son côté, elle est toujours célibataire. En vous voyant de loin, tout à l'heure, je me suis dit que vous vous étiez enfin retrouvés.

— Je fais tout pour que ça arrive. Malheureusement, je suis assez maladroit avec elle. D'autant plus que nous avons de mauvais souvenirs d'un passé plutôt chaotique et qu'elle y revient sans cesse. Elle a du mal à me faire de nouveau confiance.

— Balayez tout ça et repartez du bon pied. Julia est une fille intelligente, ça se voit, sauf quand elle te regarde d'un air idiot.

— Idiot pourquoi ?

— Elle est toujours amoureuse de toi, Lorenzo. J'en mettrais ma main au feu !

Parvenu devant le territoire des girafes, Valère aperçut le girafon et poussa des exclamations de gamin enthousiaste, tandis que Lorenzo méditait les derniers mots de son frère. Réfléchissait-on quand on était amoureux ? Elle voulait prendre le temps d'y penser alors qu'il n'en avait aucun besoin. Il savait qu'il l'aimait depuis toujours, qu'il avait eu beau enfouir leurs souvenirs au fond de son cœur, ils étaient là, bien présents, tous les bons moments, et peu importaient les mauvais.

— Et tu l'as vu naître ? Quelle chance ! Préviens-moi au prochain bébé qui s'annonce, et je camperai chez toi.

— Je n'ai plus de chez-moi, j'ai résilié mon bail.

Valère se tourna vers lui pour le dévisager.

— Je comprends, dit-il doucement.

— Je ne supportais plus de voir cet endroit.

— Tu cherches autre chose ?

— Pas vraiment. Ma chambre me suffit.

— Lorenzo… Tu ne peux pas vivre comme un étudiant dans une simple chambre. Tu ne peux pas non plus rester ici vingt-quatre heures sur vingt-quatre, tu vas te scléroser. N'importe qui a besoin d'un autre horizon que le boulot.

— Ce n'est pas un travail, c'est ma passion. Loin du parc, je me sens inquiet, déraciné, inutile.

Valère éclata de rire et tapa sur l'épaule de son frère.

— Je crois que tu es cinglé… Ou malheureux. Si Julia te saute dans les bras, tu vas te mettre à chercher frénétiquement un nid douillet !

— J'ai l'impression que tu parles pour toi. Vous allez emménager ensemble, Élodie et toi ?

— Ne précipitons rien. Mais c'est une option à moyen terme. Nous avons évoqué le sujet une ou deux fois, en passant, et nous sommes tombés d'accord sur le fait que ça demande réflexion.

— Ah, réfléchir ! Vous aussi, alors ? Tout le monde veut « réfléchir ». Pourtant, quand on aime, on fonce. Tu crois que j'ai médité pendant des mois avant de me lancer dans l'aventure de ce parc ?

— Toi, tu es tellement entier, tellement volontaire, décider te paraît simple.

Il observa encore quelques instants le girafon en souriant, puis il fit face à son frère et devint grave.

— J'ai quelque chose pour toi.

Prenant une enveloppe dans la poche de son blouson, il la tendit à Lorenzo.

— En triant les affaires de maman, j'ai trouvé ça.

Lorenzo sortit les trois photos, et dès que son regard se posa sur la première il pâlit.

— Mon Dieu…

Il les étudia l'une après l'autre pendant un moment, la tête baissée.

— Elles étaient bien cachées, expliqua Valère.

Après un long silence, Lorenzo murmura :

— Si maman les a conservées pendant trente ans, elle devait beaucoup y tenir.

— Évidemment.

— Elle aurait pu me les donner.

— Peut-être voulait-elle continuer à les regarder de temps en temps.

Relevant les yeux vers son frère, Lorenzo ne chercha pas à cacher son émotion.

— Merci de me les avoir apportées.

Se voir nouveau-né puis petit garçon le touchait, mais découvrir son père affichant un sourire radieux près de sa mère si jeune et rayonnante le bouleversait.

Son talkie-walkie se mit à biper, le ramenant à la réalité. L'un des soigneurs le réclamait près de l'enclos des gorilles.

— Tu rejoins Souad et Élodie ou tu viens avec moi ?

— Je te suis comme ton ombre, je ne veux rien rater !

Ils s'éloignèrent en hâte, marchant du même pas résolu.

*

Après avoir dîné seul à une table, Xavier avait attendu la fin du service pour rejoindre Anouk dans les cuisines du Colvert. Les derniers employés partaient, tout était rangé, et il était plus de minuit.

— Tu aurais dû monter te coucher, papa. On finit toujours assez tard.

— Je n'avais pas envie d'être seul. Je le suis bien assez comme ça ! Et puis, c'était intéressant de découvrir le fonctionnement de ton restaurant. Un parfait ballet de serveurs… Au fait, j'ai divinement bien mangé.

— Merci.

— Je ne le dis pas pour te flatter, c'est une réalité. Maude cuisinait bien, mais c'est sans comparaison.

Il prononçait le prénom de sa femme vingt fois par jour, comme pour la faire revivre un peu, mais Anouk préféra éviter le terrain de la nostalgie.

— Valère affirme que tu te nourris n'importe comment. C'est vrai ?

— Peut-être. Je me moque pas mal de ce que je mange, je n'ai plus goût à rien.

— Tu as pourtant fini tes assiettes ce soir.

— Sachant que tu tenais les fourneaux, je voulais te faire honneur, et j'avoue y avoir pris du plaisir. Et puis je n'étais pas chez moi. Je ne supporte plus cet appartement vide où tout me parle d'elle.

— Papa, il va bien falloir te reprendre.

— Pourquoi ? Pour qui ?

— Pour nous, tes enfants.

— Oui, vous êtes tout ce qui me reste de Maude. Ah, tu n'imagines pas à quel point j'ai aimé ta mère ! Mais on ne se le disait plus… Comme tous les vieux couples qui oublient l'essentiel. Depuis son décès, j'avais envisagé de partager mes week-ends entre Laetitia et toi.

Sauf que je ne veux pas vous encombrer, vous avez vos vies. Valère aussi, puisqu'il passe désormais tout son temps avec Élodie. Alors, qu'est-ce que je vais faire, hein ? Oh, bien sûr, on n'a pas des enfants pour qu'ils vous servent de bâton de vieillesse !

Il semblait si triste et si désabusé qu'Anouk eut peur de ce qu'il allait devenir.

— Tu as la pharmacie. Ton affaire marche bien. Tes employés et tes clients comptent sur toi.

— Et tu crois que ça a de l'importance ? La pharmacie est lucrative, d'accord, mais l'argent que j'en tire était destiné à nous offrir une retraite sereine. Peut-être une petite maison au bord de la mer ou à la campagne, pour recevoir nos petits-enfants. Aujourd'hui, sans ta mère, cette idée me fait horreur.

— Tu n'es pas vieux. Dans quelque temps, tu rencontreras peut-être quelqu'un.

— Ne dis pas de bêtises ! s'emporta-t-il. J'ai pris du bide, je perds mes cheveux, et je suis triste à mourir. Personne ne voudrait de moi, et je ne supporterais pas de remplacer Maude. Jamais !

— Bon, arrête, c'est moi que tu rends triste. Tout ça est trop frais, on ne devrait même pas en parler.

Un silence tomba entre eux, qu'ils ne surent pas comment rompre. Dans la pénombre, les longs plans de travail en inox brillaient faiblement. Quelques effluves de cuisson flottaient encore, ainsi que la vague odeur de lavande du détergent. Anouk exigeait toujours que les cuisines soient nettoyées à fond en fin de service : retrouver les lieux étincelants le matin favorisait son inspiration.

— Ta mère a apprécié son dernier séjour chez toi. Elle m'avait appelé avant que Valère ne l'emmène chez Laurent. Ensuite… Mais bon sang, qu'est-elle allée faire là-bas ?

Il ponctua sa question d'un coup de poing sur une desserte. Son geste de rage contraria Anouk, qui sortit de la réserve bienveillante qu'elle avait affectée jusque-là.

— Puisque tu ne veux plus le voir, pourquoi continuer à l'appeler Laurent ? Tu ne le blesseras plus, et ça ne fait que nous agacer.

— Si tu préfères, non seulement je ne le verrai plus, comme je me le suis juré, mais je n'en parlerai plus !

— Ce sera mieux pour tout le monde. Apaisant. Je ne veux pas choisir entre Lorenzo et toi, entre mon père et mon frère.

— Demi-frère.

— Oh, assez ! s'écria-t-elle en frappant à son tour la desserte. Qu'est-ce qu'il devrait se faire pardonner ? Rien ! Il n'a pas été un mauvais *beau-fils* pour toi. Tu n'as pas su l'aimer et maman en a souffert. C'est ce que tu voulais ? La rendre malheureuse ?

— Je ne te permets pas…

Sans pouvoir achever sa phrase, il ravala un sanglot. S'ensuivit un second silence qu'Anouk n'osa pas rompre. Finalement, il se racla la gorge et planta son regard dans celui de sa fille.

— J'y ai beaucoup pensé ces dernières nuits. Je n'arrive pas à dormir, alors je pense à Maude. Et je regrette, oui, je regrette de l'avoir embêtée avec ça. Mais durant des années, chaque fois que je posais les yeux sur ce petit garçon, je me sentais jaloux de son père. Ce premier amour de Maude qui me hantait. Un amour de jeunesse, ou peut-être un grand amour, je l'admets. Ils avaient eu ce fils ensemble, et elle le choyait tellement qu'à travers lui je me disais qu'elle continuait à chérir le souvenir de son mari et que ça n'aurait jamais de fin. Elle m'a avoué un jour, d'un air trop attendri, que le petit lui ressemblait. J'ai carrément pris ce gamin en horreur, je peux bien l'admettre aujourd'hui. Il l'a sans doute senti, j'avais l'impression qu'il me défiait, me provoquait, alors que ce n'était qu'un gosse. Mais j'étais l'adulte, j'aurais dû faire un effort, surmonter ma jalousie. Je n'y suis pas parvenu. D'ailleurs, il ne me demandait rien, il ne s'adressait qu'à sa mère, je n'existais pas à ses yeux. L'antipathie est vite devenue réciproque. Peut-être se serait-elle atténuée avec le temps s'il n'y avait pas eu les voyages à Balme. Il en revenait séduit par son grand-père, fier comme un paon, l'Italie plein la bouche…

Voyant qu'il hésitait à poursuivre, Anouk murmura :

— C'était son seul lien avec ses origines, papa.

— Mais ce lien l'isolait, le rendait particulier, en faisait pour moi un étranger hostile. Quand vous êtes nées, Laetitia et toi, j'ai été vraiment heureux, crois-moi, pourtant il me manquait quelque chose. Maude se serait bien arrêtée là, tandis que moi, je désirais un garçon. Elle a accepté d'avoir un autre enfant, et l'arrivée de Valère m'a comblé au-delà de toute espérance. Enfin, Laurent ne serait plus son seul fils ! Évidemment, elle ne s'en est pas désintéressée pour autant. Elle avait le cœur assez grand pour vous tous. Moi, je regardais ton petit frère grandir en souhaitant qu'il finisse par éclipser Laurent. J'en ai fait mon chouchou, je voulais tellement qu'il brille ! Mais il n'y a eu aucune rivalité, même pas de concurrence, Valère a tout de suite adoré Laurent, il le suivait comme un chien fou et n'a jamais cherché à le surpasser. Je suis resté avec ma rancœur, persuadé que Laurent me spoliait de l'amour de mon fils après m'avoir spolié de celui de ma femme. Oui, je me suis aigri, je peux bien le reconnaître maintenant. J'avais beau me raisonner, tout ce que disait Laurent et tout ce qu'il faisait m'exaspérait. J'aurais voulu l'extraire de ma famille, l'envoyer au diable ; or, c'était impossible. Parfois, je parvenais à faire un effort, pour Maude. Je m'obligeais à me taire, à ne pas jeter d'huile sur ce feu qui couvait toujours.

Xavier avait les yeux embués, et son menton s'était mis à trembler. Sa confession semblait lui coûter, mais il devait avoir besoin de s'épancher.

— Je ne suis pas quelqu'un de méchant, Anouk. J'ai beaucoup travaillé pour les miens, j'ai été un bon mari, un bon père de famille, sauf pour Laurent.

Après une légère hésitation, elle osa dire, pensant que le moment était enfin venu :

— Allez, papa, fais-moi plaisir, appelle-le « Lorenzo ». C'est son état civil. Tu ne l'as pas adopté et il est né italien. Grâce à maman, il a une double nationalité. Puisque tu l'as exclu de ta vie, rends-lui donc son prénom.

Xavier émit un petit ricanement triste.

— Vous en faisiez tous une affaire personnelle. Alors moi aussi, bêtement ! Chacun ne veut voir que sa propre souffrance, jamais celle des autres. Je sais que j'ai raté quelque chose et je me le reproche. C'était plus fort que moi…

Consternée par ces aveux imprévus, Anouk voyait soudain son père sous un autre jour. Sa sincérité ne faisait aucun doute, sa peine non plus.

— Si tu attends de moi une réconciliation, elle n'aura pas lieu, poursuivit-il. Je ne la souhaite pas, Laurent non plus. J'ai vu son regard, au cimetière, et pour une fois nous sommes d'accord. Toute tentative se solderait par un échec et ne ferait que raviver nos colères réciproques.

Ses yeux se perdirent dans le vague, puis il se reprit et posa ses mains sur celles d'Anouk.

— Je voulais te dire tout cela pour éviter que tu me juges mal ou que tu m'en veuilles. Vous êtes pris entre le marteau et l'enclume, n'est-ce pas ? Alors, tiens, je vais vous faire un petit cadeau à tous les trois... Je préfère qu'il ne soit plus question de lui, c'est définitif, mais si vous êtes amenés à en parler devant moi, puisqu'il est souvent au cœur de vos discussions, et que je doive absolument le citer, alors je dirai « Lorenzo ».

Qu'il prononce ce prénom pour la première fois depuis tant d'années parut extraordinaire à Anouk, qui se garda d'ajouter le moindre mot. Elle se dirigea vers l'un des grands réfrigérateurs, y choisit une demi-bouteille de champagne Ruinart, l'un de ses préférés. Elle l'ouvrit avec des gestes sûrs, prit deux flûtes de cristal sur une étagère et les emplit délicatement. C'était un événement, il fallait le fêter.

*

À défaut de pouvoir occuper l'une des petites maisons de bois, puisqu'elles étaient toutes réservées longtemps à l'avance pour les week-ends, Valère avait insisté pour que son frère et Julia viennent dîner le soir à leur hôtel. Le Pré Fillet, une ancienne ferme rénovée, disposait d'une vue sublime sur la vallée, et ses chambres étaient décorées à la façon d'un chalet. Dans la salle de restaurant panoramique, Valère avait donc réservé quatre couverts et suggéré à ses invités de s'y rendre dès la fermeture du parc.

— Comme ça, on pourra prendre l'apéritif face au paysage avant le coucher du soleil !

— J'ai encore des choses à faire, protesta Lorenzo.

— Je m'en occupe, proposa aussitôt Souad. Pour une fois, sors et passe une bonne soirée, tu en as besoin.

— Mais ton mari va t'attendre, rentre donc chez toi.

— Il regarde un match avec des copains, il ne s'apercevra même pas que je ne suis pas rentrée, affirma-t-elle en riant.

Lorenzo se laissa tenter, heureux de partager un bon dîner avec son frère, Élodie, et surtout Julia. Elle semblait plus détendue avec lui, ce qui était de bon augure.

— Tu es mon ange gardien ou un simple entremetteur ? glissa-t-il à l'oreille de Valère, qui éclata de rire.

Ils décidèrent de prendre deux voitures ; ainsi, Lorenzo et Julia pourraient rentrer ensemble, tandis que Valère et Élodie resteraient à leur hôtel. Cette dernière avait passé une journée mémorable qu'elle comptait raconter à table.

Alors qu'ils allaient quitter le parc, qui venait de fermer ses portes, ils aperçurent une femme qui tentait de forcer l'entrée et lançait des appels pour qu'on lui ouvre.

— S'il vous plaît ! S'il vous plaît, laissez-moi passer ! Je dois entrer ! criait-elle en anglais.

Tétanisé, Lorenzo reconnut la voix et l'accent d'Amy. En quelques enjambées, il rejoignit les grilles et découvrit la jeune femme, flanquée de Nelson, un gros sac de voyage à ses pieds. Dès qu'elle le vit, elle se mit à trépigner, lui adressant de grands signes. Tandis qu'il cherchait machinalement les clés dans sa poche, elle continuait à sauter sur place, folle de joie.

— Te voilà ! J'avais tellement peur de ne plus trouver personne ici pour m'ouvrir ! Nous sommes épuisés par le voyage, le petit et moi, mais nous sommes enfin arrivés, c'est fantastique !

Il entrouvrit l'une des grilles, ne sachant absolument pas ce qu'il allait faire. Avant qu'il ait pu décider quelle attitude adopter, elle lui sauta au cou.

— Lorenzo ! Ah, Lorenzo, c'est si bon de te revoir…

Derrière lui, Julia lança à la cantonade :

— C'est qui, cette femme ?

À sa voix glaciale, Lorenzo comprit que de gros ennuis l'attendaient.

9

Valère avait saisi le problème en un clin d'œil. Voyant à quel point son frère était désemparé, il le rejoignit aussitôt.

— Hello, Amy ! Tu es de passage en France ? Salut, petit Nelson, tu as l'air crevé, mon pauvre…

Amy lui sourit, puis elle jeta un regard aux deux femmes qui se tenaient en retrait. Elle adressa un signe de tête à Élodie, qu'elle connaissait, et toisa Julia comme si elle devinait en elle une possible rivale. De nouveau, elle noua ses bras autour du cou de Lorenzo, qui se dégagea.

— D'où viens-tu donc ? réussit-il à demander d'une voix à peu près calme.

— De la réserve ! Avec deux avions, des navettes, des trains, quel voyage incroyable ! Et depuis la dernière petite gare, j'ai pris un taxi. Je n'ai plus un sou, tout est très cher ici, même un mauvais sandwich. Heureusement, ça y est, nous sommes arrivés à bon port, on va pouvoir se reposer. Valère a raison, le petit est épuisé, hein, mon Nelson ?

— Amy, débarquer sans prévenir est une très mauvaise idée. Pourquoi n'as-tu pas écrit ou téléphoné ? Je t'aurais dit que…

— Je voulais te faire une surprise ! Tu n'es pas content ?

Elle le regardait d'un air suppliant, sa gaieté soudain envolée.

— Sincèrement, non, répondit-il sans hésiter.

Des larmes lui montèrent aux yeux, et, accusant le coup, elle se cramponna à la main de son fils. Celui-ci semblait tituber sur place, assommé de fatigue.

— Il faut qu'il dorme, quémanda-t-elle. Tu peux nous loger dans ta maison ?

— Je n'ai pas de maison.

Elle le dévisagea, les yeux agrandis de stupeur. Il était à la fois très contrarié par l'irruption insensée d'Amy et ému par le petit garçon, qui s'était redressé, percevant la détresse de sa mère.

— Je vais vous trouver une chambre d'hôtel, décida Lorenzo.

— Un hôtel ? Je n'ai pas de quoi le payer !

— On s'arrangera.

— On doit pouvoir régler ça dans le nôtre, au Pré Fillet, intervint Valère.

— Mais je voulais rester avec toi… murmura Amy d'une voix désespérée.

— Impossible, trancha-t-il. Ici, je n'ai pas de place. Ma mère est décédée, j'ai rendu ma maison.

Il ajoutait cette explication afin d'adoucir le choc qu'il infligeait à Amy. Cependant, il éprouvait de la rancune à son égard. Il se tourna enfin vers Julia et Élodie, toujours côte à côte.

— Eh bien, je vous laisse ! lui lança Julia.

Elle se tenait toute raide devant lui ; son regard était dur. Elle fit demi-tour, sans doute pour regagner la maison des stagiaires, et il dut la rattraper.

— Attends ! On dîne ensemble, non ?

— Avec cette femme et son fils ?

— Pas du tout, je…

— Ils doivent avoir faim. Tu ne peux pas les laisser tomber, ils sont là pour toi.

— Julia, je t'en prie, tu vois bien que je n'y suis pour rien. On va les installer à l'hôtel, et puis j'appellerai Benoît pour avoir le fin mot de l'histoire. Il aurait dû m'avertir, l'empêcher de partir, il savait qu'elle ne compte pas pour moi.

— Elle a l'air de croire le contraire ! Écoute, Lorenzo, je suis désolée, mais ta vie est trop compliquée pour moi.

— Tu restes là ! décréta-t-il en la saisissant par le bras.

— Tu ne me donnes pas d'ordre !

— Alors laisse-moi m'expliquer !

— Arrêtez de vous disputer, intervint très posément Élodie.

Valère avait ramassé le sac de voyage d'Amy, pris Nelson par la main, et il se dirigeait vers le parking.

— Il va les emmener là-bas. Moi, je viens avec vous.

— Pas moi, répéta Julia, butée.

Lorenzo n'avait pas lâché son bras. Il resserra encore son étreinte, bien décidé à ne pas la laisser s'éloigner.

— On peut parler de tout ça devant un bon verre, suggéra Élodie.

— S'il te plaît… ajouta doucement Lorenzo.

C'était lui qui suppliait à présent, comme Amy quelques instants plus tôt. Julia céda, de mauvaise grâce, et les suivit jusqu'à la voiture de Lorenzo, dans laquelle ils s'installèrent en silence. Ils n'échangèrent pas trois mots jusqu'au Pré Fillet, où ils trouvèrent Valère en pleine discussion avec la réception.

— Ils viennent de monter dans une chambre, annonça-t-il à son frère. Je me débrouille pour qu'on leur apporte de quoi dîner. Mais tu ne vas pas échapper à une explication avec Amy. Elle est persuadée d'avoir eu raison de venir.

— J'aurais dû répondre à son message, une déclaration ridicule qui m'attendait à mon retour de Samburu. J'ai préféré l'ignorer, mal m'en a pris !

Élodie et Julia se dirigèrent vers la salle du restaurant, où leur table était réservée.

— Cette femme est cinglée, marmonna Lorenzo. Qu'est-ce que je vais faire d'elle et du gamin ?

— Les remettre dans un avion à destination de Nairobi. Mais prends garde, sois diplomate : elle semble à la fois fragile et très déterminée ! Tu déclenches des tempêtes, mon vieux…

— Et Julia n'apprécie pas. Je la comprends, et je suis catastrophé. Si Amy était seule, j'irais l'engeuler un bon coup. Malheureusement, il y a Nelson, que je ne veux pas traumatiser. Comment sa mère a-t-elle pu l'entraîner dans une aventure aussi incertaine ? Je suis furieux contre Benoît, car je suppose qu'elle n'est pas partie en cachette.

— Sans doute pas.

— En tout cas, merci de ton aide. Élodie a été formidable aussi : sans elle, Julia s'en allait sur un malentendu. Elle est restée, mais comment la convaincre qu'Amy n'est rien pour moi ?

— Remarque, si elle est aussi contrariée, ça signifie qu'elle est jalouse. Donc… réjouis-toi !

— Julia contrariée peut très bien tout envoyer balader. Or, j'ai déjà eu beaucoup de mal à apaiser nos rapports depuis mon retour de Samburu. Maudit voyage !

— Ne dis pas ça, tu as été heureux là-bas.

Ils gagnèrent à leur tour la salle du restaurant, après avoir obtenu l'assurance qu'un plateau serait bien monté à Amy et à Nelson. Lorenzo repoussait à plus tard son explication avec la jeune femme et son coup de fil à Benoît, l'urgence pour lui étant d'apaiser Julia.

Une fois qu'ils furent installés, ils se plongèrent tous quatre dans la lecture des menus. Le choix se porta rapidement sur des papillotes de truite au bleu, suivies de poulet aux morilles et vin jaune. Quand le maître d'hôtel les eut laissés, Lorenzo jugea plus sage de prendre la parole plutôt que de faire l'impasse sur ce qui s'était produit.

— Comme vous l'imaginez, je suis très surpris et très ennuyé de vous infliger tout ça, et de le subir moi-même, commença-t-il.

— Personne ne te met en accusation, l'interrompit Julia. On ne te demande pas de te justifier, tu fais ce que tu veux avec qui tu veux.

Elle le toisait, ironique, et enchaîna :

— Cette jolie femme et son fils semblaient persuadés que tu leur réserverais un bon accueil. Si tu ne le fais pas à cause de nous, c'est ridicule.

— Je n'ai jamais dit que je les accueillerais, protesta-t-il. Amy a débarqué de son propre chef, et j'en tombe des nues.

— Vraiment ? Tu as pourtant eu une aventure avec elle, non ? Mais je te le répète, tu ne dois aucune explication à personne. Sinon à elle, qui se demande sûrement pourquoi tu la laisses seule dans une chambre, comme si tu voulais la cacher.

— J'aurais du mal à la cacher après son esclandre ! La vérité est que je ne veux pas être avec elle, c'est aussi simple que ça.

— Sauf qu'elle est venue en France pour toi, avec son enfant, et que d'après ce qu'elle prétend, maintenant elle n'a plus d'argent. Demain matin, en se réveillant, le petit garçon n'aura sûrement qu'une idée en tête : venir découvrir le parc. Tu comptes l'en priver ?

Ils furent interrompus par l'arrivée de leurs plats. Lorenzo cherchait vainement comment sortir de cette situation inextricable. Que Julia soit furieuse n'était pas une si mauvaise nouvelle, ainsi que l'avait souligné Valère. Néanmoins, elle allait avoir besoin de temps pour se calmer. Quant à Amy et à Nelson, qu'allaient-ils devenir ? Les remettre dans un avion supposait de prendre leurs billets, et avant tout de les convaincre de rentrer au Kenya. Rien ne permettait de croire qu'ils accepteraient de partir. Les laisser tomber et s'en désintéresser n'était pas envisageable, Lorenzo ayant une part de responsabilité qu'il ne niait pas. Là-bas, à Samburu, il aurait dû se montrer plus explicite, plus catégorique. Et au moins répondre clairement au message d'Amy pour la dissuader de toute récidive. Cependant, il ne pouvait plus changer le cours des choses, et Julia venait de soulever une complication immédiate en évoquant Nelson. La déception d'Amy n'était que la conséquence de ses actes inconsidérés, mais celle du petit garçon lui brisait le cœur.

— Nelson, finit-il par dire. Il s'appelle Nelson, et il est dévoré par la passion des animaux.

Un silence embarrassé suivit sa déclaration. Ne pas offrir à cet enfant la possibilité de visiter le parc était cruel, ils en avaient tous conscience.

— Confie-le à un soigneur, articula Julia à contre-cœur.

Lorenzo lui lança un regard reconnaissant, car c'était exactement ce qu'il prévoyait de faire ; mais l'initiative revenait à Julia, ce qui le disculpait.

— Très bien, s'empressa-t-il d'approuver. Pendant ce temps, je m'expliquerai avec sa mère pour mettre au point leur retour au Kenya.

— Eh bien voilà ! s'exclama Valère. Alors maintenant, profitons du dîner.

Les papillotes n'avaient pas eu le temps de refroidir, et ils se mirent à manger en silence, chacun méditant sur les événements de la soirée. Puis Valère détendit une fois de plus l'atmosphère en annonçant qu'il avait peut-être trouvé un nouveau sponsor pour le parc.

— Côté médias, le programme est dense, je suis satisfait. En revanche, concernant les apports d'argent, je connais tes besoins, qui sont énormes.

— Oui, mais je te préviens, je ne mettrai pas de banderoles partout ! « Ce grillage nous a été offert par le chocolat Truc et ces arbres par les sous-vêtements Machin », tu imagines ?

Élodie pouffa, tandis que Valère levait les yeux au ciel.

— Si tu n'étais pas mon frère, je lâcherais l'affaire devant tant de mauvaise foi. Il ne s'agit pas de banderoles. Tu as appelé certains bâtiments du nom de tes sponsors, n'est-ce pas ? C'est discret, élégant, et ça ne te coûte rien. Une jolie plaque en cuivre sur une de tes maisons de bois, ce serait trop te demander ?

— Je m'en remettrai.

Ce fut au tour de Julia de rire.

— Le comptable va s'évanouir de bonheur ! prédit-elle gaiement.

Qu'elle puisse s'amuser, même à ses dépens, soulagea Lorenzo d'un grand poids, et il se prit à espérer que la soirée finisse mieux qu'elle n'avait commencé.

*

Lorsqu'ils rentrèrent au parc, il était plus de minuit. Malgré sa fatigue, Lorenzo rechignait à laisser Julia devant la maison des stagiaires.

— Viens prendre un café avec moi, demanda-t-il.

— À cette heure-ci ? Merci, non, je tiens à dormir.

— Alors, viens me regarder boire un café.

— La journée a été longue, Lorenzo.

— Longue et compliquée, pour moi aussi. Allez, viens…

Elle esquissa un sourire incertain.

— J'emménage à la fin de la semaine dans mon appartement, annonça-t-elle. J'organiserai une pendaison de crémaillère avec tout le monde. Mais d'ici là, je vais avoir plein de choses à faire et j'aurai besoin d'être d'attaque.

Tacitement, ils évitaient d'évoquer Amy. Lorenzo avait prévu de retourner au Pré Fillet tôt le lendemain pour discuter avec elle de son retour et pour proposer à Nelson une visite du parc.

— Cinq minutes, plaida-t-il.

— Non. Une autre fois.

— D'accord. Repose-toi.

Il l'attira à lui, bien décidé à l'embrasser, mais elle détourna la tête.

— Julia, il faut que je te dise…

— Pas ce soir, murmura-t-elle.

Son front appuyé contre l'épaule de Lorenzo, elle soupira.

— Rien n'est simple avec toi, mais je ne veux pas en discuter maintenant.

La serrant dans ses bras, il ne répondit pas, et ils restèrent enlacés quelques instants.

— À demain, dit-elle enfin en se libérant.

Sans se retourner, elle gagna la maison et monta dans sa chambre, dont elle tira les rideaux. Les péripéties de la soirée la laissaient perplexe. Lorenzo paraissait sincère : il n'avait sûrement pas invité Amy à le rejoindre en France. Cependant, Julia n'avait pas pu s'empêcher d'éprouver de la jalousie devant cette trop jolie métisse à la silhouette parfaite. Même épuisée par son voyage, elle était d'une étonnante beauté dans sa robe aux couleurs vives. Si cette femme s'était retrouvée nue dans les bras de Lorenzo, ainsi qu'elle l'avait dit elle-même, difficile de croire qu'il ne s'était rien passé entre eux.

Mais après tout, au moment de son séjour à Samburu, Lorenzo était libre.

Elle se déshabilla, alla prendre une douche et revint se planter devant le miroir de sa chambre. À côté d'Amy, elle se jugea insignifiante. Mignonne et bien faite, sans plus. La trentaine dépassée, déjà de fines rides au coin des yeux, et presque jamais de vêtements élégants puisqu'elle ne quittait pas son jean et son blouson pour les besoins de son travail au parc. Pourtant... Pourtant, elle avait remarqué l'attitude de Lorenzo, et les regards qu'il lui jetait étaient ceux d'un homme amoureux. Pouvait-elle encore croire en lui ? N'allait-elle pas s'infliger une déception supplémentaire ?

Bien au chaud sous sa couette, elle éteignit mais garda les yeux ouverts. Elle n'avait plus la naïveté de ses vingt ans, elle savait qu'il ne suffisait pas de vouloir quelque chose pour l'obtenir. Encore moins quelqu'un.

*

En attendant Lorenzo, Nelson était descendu jouer devant l'hôtel après avoir promis à sa mère de ne pas s'éloigner. Amy pouvait le surveiller par la fenêtre de sa chambre, mais elle était accaparée par son âpre discussion avec Lorenzo.

— Je ne veux pas partir, répéta-t-elle.

— Il va bien falloir t'y résoudre. Benoît aurait dû te retenir, je le lui ai dit au téléphone tout à l'heure.

— Il n'a pas d'ordre à me donner !

— Non seulement c'est ton employeur, mais c'est aussi ton ami. Ta vie est là-bas, Amy. Celle de Nelson aussi.

— Si tu m'avais accueillie dans la tienne...

— Jamais il n'en a été question. Je ne t'ai fait aucune promesse, nous ne sommes même pas amants. Tu t'es monté la tête toute seule, et tu as commis une lourde erreur.

Elle jeta un coup d'œil dehors puis se tourna de nouveau vers lui, le considérant tristement.

— Tu détruis tous mes rêves, dit-elle tout bas.

Le plateau du petit déjeuner, dévasté, était posé sur une table. Nelson avait dû dévorer, comme tous les enfants de son âge.

— Si tu es d'accord, je vais emmener ton fils au parc pour qu'il puisse voir les animaux.

— Et moi ?

Lorenzo se sentait mal à l'aise, il ne voulait pas être méchant avec elle, mais il ne devait pas lui laisser d'espoir. S'il lui permettait de venir, elle tenterait encore une fois, et par tous les moyens, de le faire fléchir.

— Reste ici. Je vais confier Nelson à un soigneur qui l'emmènera faire une belle visite et le ramènera dans l'après-midi. Il vous conduira à la gare, où vous prendrez le train de dix-sept heures vingt-cinq pour Paris. Il y a un changement, ce n'est pas un direct, mais tu t'en es sortie à l'aller, ça ira très bien.

— Et ensuite ?

— Une nuit d'hôtel près de la gare de Lyon. Ne t'inquiète pas, c'est réservé et payé. Demain, vous prendrez une navette pour Roissy, et un vol vers Nairobi.

— Tout ça coûtera une fortune et je n'ai plus d'argent, je te l'ai dit ! Même ici, je ne peux pas payer.

— Je sais. Benoît et moi prenons ton voyage en charge.

— C'est une très grosse dépense !

— Il n'y a pas d'alternative.

— Trouve-moi un travail ici, en France.

— Non, Amy. Je ne prends pas cette responsabilité. Tu ne parles pas français, en plus tu n'es pas seule, il y a Nelson, que tu ne peux pas trimballer comme…

— Que fais-tu d'autre ? s'emporta-t-elle. Tu nous expédies comme deux paquets, port payé !

Lorenzo était fatigué de discuter avec elle, et fatigué tout court d'avoir passé la moitié de la nuit sur Internet à réserver des billets de train et d'avion, à tout organiser pour planifier au mieux son retour.

— Benoît doit m'en vouloir, argumenta-t-elle encore. Peut-être qu'il ne me reprendra même pas à la clinique.

— Il est furieux, c'est vrai, mais au moins tu seras chez toi, dans ton pays.

— Et tu seras débarrassé de moi. C'est cette femme, hier, pas Élodie mais l'autre, c'est elle qui habite ton cœur ? C'est à cause d'elle que tu me chasses ? Elle n'est pas pour toi, elle ne te vaut pas. Je sens ces choses-là, crois-moi !

Exaspéré, Lorenzo s'approcha de la fenêtre pour vérifier lui-même que Nelson jouait toujours sur la pelouse, devant l'hôtel. Il était à bout de patience et la colère le gagnait.

— Amy, j'ai fait ce que j'ai pu pour réparer ta bêtise. Tu es jeune, tu es jolie, l'avenir t'appartient, mais en ce qui me concerne, je ne veux plus te voir.

Elle ouvrit la bouche, chercha son souffle.

— Je pourrais te faire jeter un sort pour te punir d'être aussi cruel avec moi, gronda-t-elle.

Dans sa rage, elle était encore plus belle, le regard étincelant, le corps tendu comme un arc. Indifférent, Lorenzo traversa la chambre, ouvrit la porte et s'arrêta sur le seuil.

— Nous sommes d'accord, pour Nelson ?

Elle hésita puis se détendit d'un coup, parut se tasser.

— Emmène-le, oui…

— Au revoir, Amy.

Il espérait en avoir fini avec elle, même si solder cette histoire lui coûtait cher. Au moins, il avait sauvé une belle journée pour le petit garçon.

*

Très concentrée devant l'oreille de l'éléphant, Julia piqua l'aiguille dans une veine. Son soigneur habituel monopolisait l'attention du pachyderme en utilisant les mots précis de l'entraînement médical qui permettait de faire tenir tranquille un animal de cette taille. Des gestes répétés chaque jour, accompagnés de récompenses telles des bananes ou des pommes. Sans cet apprentissage, pratiqué uniquement avec les éléphants, impossible de les approcher sans risque. S'ils prenaient peur, ils pouvaient blesser ou même tuer un homme rien qu'avec leur trompe.

Elle préleva la dose de sang nécessaire aux analyses que souhaitait pratiquer Lorenzo et se recula aussitôt. Le soigneur donna un dernier fruit et regagna la ligne jaune qui définissait la limite de sécurité. L'éléphant fit alors demi-tour et sortit posément par la grille ouverte vers l'enclos.

— Il est vraiment facile à soigner, constata Julia.

Néanmoins, elle avait éprouvé une petite montée d'adrénaline, comme toujours lors d'une intervention sur un éléphant de quatre tonnes. Elle quitta le bâtiment avec le soigneur, qu'elle félicita :

— Tu fais de l'excellent travail avec lui, merci. J'espère que les résultats seront bons. Mais si c'est le cas, il faudra que nous cherchions ailleurs la raison de son apathie.

Depuis quelques jours, le soigneur s'inquiétait du changement d'attitude de ce vieux mâle, qui se déplaçait lentement et semblait s'isoler du groupe.

— Je te préviens dès que j'ai du nouveau, ajouta-t-elle avant de remonter dans sa petite voiture de service.

Un peu plus tôt, elle avait aperçu le fils d'Amy, qui se dirigeait vers le bassin des otaries en compagnie de Francis. Elle ne voulait pas croiser son chemin, préférant le laisser profiter de la visite et ne souhaitant pas avoir affaire à lui, pas plus qu'à sa mère. Lorenzo avait raison de lui offrir ce plaisir, mais le petit garçon risquait de regretter de ne pas pouvoir rester. À moins qu'il ne préfère finalement la réserve de Samburu et les animaux sauvages en liberté : Amy n'avait pas dû le consulter avant d'entreprendre le voyage vers la France. De toute façon, leur histoire ne concernait pas Julia. Aujourd'hui, elle avait décidé de se concentrer exclusivement sur son travail et d'oublier le reste, Lorenzo compris.

Elle porta l'échantillon de sang à la clinique, où elle trouva plusieurs soigneurs qui l'attendaient pour la réunion quotidienne durant laquelle on décidait de maintenir, de modifier ou d'interrompre les traitements.

Souad l'informa que Lorenzo, occupé ailleurs, ne pouvait pas les rejoindre et qu'elle devait assurer seule les diverses prescriptions.

Alors qu'elle commençait à distribuer les médicaments, elle fut bipée par le responsable du secteur des grizzlys, qui annonça, surexcité, que Gaby venait enfin de rentrer dans les loges et qu'il avait réussi à isoler l'ourson.

— On va pouvoir définir son sexe, lui mettre une puce et lui trouver un nom ! s'exclama-t-elle joyeusement.

Elle ignorait de quelle manière ils allaient procéder. L'ourson, devant déjà peser sept ou huit kilos, ne se laisserait pas faire.

— Lorenzo en a pour longtemps ? demanda-t-elle à Souad. Gaby doit s'inquiéter d'être séparée de son petit.

— Notre véto vedette discute avec un journaliste et pose pour un photographe. C'est la gloire !

Les soigneurs se mirent à rire, mais Julia se contenta d'un demi-sourire contraint. La vie de Lorenzo était si pleine, si complexe qu'elle doutait toujours de pouvoir y occuper une place. Et elle ne se satisferait pas d'une petite part. Plus question d'accepter les excès de Lorenzo, ses impératifs, ses absences, plus question de l'absoudre de tout. S'il l'aimait pour de bon, il faudrait qu'il lui donne ce qu'elle-même était prête à offrir.

*

— La liste rouge des espèces menacées s'allonge chaque année. Or, les espèces dépendent les unes des autres. Un maillon saute et tout est bouleversé, avec des conséquences impossibles à gérer.

Le journaliste avait lancé l'enregistrement sur son téléphone, afin de pouvoir rédiger son article plus tard, et il écoutait Lorenzo, conquis.

— Vous avez un exemple ? demanda-t-il.

— Prenez la Tasmanie, un petit État insulaire, au large de l'Australie, abritant des réserves naturelles et des parcs nationaux, dont certains sites sont classés au Patrimoine mondial. C'est un pays modèle vivant beaucoup de la pêche. Or, dans ses eaux, comme partout, des milliers de requins sont tués chaque année. Leur raréfaction a entraîné la prolifération des poulpes, qui se sont attaqués aux langoustes… et la pêche s'est effondrée. Modifier l'écosystème débouche toujours sur une catastrophe. Heureusement, quelques bonnes initiatives sont prises.

— Lesquelles ?

— Au hasard et parmi d'autres, classer les chauves-souris en espèce protégée a pu paraître anecdotique, mais toutes les nuits chacune d'entre elles dévore son poids d'insectes, évitant ainsi des pesticides supplémentaires. Depuis trente ou quarante ans, nous avons pris conscience des dégâts que l'humain provoque. Hélas, les mentalités évoluent trop lentement.

— Revenons à votre vocation. Pensez-vous pouvoir réintégrer un jour dans la nature les animaux qui naissent chez vous ?

— C'est le but ultime, voilà pourquoi nous les préservons. Il existe quelques possibilités, dans des sanctuaires ou des réserves. Mais ne rêvons pas, leur habitat se restreint inexorablement.

Le journaliste arrêta son magnétophone pour faire une pause.

— Tout ce que vous dites est passionnant, s'enthousiasma-t-il. Je suis venu chez vous plutôt que dans un autre parc zoologique parce que le vôtre se singularise par une certaine… rigueur. Si on m'a bien renseigné, vous refusez toute concession commerciale.

— « Refuser » est un grand mot. J'évite de « faire de l'argent » avec tout et n'importe quoi. J'ai des convictions, une vocation, et je défends une certaine éthique. Je sais qu'on me reproche parfois de ne pas transformer ce merveilleux endroit en parc d'attractions, ce qui le rendrait plus rentable. Mais je n'imagine pas, ici ou là, un château gonflable aux couleurs criardes ou un dinosaure en carton-pâte. Notre paysagiste et nos jardiniers se donnent un mal fou pour que l'environnement soit authentique, harmonieux, et les quelques aires de détente sont faites de bois et de chanvre. Se promener ici, c'est être au contact de la nature et des animaux. En fin de journée, les enfants sont émerveillés, pas surexcités.

Discrètement, le journaliste avait remis en route l'enregistrement.

— Vous avez néanmoins une boutique qui vend un grand nombre de souvenirs.

— Fabriqués en France, et le plus souvent possible dans le Jura. Nous avons contacté de petites entreprises locales qui ont parfaitement compris notre démarche. Les cartes postales sont réalisées par un photographe et un imprimeur de Lons-le-Saunier, et ainsi de suite. Vous ne trouverez pas de peluches provenant d'un lointain pays où l'on exploite des enfants !

Lorenzo jeta un coup d'œil à sa montre et s'excusa :

— Je ne vais pas pouvoir vous consacrer davantage de temps… Mais si vous voulez vous entretenir avec mon chef animalier ou avec l'autre vétérinaire du parc, elles répondront à vos questions.

— Elles ?

— Oui, il s'agit de deux femmes, très compétentes dans leurs domaines respectifs. Et elles pourront conduire votre photographe où il le souhaite.

— Vous ne tenez pas à apparaître en personne ?

— Ici, ce sont les animaux qui sont le plus photogéniques, s'amusa Lorenzo.

Il escorta le journaliste hors du bâtiment de l'administration, devant lequel un soigneur l'attendait avec impatience.

— On n'a pas voulu te biper pour ne pas t'interrompre, mais ça y est, l'ourson est isolé dans une loge !

— Formidable ! s'exclama Lorenzo.

Se tournant vers le journaliste, il ajouta :

— Récupérez votre photographe et rejoignez-nous devant le bâtiment des grizzlys.

Sans l'attendre, il sauta dans la voiture de service où le soigneur venait de monter.

*

— Gaby menaçait de faire du grabuge, elle voulait voir son petit. Et comme Lorenzo était coincé avec ton journaliste, j'ai décidé que je pouvais intervenir moi-même.

Julia affichait un sourire épanoui, on la sentait fière d'avoir accompli l'identification et le puçage de l'ourson avec la seule aide de Souad et d'un soigneur. Attablée face à Valère et à Élodie, sur la vaste terrasse du restaurant d'Adrien, elle profitait du soleil et d'un double expresso.

— C'est un petit mâle, qu'il a fallu maintenir avec des gants de contention et envelopper dans une couverture parce qu'il faisait de la résistance !

— Comment va-t-il s'appeler ? demanda Élodie.

— Nous avions toute une liste de noms, mais les soigneurs pariaient tous sur un mâle et s'étaient mis d'accord sur « Olaf ».

— Et Lorenzo est arrivé après la bataille ?

— Un peu déçu, ça se voyait. Moi, j'étais contente de ne pas avoir eu besoin de lui, pour une fois ! Parce que ce n'est pas facile d'exister professionnellement à côté de Lorenzo. Le plus bluffé était le journaliste ; en ce moment, il bombarde Souad de questions. Le problème, avec les médias, est qu'on perd un temps fou, ils n'en ont jamais assez.

— Mais le parc y gagne, affirma Valère.

— Et tu y es pour beaucoup, je sais. Lorenzo t'est reconnaissant, même s'il ne te le dit pas.

— Je connais mon frère, je n'ai pas besoin de grandes démonstrations.

— Il prétend que sans toi nous aurions les huissiers à la porte.

— Vous lâcheriez les lions, non ? plaisanta Valère.

Il était heureux d'être là, heureux d'avoir Élodie à ses côtés. Elle semblait aimer le parc, et elle restait à l'aise en toutes circonstances. Mieux encore, elle avait bien géré la situation explosive de la veille, s'acharnant à détendre l'atmosphère lors du dîner avec Julia et Lorenzo. Quant à cette folle d'Amy, ils en étaient *a priori* débarrassés, Lorenzo s'étant débrouillé pour qu'elle puisse repartir au plus vite. Évidemment, ce psychodrame lui coûtait cher, alors qu'il disposait de peu d'argent. D'après les comptes auxquels Valère avait eu accès, le salaire de son frère n'était pas mirobolant, et il ne s'augmentait jamais, sous prétexte qu'il n'avait pas de gros besoins. D'autant qu'il allait désormais faire l'économie de son loyer – c'est-à-dire se passer de maison comme de tout le reste.

— Serez-vous encore là dimanche soir ? s'enquit Julia. J'organise un petit pot dans mon appartement de Saint-Claude. Pas vraiment une pendaison de crémaillère parce que je n'ai pas le temps de préparer un repas ; ce sera juste un verre, et vous êtes les bienvenus.

— Nous avions prévu de rentrer lundi pour éviter l'affluence des retours du dimanche, alors d'accord !

— Il y aura la plupart des soigneurs, Adrien, Lorenzo bien sûr…

Elle prononçait son prénom avec plaisir, et Valère se retint de sourire. Quand donc son frère et cette femme allaient-ils enfin se retrouver ?

— Bien, je file, je ne suis pas censée me prélasser au soleil. Merci pour le café !

Ils la regardèrent partir à grandes enjambées vers le travail qui l'attendait.

— Elle ne change pas, constata Valère. Elle était déjà comme ça à vingt ans. Charmante, gaie, responsable… et jolie comme un cœur.

— Tu la connais depuis si longtemps ? s'étonna Élodie.

— Depuis sa grande histoire avec Lorenzo, qui date d'une bonne douzaine d'années. Ils étaient aussi amoureux l'un que l'autre, et passionnés par les mêmes choses. Brillants élèves tous les deux, ils faisaient la course aux meilleures notes. Mais Lorenzo rêvait de parcourir le monde, et elle ne le pouvait pas. Il a passé outre, alors elle l'a quitté. Maman et moi trouvions ça très regrettable, parce qu'on s'était tous attachés à Julia. Elle savait tenir tête à Lorenzo, au contraire de toutes les petites minettes qui se pâmaient devant lui.

— Elle a l'air d'avoir du caractère.

— Oui, ce sont deux fortes personnalités qui, au lieu de s'affronter, pourraient se compléter.

— Tu crois qu'elle l'aime encore ?

— Il me semble. Et quant à savoir si Lorenzo, lui, l'aime encore, j'en suis certain !

Valère prit la main d'Élodie et la serra dans la sienne.

— En ce qui nous concerne, c'est moins compliqué, n'est-ce pas ?

— C'est plus neuf, s'amusa-t-elle. Nous n'avons pas de contentieux.

— J'espère que nous n'en aurons jamais.

Il avait envie de dire des choses plus sérieuses, peut-être même de parler d'avenir, mais il s'abstint. Il ne voulait ni la brusquer ni brûler les étapes. Partageaient-ils la même vision de l'existence ? Avant de s'engager, de faire des promesses, ne fallait-il pas attendre encore ? Jusqu'ici, Valère avait eu une vie légère, un peu futile, très amusante. Jamais il n'avait pensé à fonder une famille, le couple formé par ses parents étant pour lui un exemple pas franchement motivant. Mais Élodie lui inspirait tout autre chose.

— On retourne voir les girafes ? proposa-t-elle d'un air malicieux. Tes chouchoutes…

Ils quittèrent la terrasse bras dessus, bras dessous et s'engagèrent dans les allées du parc, où le soleil couchant commençait à étirer l'ombre des grands arbres.

10

Lorenzo s'était montré catégorique : il ne pouvait pas introduire un chien dans le parc avant la fermeture. Anouk, arrivée un peu avant dix-huit heures, avait donc attendu son frère sur le parking, où il était venu examiner Jasper, le golden retriever.

— J'ai fait aussi vite que j'ai pu, expliqua-t-elle. J'ai confié le Colvert à mon maître d'hôtel avant la fin du service. Comme le restaurant n'est pas ouvert le dimanche soir, j'ai préféré venir te voir plutôt qu'aller consulter n'importe qui en urgence.

Elle avait descendu de voiture Jasper, qui, en effet, semblait très abattu. Agenouillé à côté de lui, Lorenzo n'eut besoin que de deux minutes pour poser son diagnostic.

— Qu'est-ce qu'il a mangé ? Il chaparde dans tes cuisines ?

— Jamais.

— Et quand il se balade ?

— Il reste dans le jardin. Il est obéissant, pas fugueur, je le laisse libre.

— Je suis certain qu'il a avalé un produit toxique.

— Toxique ?

— Un désherbant, de la mort-aux-rats…

— Ce satané jardinier ! Je lui ai bien dit que les désherbants sont interdits, mais ça le fatigue de biner, alors qu'il n'a que vingt ans ! Quant à la mort-aux-rats, bien sûr, on en utilise, ce n'est pas comme dans *Ratatouille*, les rongeurs ne sont pas les bienvenus autour des cuisines. Sauf que Jasper est bien nourri, pourquoi irait-il manger ça ?

— Parce qu'il est très jeune, Anouk. Curieux de tout, joueur, confiant. Il sera sans doute plus prudent une fois adulte. Je vais lui administrer un antidote et tu le laisseras à la diète au moins vingt-quatre heures.

Il se releva et regarda sa sœur, dont le visage s'était décomposé.

— Tu as eu peur ?

— Affreusement ! Je ne supporterais pas de le perdre, je m'y suis trop attachée. Tu sais, je vis seule et…

Elle s'interrompit, ravala les larmes qui lui montaient aux yeux. Cet aveu était surprenant de la part de cette femme qui se voulait sans faiblesse. Elle se reprit aussitôt, sourit à Lorenzo.

— Tu vas me taxer de sensiblerie, non ?

— Pas du tout.

— Toi, tu aimes les animaux, seulement ce ne sont pas tes compagnons, ils ne dorment pas sur ton lit, et tu ne partages pas ton petit déjeuner avec eux. Moi, oui. Ça paraît sans doute ridicule ou exagéré, mais j'éprouve une vraie tendresse pour lui.

— Je sais à quel point un animal de compagnie peut être important.

Il se tourna vers les grilles par lesquelles les derniers visiteurs sortaient. La plupart arboraient de grands sourires et discutaient joyeusement.

— Regarde comme ils ont l'air heureux ! dit-il avec une évidente fierté. Bon, le parc est en train de fermer, on va pouvoir emmener Jasper jusqu'à la clinique. Mais rassure-toi, il n'est pas trop mal en point. Je veux tout de même prendre sa température, inspecter ses muqueuses et lui faire cette injection.

Soulagée, Anouk mit son chien en laisse et verrouilla sa voiture.

— Allez, d'accord, je suis gâteuse avec lui, avoua-t-elle en riant. Même papa a craqué quand il est venu. Il l'a trouvé irrésistible, tu imagines ?

Cessant de rire, elle jeta un coup d'œil à son frère.

— Je ne sais pas pourquoi je te dis ça, je suppose que tu t'en fous pas mal.

— En effet.

— Oui, mais… Écoute, tu ne le croiras pas, il a… Eh bien, figure-toi qu'il a reconnu que… Oh, après tout, rien !

Elle guettait la réaction de Lorenzo, qui acquiesça.

— Rien, c'est mieux.

Il ne voulait pas entendre parler de Xavier, ni apprendre qu'il aimait les chiens après avoir refusé catégoriquement d'en avoir un quand ses enfants, et surtout son beau-fils, le lui réclamaient.

— Je crois qu'on peut y aller, décida-t-il. Mais on va prendre une autre entrée : mieux vaut ne pas passer devant certains enclos avec un toutou, sous peine de déclencher des rugissements !

Il se dirigea vers un des côtés du parking bordé d'arbres.

— Il existe une petite porte de service dont j'ai la clé, expliqua-t-il.

Tout en le suivant, escortée de Jasper, Anouk lui lança :

— Valère m'a appelée pour me raconter vos péripéties de ces derniers jours. Une belle jeune femme a débarqué d'Afrique exprès pour toi ? Veinard !

— Un cauchemar, soupira-t-il. Un ruineux cauchemar, par bonheur terminé. Je suppose que Valère en a fait une histoire comique ?

— Bien entendu.

— Il n'y a pas de quoi rire quand on pense au petit garçon, que j'aime beaucoup d'ailleurs.

— Mais pas sa mère ?

— Non.

— Tu es toujours obnubilé par Julia ?

— À propos, on boit un verre chez elle ce soir. C'est informel, tu peux te joindre à nous.

— Chez elle ? Elle n'habite plus ici ?

— Elle souhaitait prendre un peu d'indépendance, expliqua-t-il avec réticence.

— Tu n'as pas l'air d'apprécier qu'elle s'éloigne.

— Je ne pouvais rien faire pour qu'elle reste.

— Crois-tu ?

Jugeant inutile de répondre, Lorenzo précéda Anouk dans la clinique et prit Jasper dans ses bras pour l'installer sur la table d'examen.

*

À vingt et une heures, la petite fête organisée chez Julia battait son plein. Souad était venue avec son mari, certains soigneurs avec leur conjoint, quelques stagiaires étaient là, et chacun avait apporté soit un objet de décoration, soit une bonne bouteille ou un pack de bières blondes. Adrien, pour sa part, avait fourni un assortiment de fromages.

Le petit appartement, déjà meublé quand Julia l'avait loué, comportait une grande pièce à vivre en rez-de-chaussée, avec une cuisine ouverte derrière un comptoir, et une mezzanine où se trouvaient la chambre et la salle de bains. Un minuscule jardin d'à peine douze mètres carrés offrait la possibilité de boire son café au soleil à la belle saison.

Pressée par le temps, Julia s'était contentée d'acheter du pain, des cakes aux olives, trois grandes tartes aux fruits, de quoi préparer des spritz, ainsi que deux douzaines de verres Duralex. Le tout était disposé sur le comptoir avec des assiettes en carton, et chacun se servait à sa guise.

Dans une joyeuse ambiance, grâce à Adrien, qui avait préparé une playlist festive sur son téléphone, ils avaient tous trinqué à son installation, même si les stagiaires présents regrettaient son départ.

— On adorait te poser des questions au petit déjeuner, rappela l'un d'eux. Tu vas nous manquer !

— Elle aura enfin un peu de tranquillité, répliqua Souad. De temps en temps, il faut respirer autre chose que l'air du parc !

Valère et Élodie étaient arrivés tôt pour s'assurer que Julia n'avait pas besoin d'aide, mais le grand absent restait Lorenzo.

— Ton frère ne comptait pas venir ? souffla Élodie à l'oreille de Valère.

— Bien sûr que si ! D'ailleurs, je te rappelle que c'est lui qui nous a invités.

— Julia sera déçue s'il manque à l'appel.

Souad avait ouvert la baie vitrée donnant sur le jardinet pour permettre aux fumeurs d'aller griller une cigarette. Elle avait allumé la guirlande lumineuse qu'elle avait apportée à Julia. La température était encore douce, et ce prolongement du séjour offrait un peu plus d'espace aux invités.

— Tu as eu bien raison de prendre cet appartement, dit-elle à Julia, il est parfait pour toi. Et souviens-toi que je ne suis pas loin si tu as besoin de quoi que ce soit. Dès la semaine prochaine, tu choisis un soir pour venir dîner chez nous. J'en profiterai pour te présenter deux ou trois copains.

Elle appuya sa proposition d'un clin d'œil et repartit vers le comptoir pour y prendre une part de tarte. Attendrie, Julia la suivit du regard. Souad était devenue une amie, et comme elle était heureuse dans son couple, elle aurait voulu que tout le monde le soit.

— Le boss n'était pas convié ? lui demanda Francis en lui tendant une bière.

Comme à son habitude, il tenait son téléphone dans l'autre main.

— Si, si… J'espère qu'il n'y a pas eu un problème de dernière minute au parc.

— Penses-tu ! Il nous aurait appelés, il sait que nous sommes quasiment tous chez toi.

— Pas tous, je n'aurais pas eu la place ! Lâche donc ton écran, j'ai l'impression qu'on te l'a greffé au bout des doigts.

— Et si Lorenzo appelle ?

— Il m'appellera, moi.

Mais elle l'affirmait sans conviction, commençant à s'interroger sur les raisons d'une absence si remarquée. Devait-elle essayer de le joindre ?

Un petit coup de sonnette la tira de ses réflexions, et elle se précipita à la porte.

— Ah, te voilà enfin ! Tu… Bonsoir, Anouk, quelle bonne surprise !

— Mon chien a failli s'empoisonner, mais Lorenzo a pu le soigner. Désolée de l'avoir retardé.

Derrière elle, souriant gentiment, Lorenzo ajouta :

— Et nous avons fait un détour pour trouver une chambre à Anouk. Nous y avons laissé Jasper, il est sonné par les médicaments.

— Au Pré Fillet, j'espère ? s'exclama Valère en les rejoignant.

Il serra sa sœur dans ses bras, heureux de sa présence inattendue.

— Cet hôtel est devenu notre quartier général, plaisanta-t-il. Viens, Élodie sera ravie de te voir, et tu dois avoir soif.

Il entraîna Anouk vers le fond de la pièce, laissant Julia et Lorenzo face à face.

— J'avais peur que tu aies oublié, dit-elle d'un ton réjoui.

— Non, mais je n'ai pas eu le temps de me changer.

— Ce n'est pas un cocktail mondain, juste un petit verre, et tu es très bien comme ça. Tu veux visiter ? Il n'y a pas grand-chose à voir, mais ce sera chez moi.

— Tu en avais envie, n'est-ce pas ?

— L'envie d'avoir un toit, de me fixer un peu.

— Ah…

Sa grimace dubitative laissait voir qu'il n'était pas convaincu. Vexée, elle insista :

— Je n'ai plus une mentalité d'étudiante, je suis trop vieille pour ça. Toi, tu n'habitais quasiment pas ta maison, moi je rêvais d'en avoir une. Pour l'instant, un appartement fait mon affaire. Mais je regrette déjà de l'avoir loué avec ces meubles. Tu t'es débarrassé des tiens ?

— Je n'avais que le strict nécessaire, et j'ai tout revendu au propriétaire.

— Tu es vraiment comme l'oiseau sur la branche… Sauf que tu n'as pas de nid !

Voyant qu'il conservait un air vaguement contrarié, elle lui proposa de boire quelque chose.

— Juste une bière, il faudra que je conduise pour rentrer.

Ceux qui étaient arrivés les premiers commençaient à partir. Julia les raccompagna sur le pas de la porte, où les conversations se prolongèrent un moment. Valère, Élodie et Anouk prirent congé à leur tour, promettant de tous se retrouver au début de l'été.

Anouk monta dans la voiture de Valère pour regagner l'hôtel. À peine eut-il démarré qu'elle lui raconta sa conversation avec leur père.

— Tu ne devineras jamais ce qu'il a dit ! Figure-toi qu'il a prononcé pour la première fois les trois syllabes fatidiques : Lo-ren-zo !

— Non ?

— Je te le jure !

— Sénilité précoce ? Alzheimer ?

— Ne sois pas méchant. L'absence de maman, qu'il vit très mal, le pousse à s'interroger, à se remettre en question. Peut-être sera-t-il bientôt prêt à faire un pas.

— Et il faudrait que Lorenzo s'en évanouisse de bonheur ?

— Je ne lui en ai pas parlé, il me semble encore très réticent. Mais avoue que, pour papa, c'est un premier effort.

— Qui ne lui coûte pas grand-chose après tant d'années à exercer son pouvoir. Souviens-toi, Anouk, papa décidait, Lorenzo subissait. Gamin, ado, il a dû se taire. Forcément, il en souffrait, même en silence. Et maman aussi ! Alors, passer l'éponge parce que le pacha a prononcé trois syllabes…

Anouk se tut quelques instants avant de demander :

— Tu lui en veux encore pour le cimetière ?

— C'était indigne.

Élodie, qui avait courtoisement cédé à Anouk la place à l'avant, se redressa sur la banquette arrière, passa sa main entre les sièges et la posa sur l'épaule de Valère.

— Un jour ou l'autre, si vous pouviez tous vous réconcilier, ce serait formidable. Dans ma famille, les choses sont bien plus simples, et nous nous en trouvons bien. Je suis persuadée qu'on ne gagne rien à se fâcher avec les siens. La rancune, ça aigrit.

Anouk tourna la tête pour la dévisager, puis elle lui sourit.

— Persuade Valère d'avoir un peu plus d'indulgence pour notre père, ce qui n'enlèvera rien à Lorenzo.

— Et lui, qui va le persuader ?

— Le temps, peut-être…

Comme ils arrivaient devant l'hôtel, Valère suggéra qu'ils prennent ensemble un dernier verre dans la chambre d'Anouk, qu'il devinait pressée de retrouver Jasper.

— Si le chef est encore là, je vais aller me présenter et lui quémander un petit quelque chose à grignoter. Comme ça, je pourrai visiter ses cuisines !

La curiosité d'Anouk envers ses confrères était toujours en éveil : où qu'elle aille, elle cherchait à voir comment les autres travaillaient. Elle monta s'assurer que son chien allait bien, puis elle redescendit l'escalier en sifflotant.

*

Restés seuls face à face, Julia et Lorenzo avaient commencé par mettre un peu d'ordre dans l'appartement. Puis Julia avait fait du café, qu'à présent ils buvaient en silence de part et d'autre du comptoir.

— Tu ne parais pas très en forme, constata Julia au bout d'un moment. Quelque chose te préoccupe ?

Il la considéra d'un air pensif puis finit par hocher la tête.

— Quoi donc ? insista-t-elle.

— Toi.

— Moi ? Mais je vais bien !

— Je vois ça… Tu es gaie, tu t'amuses, avoir loué cet appartement te réjouit.

— Beaucoup.

— Tant mieux pour toi. En revanche, tu n'as jamais pris le temps de me répondre. Souviens-toi, tu devais réfléchir. Je suppose que tu l'as fait et que ta décision de venir habiter seule ici en découle.

— J'y pensais depuis longtemps.

— Et tout ce que j'ai pu te dire n'y a rien changé.

— Tu m'as dit quoi ? s'emporta-t-elle. Je te veux ? Je te désire ? Quelle déclaration romantique ! Ce n'est pas forcément ce que j'attendais. Avec toi, Lorenzo, on ne sait pas sur quel pied danser. Si je tourne le dos cinq minutes, une femme surgit aussitôt. Cécile, la présentatrice télé, Amy… Tu es comme un coq régnant sur sa basse-cour, et je n'ai pas envie d'être une poulette de plus !

— Tu plaisantes ?

— Pas du tout.

— Sois franche, tu es tout simplement incapable de me pardonner une erreur commise il y a plus de dix ans !

Le ton montait entre eux, et Julia tenta d'apaiser leur discussion.

— Je t'en ai voulu, c'est vrai, mais j'ai tourné la page.

— Alors pourquoi cet appartement ? Pourquoi n'as-tu pas attendu un peu ?

— Attendre quoi ?

— Qu'on fasse des projets ensemble ! Et même, qu'on choisisse un endroit où vivre tous les deux. Mais pour éviter ça, tu t'es précipitée sur le premier appart venu. Tu ne me fais pas confiance, ou tout bêtement tu ne veux plus de moi et tu n'oses pas me l'avouer.

— Lorenzo !…

— Je t'ai connue plus courageuse. Rassure-toi, on ne se brouillera pas si tu m'envoies paître, tu es libre de tes choix. J'aurais dû comprendre, quand tu es arrivée au parc et que tu as jeté ton dévolu sur Marc, que je ne comptais plus pour toi, qu'en effet tu avais tourné la page. J'aurais dû admettre, quand tu es partie à Paris pour, je te cite, te « changer les idées » et y « faire de nouvelles rencontres », que tu cherchais un autre homme que moi et que je devais m'effacer. Au lieu de ça, je me suis raconté une belle histoire de retrouvailles. Elle ne se réalisera pas, c'est évident !

Il fit volte-face, traversa la pièce en trois enjambées et sortit en claquant la porte. Stupéfaite, Julia resta d'abord sans réaction, puis elle saisit sa tasse vide pour la lancer de toutes ses forces contre le mur, où elle explosa en mille morceaux.

*

Durant les premiers jours de la semaine, Julia et Lorenzo s'en tinrent à des rapports professionnels courtois, évitant de se retrouver en tête à tête. Elle lui en voulait d'être parti en claquant la porte, et de son côté il avait parfaitement entendu le fracas de vaisselle derrière lui.

Régulièrement, elle repensait à cette scène et admettait qu'il ait pu surinterpréter une attitude qu'elle avait voulue distante. Elle lui avait tenu des propos qui ne traduisaient pas son état d'esprit, dans l'espoir de le faire réagir ; il avait réagi, mais à rebours de ce qu'elle attendait. Lorenzo se braquait facilement, elle aurait dû s'en souvenir, mais entre eux l'heure n'était plus à faire des concessions. En croyant se préserver, elle l'avait mis en colère, et même si elle le regrettait, elle ne reniait rien de son mouvement d'humeur.

De son côté, Lorenzo déplorait son emportement. Pourquoi n'avait-il fait que des reproches à Julia ? Pourquoi ne l'avait-il pas laissée parler ? Il s'était enfermé dans une susceptibilité de mauvais aloi, vexé d'avoir avoué des sentiments qu'elle ne partageait manifestement pas ; ou bien qu'elle se défendait de partager... Pourquoi s'en défendait-elle ? Il avait cru déceler dans ses regards et dans certains gestes spontanés une attirance aussi forte que celle qu'il éprouvait pour elle. Peut-être voulait-elle se préserver d'une nouvelle désillusion. Pourtant, si leur couple se reformait un jour, il savait qu'il ne commettrait plus les mêmes erreurs avec elle. Il ne demandait qu'à l'aimer, à la protéger, et à ne plus jamais la laisser derrière lui.

Dans ces instants de découragement, Lorenzo finissait par regretter que Julia ait de nouveau surgi dans sa vie. Si elle n'avait pas répondu à l'annonce, il aurait continué à penser à elle occasionnellement avec nostalgie mais sans douleur, le temps ayant fait son œuvre. L'embaucher avait été une très mauvaise idée. Que s'était-il donc imaginé ? Qu'elle allait retomber dans ses bras ? Comme un idiot, il avait attendu, intimidé de la revoir, perdant au passage toute chance de la reconquérir.

Le vendredi matin, il fut bipé par Julia, qui lui demandait de la rejoindre devant l'enclos des tigres. Pour eux, Lorenzo avait voulu un territoire plus vaste que pour les autres félins, et qui comprenait un grand bassin, plusieurs terrasses de rondins installées à différentes hauteurs, des rochers, un bouquet d'arbres et un large espace de hautes herbes. Leurs soigneurs rivalisaient d'imagination pour distraire ces animaux prompts à s'ennuyer, au contraire des lions, qui dormaient beaucoup.

Arrivé devant les hauts grillages qui délimitaient l'enclos, Lorenzo trouva Julia en grande conversation avec l'un des techniciens de maintenance.

— Nous avons un souci avec la passerelle, lui annonça-t-elle. Georges demande que nous la fermions au public.

— Je dois faire un contrôle complet, on a atteint l'échéance, expliqua le technicien en montrant sa fiche.

Intransigeant sur les règles de sécurité, Lorenzo acquiesça. Cette passerelle métallique, très prisée des visiteurs, leur permettait de traverser en partie le territoire des tigres, cinq mètres au-dessus du sol.

— Un des piliers porte des traces de rouille, et l'un des haubans me paraît moins tendu. Il faut donc me laisser le champ libre et rentrer les animaux dans leurs loges.

Le responsable du secteur des fauves, que Julia avait également convoqué, désigna le superbe tigre de Sibérie qui les observait de loin.

— Mogambo n'a aucune envie de rentrer, il déteste être enfermé quand il fait beau.

— Même si Wendy y va ? suggéra Julia.

— Elle ne précède jamais son mâle, elle le suit. Ce qu'il nous faudrait, c'est une grosse averse…

Julia éclata de rire tandis que le technicien se renfrognait.

— Mon contrôle doit avoir lieu aujourd'hui, bougonna-t-il. Alors, sauf si vous savez faire tomber la pluie, trouvez une autre solution.

— C'est vraiment à vingt-quatre heures près ? s'enquit le soigneur.

— Bien sûr que non. On a toujours une marge, heureusement ! Mais si jamais il arrive quelque chose, est-ce que l'assurance fonctionnera alors que la date est dépassée ?

Il tapotait sa fiche d'un air déterminé, attendant une réponse.

— N'étant pas dompteurs, intervint Lorenzo, on va fermer cette passerelle au public jusqu'à ce que nos tigres veuillent bien rentrer. Et pour le prochain contrôle que vous aurez à effectuer, prévenez-nous plusieurs jours à l'avance, qu'on puisse s'organiser.

Sentant son téléphone vibrer dans sa poche, il se détourna pour prendre la communication.

— Les gens seront déçus, soupira Julia. Ils adorent emprunter la passerelle, ils ont l'impression de survoler un territoire interdit aux humains, et ça leur donne la possibilité de vraiment bien voir les tigres.

— Je dois dire qu'ils sont magnifiques, admit le technicien.

— Ce sont des tigres de Sibérie. Il n'y en a guère que trois ou quatre cents à l'état sauvage, car leur espèce est l'une des plus en danger. Le tigre de Java, par exemple, a totalement disparu.

Julia se tourna vers le soigneur et lui demanda de faire son maximum pour essayer de les rentrer. Mais comme toujours avec les animaux sauvages, l'issue dépendrait de leur bon vouloir. Alors qu'elle s'éloignait de sa démarche décidée, Lorenzo la rattrapa en courant.

— Je viens d'avoir un appel de l'accueil, expliqua-t-il d'une voix hésitante.

— Quelque chose d'ennuyeux ?

— Si on veut. En fait, il s'agit d'une défection de dernière minute pour l'une de nos petites maisons de bois ce week-end.

— Il y a toute une liste d'attente, tu dois pouvoir trouver facilement une…

— Non, l'interrompit-il. En fait, je me demandais, ou plutôt je *te* demande, si tu as des projets.

— Des projets pour quoi ?

— Pour samedi soir et dimanche matin.

— Je comptais arranger un peu mon appartement.

De nouveau, il parut embarrassé, regarda ailleurs, finit par ébaucher un sourire.

— Si ça peut attendre, j'ai eu l'idée de… Voilà, je te propose de dîner et de dormir là-bas. Nous n'avons jamais testé nous-mêmes ces installations, ce serait l'occasion, non ?

Son ton désinvolte n'était pas très convaincant.

— Il n'y a aucun piège, s'empressa-t-il d'ajouter. Tu pourras prendre la chambre, et moi le canapé du séjour. Si ça te tente, je m'occupe de tout le ravitaillement avec Adrien. Sur place, on aura sûrement des idées d'améliorations à apporter, on pourra repérer les détails qui clochent, et nos suggestions seront très utiles à l'architecte qui va concevoir les prochaines constructions.

Comme elle restait silencieuse, il dut avaler sa salive pour conclure :

— Alors, qu'en dis-tu ?

Julia le dévisagea quelques instants, déstabilisée par sa proposition. À l'évidence, il n'avait rien prémédité, puisqu'il venait tout juste d'être averti de la défection de ses hôtes. De là à croire que son seul intérêt était professionnel…

— Je ne sais pas trop, dit-elle enfin.

Elle n'était pas plus crédible que lui, car elle n'avait aucune intention de refuser.

Machinalement, ils s'étaient remis en marche le long de l'allée. Parvenus à la hauteur de l'enclos de Tomahawk, ils s'arrêtèrent, soulagés l'un comme l'autre par l'échappatoire que leur offrait son état de santé.

— Son infection parasitaire n'est jamais revenue, remarqua Julia.

— Tu l'as bien soigné, il est en pleine forme.

— Et aussi beau qu'une sculpture…

— Quand il est face au soleil, comme maintenant, on croirait que deux lumières flambent dans ses yeux verts.

— Tu es bien poétique, ce matin, s'amusa-t-elle.

Lui faisant face, elle lui adressa un gentil sourire.

— Avant que tu me dises que, selon mon habitude, je ne t'ai pas répondu, voilà : c'est d'accord pour demain soir. Sans piège, donc.

— Aucun !

Ils étaient aussi conscients l'un que l'autre du jeu de dupes auquel ils se livraient.

— Je dois faire un saut à la petite ferme, il y a un chevreau qui boite, annonça-t-elle. À plus tard.

Elle s'éloigna sans se retourner, perdue dans des pensées confuses. Que signifiait cette tentative maladroite de Lorenzo pour provoquer un rapprochement ? Qu'avait-elle à en attendre ? Évidemment, l'idée de se retrouver seule avec lui dans le confort douillet d'une des petites maisons ne lui déplaisait pas. À condition qu'il n'y ait pas de dispute, de porte qui claque et de vaisselle cassée. Mais Lorenzo souhaitait manifestement une réconciliation. Rien d'autre ? Seulement renouer des rapports amicaux, bienveillants ? Ou alors…

Elle ne voulait pas y songer. Le week-end allait apporter son lot de surprises. Bonnes ou mauvaises.

En arrivant devant la petite ferme, elle vit le spectacle habituel d'enfants aux anges et de parents attendris. C'était le seul endroit du parc où l'on pouvait pénétrer dans l'enclos pour toucher les animaux. Il y avait là des ânes de Provence, des moutons avranchins et des chèvres des Pyrénées, trois races menacées d'extinction. Pour les plus petits des enfants, deux ânes miniatures de Sicile se laissaient facilement caresser. Lorenzo avait raison de croire que le plaisir que leur procurait ce contact valait largement celui d'un tour de manège. Séduite par la bonne humeur qui régnait dans la cour, elle s'attarda pour observer les enfants, leurs gestes maladroits, leurs cris de joie. Et, soudain, une bouffée de tristesse la prit à la gorge. La plupart du temps, elle évitait de penser à ce bébé qu'elle n'avait pas eu, à cette fausse couche qui lui avait finalement permis de ne pas lier sa vie à celle de Marc. Quand elle avait compris qu'ils n'étaient pas faits l'un pour l'autre, c'était trop tard, elle était enceinte. Quel aurait été leur avenir si le bébé était né ? Leur couple n'aurait pas fonctionné. Mais au moins, elle aurait été mère. Ce désir de maternité, qu'elle parvenait à ignorer la plupart du temps, la submergeait parfois. Dans ces moments-là, elle songeait toujours à Lorenzo, qui, dix ans plus tôt, avait brisé son rêve de fonder une famille avec lui.

Se détournant, elle gagna la bergerie, où un soigneur l'attendait en compagnie du chevreau qu'il avait isolé.

*

Dans les locaux de l'administration, Lorenzo venait d'avoir une conversation avec le directeur de l'entreprise qui proposait de le sponsoriser. Pour ceux qui voulaient investir dans le parc, l'image de marque écologique constituait un atout non négligeable. Participer à la préservation des espèces leur offrait une crédibilité valorisante et une sorte de caution morale.

Valère ayant bien préparé le terrain, les termes de l'accord ne feraient pas débat et le contrat allait être signé rapidement. Les récents reportages dans les médias avaient suscité l'intérêt d'éventuels partenaires, et Lorenzo eut une pensée reconnaissante pour son frère. Les finances du parc, très fragiles, nécessitaient sans cesse de nouveaux apports, mais cette année s'annonçait bien.

Avant de quitter son bureau, il jeta un coup d'œil à sa messagerie. Parmi tous les courriels qui pouvaient attendre, il en repéra un émanant de Benoît, qu'il lut aussitôt.

« *Amy et Nelson sont bien rentrés. Quelle aventure ! Je l'avais pourtant prévenue, mais elle est plus têtue qu'il n'y paraît. Elle mettra du temps à t'oublier, mais au moins elle ne parle plus de la France. Je l'ai reprise à la clinique parce qu'elle est vraiment une bonne assistante et que tout le monde la connaît, les Samburu comme les rangers. L'épisode nous a coûté cher, à toi et à moi, mais nous avions sans doute une part de responsabilité... En tout cas je préfère le croire pour ne pas regretter mes dépenses. Porte-toi bien et donne-moi de tes nouvelles. Benoît.*

P.-S. : Nelson affirme que ton parc est magnifique. Un de ces jours, c'est moi qui viendrai le visiter. »

Amusé par le ton insouciant de Benoît, et soulagé de savoir Amy et Nelson de retour chez eux, Lorenzo se sentit délivré. Il allait pouvoir se consacrer au but qu'il s'était désormais fixé. Sa décision, soudainement arrêtée, était sans doute en gestation depuis longtemps. Parce qu'il détestait l'échec, l'inaction, les atermoiements, tout ce à quoi il semblait s'être condamné avec Julia, il allait maintenant jouer cartes sur table, même s'il s'agissait des dernières.

Il alla donc trouver Adrien, à qui il demanda de lui préparer un pique-nique pour le lendemain soir. Accaparé par les nombreux visiteurs qui déjeunaient là, Adrien fit patienter Lorenzo quelques instants puis l'attira derrière le comptoir.

— Un pique-nique pour deux ? vérifia-t-il.

— Absolument. Ce que tu auras de mieux. Mets-le-moi dans un grand panier, je passerai le prendre en fin de journée, après la fermeture.

— Parce que c'est *toi* qui vas pique-niquer à la belle étoile ?

Son air éberlué disait combien ce genre de distraction était éloigné des habitudes de Lorenzo. Mais Adrien n'était pas seulement un très bon gérant, il possédait aussi un sens aigu de l'observation, et les repas tardifs de Lorenzo et Julia en tête à tête après le départ des visiteurs lui avaient donné une idée du caractère chaotique de leur relation.

— Je mets aussi de la bière blonde ? demanda-t-il avec un clin d'œil appuyé.

— Prévois plutôt une bouteille de champagne.

— Ah, d'accord ! Eh bien, j'espère pour toi qu'il y aura aussi un beau clair de lune...

— Et surtout, n'en parle pas.

— Forcément. Je ne voudrais pas gâcher la surprise !

Le talkie-walkie de Lorenzo se mit à biper, et Adrien le suivit des yeux tandis qu'il quittait le restaurant en hâte.

*

Xavier se fit répéter deux fois la nouvelle par son gendre.

— Une fille ? Ah, c'est formidable ! Félicitations à l'heureux papa.

— Elle pèse trois kilos deux cents, et elle est en parfaite santé.

— Comment s'appelle-t-elle ?

— Gwenaëlle.

— C'est très joli. Breton, non ?

— Oui, ma grand-mère portait ce prénom.

— Tu as bien fait, Yann, il faut perpétuer les traditions. Est-ce que Laetitia est fatiguée ?

— Pas trop. Elle vous appellera elle-même demain matin et vous racontera tout.

— J'y compte ! Embrasse-la pour moi et dis-lui que je viendrai vous voir dès qu'elle sortira de la clinique.

Il mit fin à la communication, tout ému. Ainsi donc, il était grand-père… Aussitôt, il pensa à Maude, qui se serait tant réjouie à cet instant. Pourquoi était-elle partie si vite, pourquoi l'avait-elle laissé seul ?

Dans la réserve de médicaments de la pharmacie, où il s'était isolé pour prendre l'appel de Yann, il se mit à réfléchir. Il allait forcément y avoir un baptême. Un baptême avec *toute* la famille. Difficile d'en exclure Laurent. *Lorenzo*. D'autant plus que, avant le décès de Maude et la brouille qui s'était ensuivie, Laetitia avait émis l'idée qu'un de ses frères soit le parrain du bébé. Un de ses deux frères… Lequel ? Et même si elle choisissait Valère, accepterait-elle qu'on écarte l'autre ? Xavier voyait se profiler un nouveau désaccord familial qui risquait de les dresser encore une fois les uns contre les autres. Comment l'éviter ? Tolérer la présence de son beau-fils serait se désavouer, puisqu'il avait affirmé haut et fort qu'il ne voulait plus jamais le voir. Par ailleurs, il ne pouvait pas y avoir deux baptêmes. Un vrai casse-tête. Imposer à Laetitia et à Yann le diktat du « lui ou moi » n'était pas concevable. De toute façon Valère aurait un jour des enfants à son tour, et lui aussi risquait de choisir son frère pour porter le bébé sur les fonts baptismaux.

Une préparatrice passa la tête par la porte de la réserve et annonça qu'une cliente fidèle refusait de confier son ordonnance à tout autre que lui. Les dames âgées étaient souvent très exclusives avec leur pharmacien attitré. Étouffant un soupir, Xavier alla la servir, puis, se sentant incapable de travailler, partagé qu'il était entre l'euphorie d'être grand-père et l'angoisse du baptême à venir, il remonta à l'appartement. Habiter au-dessus de son officine était un gros avantage, dont il ne profitait hélas plus beaucoup depuis la mort de Maude.

Maude à qui il pensait vingt fois par jour, inquiet de constater que le chagrin du deuil ne s'apaisait nullement. Il gagna sa chambre, s'assit au pied du lit et se prit la tête entre les mains. Comme Valère et Élodie avaient vidé toutes les affaires de Maude, il devait maintenant se réapproprier ce lieu. De là à s'y sentir bien… Levant les yeux, il considéra le secrétaire devant lequel sa femme avait aimé se tenir. Elle y conservait de petits souvenirs, des objets qui ne concernaient qu'elle. Bien peu de chose, à vrai dire… Sauf ces photos qu'elle voulait dissimuler. Quelques années auparavant, il avait été intrigué, un jour où il était entré dans leur chambre sans prévenir, de la voir refermer en hâte un tiroir. Par la suite, la curiosité avait été la plus forte. Poussé par cette jalousie dont il n'avait jamais guéri, il avait attendu qu'elle parte chez son coiffeur pour fouiller. Quelle mesquinerie ! Et bien sûr il avait trouvé ce qu'elle souhaitait cacher : trois petites photos de son passé. Elle, jeune et belle comme le jour, dans son souvenir, en compagnie d'un beau type brun qui était alors son mari, et de ce gamin qu'il se rappelait aussi, hélas, puisqu'il avait fait sa connaissance un an plus tard. En contemplant ces images d'un bonheur éclatant, dans lequel il n'avait eu aucune part, sa première idée avait été de les déchirer rageusement, mais il s'était arrêté à temps. Une fois les photos remises à leur place, derrière le tiroir, et l'abattant du secrétaire refermé, il s'était maudit d'avoir voulu savoir. Jusque-là, il n'avait pas mis de visage sur le fameux Claudio, et à l'avenir il risquait d'y penser sans cesse. Ce qui s'était produit.

Il se redressa, tenta de chasser ce vilain souvenir. S'approchant du secrétaire, il l'ouvrit lentement. L'intérieur était vide, les tiroirs aussi, et en les sortant de leur logement il ne vit rien. Valère avait dû trouver les photos. Qu'en avait-il fait ? Les avait-il détruites, conservées, remises à qui de droit ? Donc à Laurent. *Lorenzo*. Après tout, celui-ci n'avait probablement pas d'autre photo de son père. À moins que son fichu grand-père ne lui en ait donné ! Quoi qu'il en soit, tout ça ne concernait plus Xavier. Et tant mieux si Valère avait fait plaisir à son demi-frère, parce que lui-même n'aurait sans doute pas été aussi bienveillant, autant l'admettre.

Il décida qu'il était grand temps de ne plus y penser. Il était désormais l'heureux grand-père d'une petite Gwenaëlle, ce qui était une merveilleuse nouvelle. Pour le baptême, on verrait bien. Il veillerait à ne pas faire de peine à Laetitia, et à ne pas provoquer la fureur d'Anouk et de Valère. Si le prix à payer était de tolérer durant quelques heures la présence de son beau-fils, peut-être finirait-il par s'y résoudre. Peut-être seulement…

*

Le samedi, Lorenzo avait été appelé par le responsable du secteur des oiseaux. L'un des deux aigles des Philippines qui participaient au spectacle de fauconnerie semblait avoir une aile blessée et refusait de voler. Ce spectacle, Lorenzo y avait consenti malgré ses réserves parce que c'était le seul moyen de faire voler en liberté les rapaces sans qu'ils s'enfuient. Alors, plutôt que de les enfermer dans une volière forcément trop petite pour leur envergure, deux soigneurs avaient suivi une formation spécifique afin de les entraîner à revenir se poser sur le gant de cuir. Une fois le certificat de capacité obtenu, le parc avait pu présenter des oiseaux en vol libre. Les perroquets appréciaient eux aussi l'exercice, et trois vautours fauves commençaient à se prêter au jeu, ainsi qu'un milan royal. Ces rapaces, nés et élevés en captivité puisqu'il était formellement interdit de les capturer dans la nature, où ils se faisaient rares, préservaient ainsi l'espèce tout en conservant leurs caractéristiques.

Les visiteurs étaient ravis, et des gradins de bois avaient été installés pour les accueillir. Mais Lorenzo ne souhaitait pas que cette activité prenne trop d'importance, devinant qu'on finirait par lui suggérer de proposer un spectacle d'otaries, ce à quoi il restait opposé. Si les otaries avaient envie de s'amuser avec des ballons, elles le feraient sans en recevoir l'ordre, au gré de leur humeur.

Avec l'aide du soigneur, très concentré pour immobiliser l'aigle, Lorenzo détecta une petite plaie sous une aile, qu'il désinfecta avant d'appliquer une poudre destinée à arrêter le saignement. L'oiseau serait privé de vol durant deux ou trois jours, le temps probable de la cicatrisation.

En quittant la fauconnerie, Lorenzo s'aperçut qu'il ne cessait de penser à la soirée qui l'attendait. Ce serait son ultime chance, il le savait, et il était plus que jamais déterminé à la saisir. Julia devait bien se douter de ses intentions ; peut-être réfléchissait-elle déjà aux réponses qu'elle allait lui donner. Durant la réunion matinale avec l'ensemble des soigneurs, elle lui avait paru tendue. Était-ce mauvais signe ?

La veille, il avait reçu un appel de son beau-frère, Yann, lui annonçant la naissance de la petite Gwenaëlle. Avoir une nièce le remplissait de joie, mais cette nouvelle avait réveillé son envie de fonder lui aussi une famille. Il aimait les enfants, se réjouissait de les voir gambader dans son parc et tomber en arrêt devant des grillages, fascinés par les animaux qu'ils contemplaient en vrai pour la première fois. Il rêvait de pouvoir transmettre un jour cette passion qui l'animait avec tant de force. Mais quand Yann lui avait dit, un peu hésitant et tâtant le terrain, que Laetitia désirait qu'il soit le parrain de cette petite fille, Lorenzo s'était senti à la fois ému et inquiet. Oncle et parrain, face à un grand-père hostile ? Une réunion de famille sur un baril de poudre ? La perspective de revoir Xavier le hérissait : il n'avait oublié ni les mots échangés ni sa mise à l'écart durant l'enterrement de sa mère. En lui offrant d'être parrain, Laetitia essayait-elle d'arranger les choses ? Il aimait beaucoup sa sœur, pour sa discrétion et sa gentillesse. Elle n'avait ni le caractère léger de Valère ni l'exubérance d'Anouk, et pas davantage les passions tenaces de Lorenzo, mais sous sa douceur se cachait une volonté puissante qui lui avait permis de réussir ses études et son mariage. Elle ne s'était pas contentée de suivre Yann : c'était bien elle qui avait décidé de quitter Paris.

Hésitant sur la réponse qu'il allait donner à sa sœur, il résolut d'attendre la fin du week-end pour la rappeler. De toute façon, d'ici là il n'aurait pas les idées claires, obnubilé par les mots qu'il devait trouver pour convaincre Julia.

*

La journée avait été magnifique, avec un soleil radieux et une petite brise tiède. Partout dans le parc, la végétation explosait en mille couleurs. Paysagiste et jardiniers avaient vraiment bien travaillé en cette fin de printemps, pour le plus grand plaisir des visiteurs, qui se pressaient en nombre dans les allées.

Julia, accaparée par une série de vaccinations, n'avait pas eu une minute pour souffler. À l'heure de la fermeture, après son bilan quotidien avec Souad afin d'anticiper le programme du lendemain, elle alla boire un café sur la terrasse d'Adrien, qui s'était vidée.

— Avec vous tous, les vétos et les soigneurs, je fais des heures supplémentaires ! plaisanta-t-il.

— Heureusement qu'aucun de nous ne comptabilise les siennes, répliqua-t-elle en riant.

Elle ne pouvait pas s'empêcher d'éprouver une certaine euphorie à la perspective de la soirée qui se profilait. Quelques craintes, aussi, mais qu'elle occultait.

— La météo est bonne, fit remarquer Adrien. Une belle nuit étoilée et un dimanche ensoleillé nous attendent.

— Alors, nous connaîtrons l'affluence demain, répondit-elle sans relever l'allusion à la nuit étoilée.

Adrien lui adressa un clin d'œil et repartit vers ses cuisines. Il avait forcément noté qu'elle ne buvait pas sa bière fraîche du soir, et le café signifiait qu'elle voulait rester totalement lucide. Après avoir jeté son gobelet en carton dans l'une des grandes poubelles de bois, elle décida d'aller chez elle prendre une douche et passer un jean, une chemise et un pull propres : elle ne voulait pas faire d'effort vestimentaire particulier.

Une fois dans son appartement, après s'être lavée et habillée, elle prit cinq minutes pour mettre ses grands yeux sombres en valeur au moyen d'un peu d'ombre à paupières et de mascara.

— Bon, dit-elle à son miroir, je ne vais pas non plus à mon premier bal !

Néanmoins, elle renonça à ses baskets et choisit des derbies. Puis, riant d'elle-même, elle regagna le parc. Elle laissa sa voiture sur le parking, emprunta la porte de service et profita des allées désertes pour musarder un peu. Sans les visiteurs, l'atmosphère était différente, plus mystérieuse, et seuls les cris des animaux ayant choisi de demeurer à l'extérieur rompaient le silence. Passant devant l'enclos de Tomahawk, elle l'aperçut entre deux arbres et resta quelques instants à le contempler. Comme tout vétérinaire de parc zoologique, elle savait qu'elle ne devait s'attacher à aucun animal. Certains partaient, dans le cadre des échanges avec d'autres parcs européens, d'autres mouraient, de vieillesse ou de maladie, et tisser des liens rendait toujours la séparation plus triste. Mais ce jaguar noir, bien qu'elle ait dû lui courir après lors de sa fugue et qu'elle ait eu du mal à soigner son infection parasitaire, la fascinait.

— Bien sûr, tu es là… dit Lorenzo derrière elle.

En se retournant, elle vit qu'il portait un panier d'osier plein à ras bord.

— Notre pique-nique ? s'enquit-elle.

— Je crois qu'Adrien nous a gâtés.

Elle jeta un dernier regard au jaguar noir et soupira.

— Il n'est pas mal ici, mais il serait tellement plus heureux dans son habitat naturel… Tu imagines ?

— Non. Son habitat n'existe quasiment plus, tu le sais, rogné par la déforestation, la chasse et les activités humaines. C'est le « cimetière de l'évolution », comme l'a dit justement Paul de La Panouse dans son livre sur Thoiry.

Ce parc avait été l'un des modèles de Lorenzo ; il y était allé dix fois durant son adolescence puis ses études, avant de se lancer à la découverte des zoos et des réserves du monde entier.

Ils se mirent en route côte à côte. Les maisons de bois se trouvaient au fond du parc. Elles étaient disposées le long d'un vaste enclos, de manière qu'on puisse voir évoluer, à travers les larges baies en verre trempé, des loups ou des ours. Ceux-ci cohabitaient sans heurts, et pour qu'ils s'approchent des maisons les soigneurs disposaient des friandises dans des endroits stratégiques. Les entrées se trouvaient à l'arrière, en dehors de l'enclos, pour l'accès des visiteurs et du personnel de service. À l'origine, l'architecte avait prévu des portes à l'avant, donnant directement sur l'enclos, mais elles étaient systématiquement verrouillées en raison de quelques imprudences commises la saison précédente par des visiteurs inconscients du danger. Lorenzo constatait souvent que les consignes n'étaient pas respectées par tout le monde. Malgré les avertissements exposés clairement sur les panneaux, certains parents ne surveillaient pas leurs enfants, qui grimpaient partout, ouvraient les vitres des voitures dans les secteurs où c'était formellement interdit… pour prendre un selfie avec un animal sauvage, des gens semblaient prêts à tout ! Or, un accident pouvait conduire à la fermeture du parc. D'où l'intransigeance de Lorenzo et ses constants rappels de sécurité à l'ensemble de ses employés.

Entrant dans la petite maison de bois, Julia fut séduite par l'aménagement intérieur. Les murs, le sol et la charpente apparente étaient faits d'épicéa. Des rideaux et des coussins de couleurs vives égayaient tout ce bois poncé et verni. L'ameublement était sobre mais confortable et de bonne qualité. De grandes photos encadrées présentaient des zèbres, des girafes ou encore des lionceaux, tous nés au parc.

— Je n'étais pas entrée ici depuis des mois, c'est superbe ! s'enthousiasma-t-elle.

Plantée devant la baie vitrée, elle observa le paysage boisé de l'enclos, dont on ne discernait pas les grillages, trop éloignés.

— Tu leur as tout de même offert un coin de paradis, constata-t-elle d'une voix rêveuse. Si Tomahawk s'ennuie, ce n'est pas le cas de la plupart de nos animaux.

— Dieu merci ! Je ne veux pas les préserver à n'importe quel prix, je veux les préserver tels qu'ils sont, et heureux si possible.

Il déposa le panier dans la petite cuisine qui s'ouvrait sur le séjour.

— Une coupe de champagne pour regarder le coucher du soleil ?

— Champagne ? Waouh ! Qu'est-ce qu'on fête ?

— On verra ça plus tard.

— Ah bon ? Allez, Lorenzo, explique-moi pourquoi tu m'as amenée ici. Tu n'as besoin de personne pour trouver comment améliorer ces maisons.

— Très bien… Je veux te reparler d'amour.

C'était si direct qu'elle en resta muette. Ils échangèrent un très long regard, jusqu'à ce qu'il se décide à poursuivre.

— Te reparler d'amour, répéta-t-il. Enfin, si tu acceptes de m'entendre. Te refaire la cour, te reconquérir, repartir de zéro. Je pense à toi tout le temps, je m'en veux terriblement de t'avoir perdue. Nous étions faits l'un pour l'autre et j'ai tout gâché. Mais, vois-tu, chaque fois que je te croise, j'ai envie de te prendre dans mes bras.

— Ah…

Incapable de trouver quelque chose à dire, elle continuait à soutenir son regard.

— Julia, je t'aime, murmura-t-il. Je n'ai jamais cessé de t'aimer.

— Tu ne me l'as pas montré, répondit-elle enfin d'une voix étranglée.

— Je ne m'en sentais pas le droit, et tu ne m'en as pas laissé le temps.

— Tu parles de Marc ?

— Bien sûr. C'était dur de vous avoir quotidiennement sous les yeux, et quand tu m'as appris que tu attendais un enfant, tu n'imagines pas la claque que j'ai reçue.

Elle était en train de s'attendrir, prête à céder. Lorenzo se livrait si peu et si rarement qu'elle mesurait tout le prix de ses aveux.

— En me tenant à distance, tu m'as mis à genoux, Julia. Je rends les armes.

Il la regardait toujours, irrésistiblement séduisant. Elle aimait ses yeux, son visage, son corps, sa voix. Il se dégageait de lui une virilité qui la faisait fondre, d'autant plus qu'il n'avait pas peur de se montrer vulnérable devant elle. Par-dessus tout, elle ne pouvait pas douter de sa franchise à cet instant. Sans même en avoir conscience, elle s'était mise à lui sourire, ce qui le fit avancer de deux pas. Il lui posa une main sur l'épaule, mais sans chercher à l'attirer contre lui.

— Tu me réponds quelque chose ?

— Tu as utilisé ces mêmes mots il y a bien des années, sur le campus de Maisons-Alfort. Tu m'avais rendu les armes aussi…

— Je ne m'en suis servi avec personne d'autre, je ne sais pas mentir. Alors, je te le redis : je t'aime. Si ce n'est pas réciproque, il me manquera quelque chose jusqu'à la fin de mes jours. J'ai désespérément besoin de toi, Julia.

Elle franchit le dernier pas. Bien qu'elle soit assez grande, il la dominait d'une tête et elle dut se mettre sur la pointe des pieds pour l'embrasser. Il referma ses bras autour d'elle, la plaqua contre lui. Ils n'avaient plus la moindre parole à prononcer, enfin d'accord sur tout.

*

La bouteille de champagne n'avait été ouverte que bien après minuit. Ils avaient fait l'amour, mangé et bu, refait l'amour, si heureux de se retrouver qu'ils n'arrivaient pas à se rassasier l'un de l'autre.

Au lever du soleil, Lorenzo enfila son jean, Julia lui emprunta sa chemise, et ils allèrent siroter un café, épaule contre épaule devant la large baie vitrée. Ainsi qu'ils s'y attendaient, ils finirent par apercevoir les silhouettes de deux loups se glissant entre les arbres. Quelques minutes plus tard, ils virent un ours brun se gratter le dos contre un tronc.

— Je ne m'en lasserai jamais, s'extasia Julia.

— De moi non plus, j'espère ?

— Tu es aussi sauvage qu'eux, alors je ne devrais pas me fatiguer de toi non plus.

Il glissa une main sous la chemise, caressa doucement son dos, la faisant frissonner.

— J'adore ta peau, elle a la douceur du satin. Je m'en souvenais très bien, mais pouvoir la toucher, c'est magique !

Par jeu, elle essaya de lui échapper, mais il la retint fermement.

— Plus question de t'en aller, Julia. Quand je pense à tout ce temps perdu… Si j'avais été moins bête, tu aurais pu construire le parc avec moi.

— Penses-tu ! C'était ton projet, je suis sûre que tu voulais le mener à bien tout seul. Pour réaliser ton rêve et prendre ta revanche sur ton affreux beau-père.

— Le rêve aurait pu tourner au cauchemar, j'ai souvent cru que je n'allais pas y arriver. Dans ces moments de découragement, c'est à toi que je pensais.

— Mais quand tes premiers animaux ont débarqué, tu m'as oubliée, non ?

— J'aurais voulu que tu sois là pour les voir. J'étais surexcité, anxieux, émerveillé et incrédule ! À chaque camion qui venait déposer une caisse de voyage, je ne tenais plus en place. Le jour où on m'a livré un lion en provenance d'Allemagne, je suis allé le voir dix fois dans la nuit. Je me comportais comme un gamin et j'y prenais du plaisir.

Quand il s'animait ainsi, il était complètement craquant. Il ajouta, plus calmement :

— Mais tu me manquais toujours, je te le jure. Et je ne savais même pas ce que tu étais devenue…

Elle se blottit contre lui et recommença à regarder au-dehors. Le soleil incendiait à présent la végétation d'une lumière triomphante. Ils allaient vivre une belle journée. Une *très* belle journée.

— Comment va-t-on faire avec les équipes ? voulut-elle savoir.

— Faire quoi ?

— Eh bien, quel comportement adopter devant eux ? Ce ne sera peut-être pas très bien vécu que…

— Julia ! Tu plaisantes ? Je crois qu'il n'a échappé à personne que je te regarde comme Jasper regarde un os. Alors, j'espère qu'ils seront contents pour nous.

— Pour toi, sûrement, tu es un peu leur dieu.

— Ici tout le monde t'aime, tu as gagné tes galons. Ne serait-ce qu'en te lançant en pleine nuit à la poursuite d'un jaguar évadé. Adrien en parle encore !

De nouveau, elle sentit les mains de Lorenzo qui passaient sous la chemise, écartaient délicatement le tissu et venaient se poser sur ses seins.

— Le parc ouvre dans moins de deux heures, dit-elle d'une voix défaillante.

— On a donc le temps.

Il la souleva sans effort, la porta dans la chambre.

— Je voulais voir encore les loups...

— Tu me vois, moi. J'aimerais que ça te suffise pour l'instant, murmura-t-il avec un sourire désarmant. On ne peut pas faire l'amour devant les baies vitrées, les soigneurs vont arriver.

Il se débarrassa de son jean et, debout à côté du lit, la détailla de la tête aux pieds.

— Tu es incroyablement belle, soupira-t-il en s'allongeant près d'elle. Et c'est fou que tu sois là, avec moi. Sincèrement, je n'y croyais plus. Mais j'ai encore deux choses à te demander.

— Deux ? Comme tu y vas !

— La première est que tu bazardes cet appartement et que tu nous trouves un endroit à ton goût où nous pourrions vivre tous les deux.

— Admettons. Et ensuite ?

La prenant par la taille, il la fit passer au-dessus de lui et la scruta d'un regard inquisiteur.

— Julia... Allez, dis-le-moi.

— Quoi ?

— Dis-le.

Les yeux dans les yeux, elle sentit alors une vague de tendresse la submerger. Le chemin entre eux avait été long et chaotique. Ils auraient pu se perdre à jamais, mais ils s'étaient enfin retrouvés, dix ans après. Julia n'avait plus aucune raison de douter, et elle consentit à chuchoter ce qu'il avait besoin d'entendre :

— Je t'aime, Lorenzo.

C'était si fort et tellement vrai que, à l'unisson de leur émotion, l'un des loups qui couraient au-dehors poussa un long hurlement.

Cet ouvrage a été composé et mis en page
par Nord Compo à Villeneuve-d'Ascq

Imprimé en France par CPI
en mai 2020
N° d'impression : 3038618

S30717/01